IL MERLO

ALI DEL WEST: LIBRO QUATTRO

KRISTY MCCAFFREY

Traduzione di
ROSA LOSACCO

Il Merlo
Titolo dell'originale: The Blackbird – Wings of the West Series
Copyright © 2015 *K. McCaffrey LLC*
Tutti i diritti riservati

Traduzione di Rosa Losacco

Copertina a cura di Earthly Charms
Edito da Truelove Press

Prima Pubblicazione Italiana 2023

Pag. 2 (citazione)
Rainer Maria Rilke, *Il libro d'ore*, Servitium editrice, Sotto il Monte, 2012.
Traduzione di Lorenzo Gobbi.

Versi tratti da *The Blackbird* di Alfred Lord Tennyson. La versione ivi contenuta è
una traduzione non ufficiale dell'originale in lingua inglese (N.d.T.).

Italian Edition Ebook ISBN: 978-1-952801-43-3

Italian Edition Print ISBN: 978-1-952801-44-0

kmccaffrey.com
kristy@kmccaffrey.com

ALTRI TITOLI DI KRISTY MCCAFFREY

Serie "Ali del West"

Lo Scricciolo

La Colomba

Il Passero

Il Merlo

L'uccello Azzurro

L'uccello Canoro

Eco delle pianure

The Starling

The Canary

The Nighthawk

The Swan

The Falcon

Romanzo autoconclusivo

Into The Land Of Shadows

Contemporanei d'amore e d'avventura

Deep Blue

Cold Horizon

Ancient Winds

Sapphire Waves

Racconti brevi

The Crow Brothers Collection

The West: A Romance Collection

Racconti lunghi e sentimentali

Alice: Bride of Rhode Island

Rosemary

Racconti lunghi e sensuali

Blue Sage

The Peppermint Tree

A Mirthful Wish

"Le antiche leggende degli Hopi e degli Havasupai trovano in McCaffrey una nuova voce. La scrittura brillante dona assoluta credibilità al viaggio mistico del personaggio principale in un'altra dimensione e ti spinge a leggere fino a notte fonda." ~ City Sun Times

IL MERLO

"Antagonisti malvagi, azione a volontà, un'eroina decisa, intrecci, colpi di scena sorprendenti e un seducente cowboy – il tutto sottolineato da una sensuale storia d'amore – in questo western ce n'è per tutti i gusti." ~ Janna Shay, InD'tale Magazine

"Un romanzo storico, passionale e intelligente, collocato nel deserto dell'Arizona, il cui ambiente aspro rispecchia la natura dei personaggi che lo abitano. Riusciranno due anime ferite a trovarsi e fiorire insieme? Scoprilo nel quarto titolo della serie "Ali del West" di Kristy McCaffrey. Un libro difficile da posare." ~ Chanticleer Book Reviews

L'UCCELLO AZZURRO

"…una lettura incalzante, con una storia e dei personaggi tanto profondi da mantenere vivo il mio interesse fino all'ultima pagina…" ~ Jo, Romance Junkies

"…carico di avventura e azione che lasciano senza respiro… libro meraviglioso… pressoché impossibile staccarsene!" ~ Maia, The Silver Dagger Scriptorium

"I lettori si scopriranno spesso col fiato sospeso… una lettura veloce ed emozionante!" ~ Belinda Wilson, InD'tale Magazine, a Crowned Heart review

Ai miei figli ~
che le storie possano arricchire le loro vite

"Giunge, a volte, un grave forestiero e come un luccichio percorre i
nostri cento spiriti:
ci mostra,
tremolando,
un nuovo appiglio."

Rainer Maria Rilke, *Il libro d'ore*

CAPITOLO UNO

Territorio dell'Arizona
Nei pressi di Tucson
Agosto 1877

C ale Walker condusse il cavallo verso il fienile. La dimora dei Simms gli era parsa momentaneamente deserta, così aveva deciso che, in attesa del loro ritorno, si sarebbe preso cura dell'animale.

La voce di una donna fluttuò nelle pesanti correnti d'aria di fine estate. «Venne attaccato da un *león de montaña* – un puma – e fu bruttissimo.»

Cale si fermò.

«Aveva perso tanto tanto sangue» proseguì la donna con un lieve accento messicano. «Gli Apache non sapevano se sarebbero riusciti a salvarlo. Era nelle mani del loro Creatore, *Yusn*.»

«E poi che successe, zia Tess?» chiese la voce agitata e curiosa di un bambino.

«Si salvò. Ma era stato segnato dal *león de montaña*, e gli Apache lo consideravano un fatto molto importante. Così, riconoscendo in lui uno spirito forte, gli insegnarono gli usi della propria gente, gli trasmisero la conoscenza della loro medicina e lui diventò un *di-yin*.»

Sta raccontando di me.

«Che cos'è?» chiese il piccolo.

Cale spinse indietro la tesa dello Stetson e si fece attento: chissà se avrebbe indovinato.

«Uno *chamán*.»

«Eh?»

«Un uomo di medicina» provò a spiegare la donna.

Ma il piccolo doveva apparire ancora perplesso.

«Un dottore» disse lei.

«Oh» replicò il bambino.

Erano nascosti dietro l'angolo e Cale non riusciva a vederli, ma percepì la nascente comprensione del piccolo, e immaginò i suoi occhi spalancarsi e la testa annuire.

«Un dottore» ripeté la voce di una bimbetta.

«Proprio così, Molly Rose» disse la donna, o meglio, zia Tess. Doveva essere la stessa che era venuto a cercare lui, la figlia di Hank. «*Muy buena*. E adesso è ora di tornare a casa a mangiare. *Te vas.*»

«Ti aiuto?» offrì il bambino.

«No, Robbie, grazie» rispose Tess. «Vi raggiungo tra poco.»

I bambini corsero via, ma Cale non si mosse. Anche Tess rimase dov'era, mettendolo a disagio per aver origliato. Stava ancora chiedendosi come fare a palesare la propria presenza, quando il cavallo sbuffò.

Grazie, Bo.

«C'è qualcuno?» chiese lei, senza però avvicinarsi.

Cale si acciglió. Lo temeva? Possibile che da quelle parti le attività illecite e le razzie apache fossero così frequenti da renderla tanto cauta?

«Sì» disse, girando l'angolo.

Tess Carlisle era in piedi accanto a una balla di fieno, con i capelli neri raccolti in una treccia contro la camicia bianca e i fianchi fasciati da una colorata gonna messicana. Il sole splendeva alle sue spalle, nell'ingresso del fienile, e impediva di distinguerne i lineamenti, ma la donna appariva giovane e graziosa. E non somigliava affatto a suo padre, J. Howard Carlisle detto *Hank*, così com'era noto a Cale. Doveva aver preso dalla madre, che lui non aveva mai visto.

«Mi spiace di avervi spaventato» disse. «Mi chiamo Cale Walker. E voi dovete essere Tess Carlisle.»

A giudicare dallo sguardo aveva capito chi fosse. «Oh, *sì*, molto lieta.» Ma rimase lì dov'era, un fatto che a Cale sembrò strano. «E così avete accettato. Mary non ne era affatto sicura.»

Fu allora che vide il bastone sul quale si reggeva, e capì che aveva un impedimento a una gamba.

«Ho sentito che cercate Hank, ma non sono sicuro di potervi aiutare.» Esitò. «Siete ferita?»

Lei abbassò lo sguardo sul supporto di legno. «In un certo senso. È cosa vecchia. Volete accomodarvi in casa? Stavo per tornare dai bambini a preparargli il pranzo. Tom e Mary sono fuori al momento, hanno portato la piccola in città.»

«Tutto bene?»

«*Sì*, solo un po' di laringite. Il dottore le darà il rimedio giusto.»

«Baderò prima al cavallo, se non vi dispiace. È stato un viaggio lungo.»

«Venite direttamente dal Texas?»

«Sì.» Condusse l'animale a uno stallo e iniziò a togliere la sella.

«Io vado dai bambini» disse lei. «La casa è da quella parte. Raggiungeteci pure quando avrete finito.»

«Certo.»

La donna si girò e lasciò il fienile, appoggiandosi pesantemente al bastone ma muovendosi comunque rapida.

Cale la guardò allontanarsi. Chissà che cosa le era accaduto, pensò, curioso di scoprire in quale assurdità Hank potesse aver trascinato la figlia.

Sistemò del fieno fresco e dell'acqua davanti a Bo, quindi si diresse verso la spaziosa *hacienda*. Seguendo le voci dei bambini, entrò nel cortile interno. Un cane gli corse incontro, si piantò di fronte a lui e abbaiò.

«Cabal, *ven aca*» chiamò severa Tess dalla cucina.

Un bambino dall'apparente età di cinque o sei anni, con una massa incolta di capelli scuri e il faccino bruciacchiato dal sole, se ne stava in piedi poco oltre la soglia. «Chi siete?»

«È il *Señor* Walker, Robbie» rispose Tess dall'interno.

Il cane, un enorme meticcio marrone dalle orecchie flosce e il pelo corto, continuava ad abbaiare. Appoggiata al bastone, Tess apparve dietro Robbie, nel vano della porta. «Cabal, a cuccia» ordinò.

Il cane obbedì, ma senza staccare lo sguardo da Cale.

«Vi fa da guardia?» chiese lui.

Tess lanciò uno sguardo all'animale e sorrise, l'amore nei suoi occhi era inconfondibile. «È buono. Non morde, ma ci mette un po' a sentirsi a proprio agio con gente nuova. Si chiama Cabal.» Posò una mano sulla spalla del bambino. «E questo è Robbie Simms, il figlio maggiore di Tom e Mary.»

Cale osservò meravigliato l'espressione dipinta sul viso di Tess: in presenza del bambino e del cane sembrava essersi quasi illuminato.

«Piacere di fare la tua conoscenza, Robbie.» Si accovacciò così da trovarsi faccia a faccia con il piccolo.

«Siete un cacciatore di taglie che vuole la mia testa?» chiese Robbie.

Cale sorrise. «No. Sono venuto solo a far visita alla tua mamma.»

Una bimbetta sbirciò da dietro la gonna di Tess.

«Lei è Molly Rose.» La giovane le arruffò i capelli con fare affettuoso. «Ha tre anni» aggiunse, mentre la piccola enfatizzava la propria età sollevando tre dita.

«Lieto d'incontrarti» rispose Cale. «Si dà il caso che ne conosca anche un'altra, di Molly, tua zia. Con quel nome sei in buona compagnia.» Sapeva che la bimba era troppo piccola per comprendere che "zia Molly" era anche sua sorella da parte di padre, perciò tenne quell'informazione per sé.

Gli occhi della bimba, col visino tondo incorniciato da boccoli castani, lo guardarono con diffidenza e curiosità.

«Abbiamo tortillas e fagioli» offrì Tess. «Ne volete?»

Cale annuì.

«Potete lavarvi là fuori» aggiunse lei, indicando un catino d'acqua ad altezza di bambino.

Lui si tolse il cappello e Molly Rose lo prese con braccio timido, fece un sorrisino e scomparve con il suo premio in cucina. Curvandosi in avanti, Cale afferrò il sapone di lisciva e si lavò via polvere e sudiciume come meglio poté, quindi si passò le dita umide tra i capelli cortissimi e sul viso. Sperava di apparire presentabile.

Quando entrò in cucina, Tess stava allungando le braccia verso un tegame di fagioli sul fornello.

«Faccio io, se permettete» disse, avanzando.

Tess mosse un passo indietro. «*Gracias*.»

Posò il tegame sul tavolo e sedettero tutti sulle panche, lui da una parte e Tess di fronte, al centro tra i due bambini.

«*Perdón*» balbettò lei senza guardarlo: avevano teso entrambi le braccia verso il mestolo e la mano di Cale si era scontrata con la sua.

Tess riempì due scodelle di fagioli rossi e le porse ai bambini, quindi passò a servire Cale e se stessa. Distribuì le tortillas e da una brocca versò acqua nelle tazze.

«Avete notizie di *mi padre*?» chiese, sollevando lo sguardo. Per un istante, quelle iridi di un verde mai visto prima lo incantarono, come se le colline di smeraldo irlandesi, di cui Hank gli aveva spesso parlato, si riflettessero negli occhi della figlia.

«No. Non lo vedo da quattro anni.»

«Non si è fatto sentire per niente? Non avete delle conoscenze in comune?»

«No. E sì, ne abbiamo. Ci siamo persi di vista nel '73, proprio prima che tornasse qui a prendervi dopo la morte di vostra madre. Manco da queste parti da allora. Ma non si fermò, quando venne da voi?»

«Immagino che lo conosceste abbastanza bene» rispose lei «perciò, non vi sorprenderà sapere che invece di fermarsi qui con *me*, mi portò via con *sé*.»

Cale si chiese se la ferita fosse stata una conseguenza. L'esistenza di Hank era tutt'altro che calma e pacifica. «Per quanto tempo?»

«Due anni. Poi mi riportò indietro. E da allora non l'ho più sentito.»

«Perché volete trovarlo adesso?»

«Ho diciotto anni.» Molly Rose fece cadere un cucchiaio e Tess si chinò a raccoglierlo. Lo pulì con una pezza, quindi lo restituì alla piccola. «Non posso vivere qui per sempre, a prescindere dall'ospitalità di Tom e Mary.»

«Sì che puoi» s'intromise Robbie. «Noi non vogliamo che vai via.»

«Non vado via» rispose lei, tornando a guardare Cale. «Ma devo sapere dov'è Hank. A parte lui non ho famiglia. E se prima non lo trovo non posso decidere del mio futuro.»

«Vuoi sposare quell'Esteban?» intervenne di nuovo il bambino.

«No, Robbie.»

«Se vuoi aspettare me, ti sposo io.» Il faccino serio testimoniava il suo impegno.

Tess sorrise indulgente, e Cale si scoprì a fissare il suo naturale fascino. «E allora ti aspetterò.»

«Davvero?» Robbie fece un largo sorriso, cancellando in un istante l'espressione seria di prima, e si ficcò in bocca una tortilla.

Così, in quattro e quattr'otto, Tess non era più disponibile, pensò divertito Cale.

Al suono di un carro che entrava nel recinto le teste dei bambini scattarono in su. Si alzarono, subito imitati da Tess, e Cale li seguì fuori. Un uomo e una donna con in braccio un bebè si avvicinavano.

Capelli scuri e per niente cambiata, nel vederlo Mary Hart si fermò di colpo. «Cale Walker?» Un enorme sorriso le illuminò il volto. Lo abbracciò, attenta alla creatura che si stringeva al petto.

«È bello rivederti, Mary.»

«Grazie infinite per essere venuto. E Molly… oh mio Dio, come sta?» L'espressione entusiasta tradiva l'impazienza di ricevere notizie della sorella che per dieci anni aveva creduto morta.

«Benissimo. So che non vede l'ora di riabbracciarti.»

«Mamma, sono io Molly» disse sottovoce la piccina al fianco di Tess.

«Certo, tesoro.» Mary si chinò ad abbracciare la figlia. «Parlavo di zia Molly.» Si alzò e si girò verso l'uomo al suo fianco.

«Cale, questo è mio marito, Tom Simms.»

Cale gli strinse la mano. «È un piacere.»

«Altrettanto» rispose Tom.

Era magro e abbronzato, con un'espressione cordiale che lo fece sentire a proprio agio, grato che l'amoreggiamento tra lui e Mary anni prima adesso non fosse altro che caloroso affetto.

«Hai incontrato anche gli altri?» chiese Tom.

Cale annuì. «A parte quel fagottino lì.»

Mary si girò a mostrargli il visetto. «Questa è Evelyn.»

«È bellissima.»

«Vado a farle fare un sonnellino. Ma non vedo l'ora di scambiare due chiacchiere.»

Cale esitò, quindi estrasse la lettera dal taschino della camicia. «Molly voleva che ti dessi questa. Credo sia meglio tu la legga da sola.»

Un'espressione preoccupata attraversò il viso di Mary.

«Risponderà a domande su ciò che accadde dieci anni fa.» Grazie al cielo c'era quel pezzo di carta, pensò Cale, che non aveva alcun desiderio di spiegarle a voce quanto era emerso dal giorno in cui, qualche mese addietro, la sorella più giovane, Molly, era tornata in Texas viva e vegeta. Dieci anni prima, il ranch degli Hart, nel Texas del Nord, aveva subito un attacco e Robert e Rosemary Hart erano stati assassinati. Una delle loro figlie, Molly, era stata rapita dai Comanche e in seguito uccisa: inchiodata a un albero con delle frecce e arsa viva. Era stato proprio Cale a trovare il corpo della bambina di nove anni, carbonizzato al punto da non essere riconoscibile... un'immagine che non lo aveva mai abbandonato. I resti erano stati identificati grazie alla croce d'oro di Molly, tuttavia questi appartenevano a un'altra e la ricomparsa della giovane – dopo anni di vita con gli indiani – aveva scosso tutti quanti. Ancor più inquietante era stato apprendere la verità circa le origini di Molly: lei e Cale erano figli dello stesso padre. Era questa la notizia che aveva preferito Molly rivelasse a Mary attraverso la lettera.

«Grazie.» Mary prese il foglio piegato.

«Tutto bene?» chiese Tom, andandole accanto e cingendola con un braccio.

Lei annuì e sorrise.

«La metto a letto io, Evie, così avrai modo di leggere con calma» si offrì Tess.

Mary esitò, quindi fece un cenno di tacito assenso. Usando la mano sinistra per sostenersi sul bastone, Tess passò accanto a Cale e prese la piccola con il braccio libero, quindi scomparve dietro un'altra porta. Rosmarino accarezzato dal sole, pensò lui cogliendone il profumo.

Tom baciò Mary sulla guancia. «Prenditi tutto il tempo.»

E lei, fissando il foglio, si congedò.

«Adesso possiamo scambiare due chiacchiere» disse Tom rivolto a Cale. «Robbie, per favore va' fuori e tieni d'occhio tua sorella.»

«Sissignore.» Il piccolo prese per mano Molly Rose e girò verso una montagnetta di terra coperta da giocattoli di legno.

Cale seguì Tom in cucina. «Caffè?»

«Volentieri.»

Tom prese un bollitore dalla stufa e versò del liquido fumante in due tazze di latta.

«Finalmente ci conosciamo» disse. «Mary ti stima molto.»

«Sono contento di vedere che si è sistemata bene.»

L'espressione sul viso di Tom lasciava intendere che aveva compreso le sue parole. Dopo la perdita dei genitori, le giovani Hart – Mary, Molly ed Emma – avevano sofferto più di quanto meritassero. E quando Matt Ryan aveva sposato Molly, la responsabilità di informare le sue sorelle era ricaduta su altri.

Cale aveva cavalcato fino a Fort Sumner con Nathan Blackmore e Logan Ryan. Da lì, Nathan – un Ranger texano – si era diretto verso il Grand Canyon in cerca di Emma, fuggita da San Francisco, e Logan era andato a Las Vegas, nel Nuovo Messico, a far visita a Claire, l'amica di Molly, mentre Cale aveva proseguito fin qui per consegnare la lettera di Molly a Mary e, su richiesta di quest'ultima, aiutare Tess Carlisle.

«Dovremmo parlare di Hank Carlisle» disse senza preamboli Tom.

«Sai dove si trova?»

«Non di preciso, ma forse un indizio ce l'ho. A Tess non l'ho mai detto… è così determinata a trovare il padre che ci andrebbe da sola. Mary, però, l'ha convinta ad aspettare te. Conosco Hank e il genere di uomini che frequentava, e non penso che Tess dovrebbe avvicinarglisi.»

«Concordo. Perché l'ha lasciata con voi?»

Esitante, Tom bevve un sorso di caffè. «Si presentò qui con Tess due anni fa» disse, fissando nella tazza per un istante. «Era piuttosto malconcia.»

«Come mai?»

Tom scosse piano la testa. «Non lo so. Tess non l'ha mai detto. Ha raccontato qualcosa a Mary, ma non poi tanto. Era stata pestata ben bene, e aveva una pallottola nella gamba. Chiunque sia stato fece un lavoro… completo. Per fortuna, non rimase incinta.

«Hank mi chiese di prendermi cura di lei, con discrezione, e se ne andò. Per i primi mesi mandò del denaro, ma da allora non l'ho più visto. Non disse mai dov'era. È più di un anno che non ricevo sue notizie. Potrebbe essere morto. Non so. O magari è andato a cercare il colpevole. Conoscendo Hank, lo avrebbe trucidato.»

Cale annuì. Hank Carlisle era spietato. Lo sapeva per esperienza diretta. Anzi, era stata una delle ragioni per cui si era allontanato dal proprio mentore. Questa, e Saul Miller.

«Cosa sai di preciso?» chiese Cale.

«Circa sei settimane fa, ho sentito per caso un fornitore in città che parlava di una piccola incudine spedita a un certo Henry Worthington, a Tubac. Dando uno sguardo all'ordine, ho visto un altro nome... Carleton Perry. Il denaro che arrivava per Tess non era da parte di Hank, bensì di Perry, così ho immaginato che fosse lui.»

«E hai fatto bene» rispose calmo Cale. Era capitato che Hank usasse lo pseudonimo di *Carleton Perry*.

«Ti sono grato per essere venuto qui. Andrei a cercarlo io stesso, ma non mi va di lasciare soli Mary e i bambini.»

«Qualche problema con gli Apache?»

«No. A sentire le chiacchiere che girano a Tucson si direbbe non ci diano tregua. La verità è che a qualcuno dei commercianti locali piace riempire i giornali del territorio con esagerazioni e a volte vere e proprie bugie. Solo una buona scusa per aumentare la presenza militare e, di conseguenza, più clienti per loro. Ma adesso che Geronimo è rinchiuso nella San Carlos, sembra che le tensioni si siano placate.»

Cale comprendeva. «Come va l'attività qui al ranch?»

«Resisto. Fort Lowell compra gran parte del bestiame. E non lo nego, dall'esercito beneficiamo tutti. La verità, però, è che ho deciso di vendere questo posto e trasferirmi in città. Ho già un'offerta e la possibilità di comprare un mulino. Offrirei una casa più bella a Mary, e Robbie potrebbe andare a scuola. Mia moglie non lo dice, ma penso che qui si senta sola. La presenza di Tess è stata una vera benedizione.

«Comunque, di Hank non so granché» proseguì Tom. «Parecchi anni fa, Mary diventò amica di Isabelle, la madre di Tess, e col passare del tempo i nostri cammini si sono incrociati. Nonostante trascurasse la famiglia, Hank mi piaceva. Ma sta' attento. Quanto è successo a Tess potrebbe essere fonte di altri problemi.»

«Capisco» rispose Cale. «Se Hank è vivo, lo troverò. Parto appena si fa giorno, prima che Tess si svegli.»

«Non le piacerà essere lasciata indietro.»

«Si direbbe davvero figlia di Hank.»

Tom rise. «Già, proprio così.»

CAPITOLO DUE

Tess chinò la testa e si allontanò dal cantuccio accanto alla porta aperta della cucina. Non era stata sua intenzione origliare: Evie si era addormentata più in fretta del solito e lei aveva pensato di lavare i piatti del pranzo, ma accorgendosi che Tom e Cale parlavano di Hank, aveva esitato prima di entrare.

Di uomini perbene non ne aveva conosciuti molti, Tom Simms, però, era forte, onesto e devoto alla moglie e ai figli. E Tess aveva grande stima di lui, un sentimento riservato a poche persone, e men che mai ai maschi della specie.

Tuttavia, Tom era venuto a conoscenza di fatti su suo padre e non le aveva detto nulla. Persino lui all'occorrenza era sleale. Sicuramente pensava di proteggerla, ma Tess non avrebbe rinunciato al diritto di fare le proprie scelte, anche perché non c'erano altri familiari a preoccuparsi per lei.

Robbie e Molly Rose si affacciarono alla mente. Tess voleva loro un gran bene, ma non erano suoi parenti. Dopo aver perso madre e *abuela* aveva pensato che nulla le avrebbe mai provocato dolore più grande, invece era arrivato Saul Miller. Serrò la mandibola e allontanò con decisione il suo ricordo. Non meritava neanche un pensiero.

Si appoggiò cauta al bastone e nel trascinarsi silenziosa in camera sua, all'estremità opposta della dimora in adobe, la mano afferrò la croce d'argento che pendeva dal collo. Era l'unico ricordo – a parte il dono di narrare racconti – che aveva della sua adorata *abuela*.

La mattina dopo sarebbe partita con il Señor Walker, che a lui piacesse o meno.

Cale non era come se l'era aspettato. Lo aveva visto un'unica volta all'età di dodici anni, e per giunta da lontano. Era giovane, allora, ma lei se l'era immaginato più vecchio, come Hank.

Entrò in camera sua e, con crescente frustrazione, iniziò a infilare indumenti in una borsa a tracolla.

Cale non rispecchiava le storie che conosceva su di lui, racconti che spesso condivideva con Robbie e Mollie Rose. Era alto, coi capelli chiari e corti che apparivano più o meno scuri a seconda che si trovasse all'ombra o al sole. Com'era possibile che gli Apache lo considerassero un uomo di medicina? Non avrebbe dovuto avere un aspetto più solenne, più spirituale, più sacro?

Glielo avrebbe chiesto, ma l'innata avversione per tutto quanto riguardava gli uomini la frenava. Arrotolò gli indumenti, senza preoccuparsi che si sgualcissero, e li spinse nella borsa. Se solo Esteban avesse saputo fino a che punto la disgustava, avrebbe smesso di corteggiarla ormai da tempo. Tanto non era che merce avariata. E lui non la voleva davvero. La desiderava solo perché lei gli diceva sempre di no.

Si fermò e trasse un respiro fortificante per schiarirsi le idee.

Non sapeva quanta strada avrebbero fatto, pertanto le sarebbe convenuto prendere il nuovo castrato, Gideon. Se lo avesse detto a Tom e Mary avrebbero insistito perché restasse lì, al sicuro. No, meglio lasciare un messaggio con la promessa di restituirgli il cavallo in un momento successivo. E non avrebbe neanche potuto salutare Robbie o Molly Rose, di sicuro lo avrebbero riferito ai genitori. Il dolore le serrò la gola e gli occhi si velarono di pianto.

Se solo avesse potuto spiegarsi con loro, ma una volta trovato Hank sarebbe tornata a sistemare tutto.

Aggiunse una coperta, una spazzola e uno specchio, allacciò la borsa e la nascose. Durante la notte avrebbe preso del cibo in cucina e riempito una bisaccia dalla selleria nel fienile, cui avrebbe aggiunto diverse borracce d'acqua. Sedette alla scrivania in un angolo per scrivere una lettera a Tom e Mary e lo sguardo vagò verso una pila di libri lì vicino. Con una fitta di nostalgia pensò che avrebbe voluto portarli con sé, ma sapeva di non potere. Sarebbero stati troppo ingombranti. Senza le sue storie, però, avrebbe sofferto quasi quanto per l'assenza di cibo o acqua. Le avevano letteralmente nutrito l'anima, soprattutto negli ultimi due anni mentre si sforzava di ritrovare se stessa dopo l'incidente.

Magari uno solo, si disse, mentre gli occhi si posavano su Tennyson.

L'accento irlandese di Hank le bisbigliò all'orecchio.

O merlo! Cantami qualcosa di bello.

«*Papá*» sussurrò. «Perché?»

La domanda rimase sospesa nell'aria, così come tante volte prima.

Aiutandola a preparare la cena, Tess notò che Mary era insolitamente silenziosa, e sospettò che ciò avesse qualcosa a che fare con la lettera che il Señor Walker le aveva dato. La scoperta che sua sorella Molly era viva, dopo tutti quegli anni trascorsi con la convinzione che fosse morta, l'aveva riempita di euforia, subito seguita da un terribile senso di colpa per non aver fatto qualcosa.

«Ti ha scritto cose belle la tua *hermana*?» chiese Tess.

Mary esitò. «Ha risposto a molte domande.» Spinse in fuori le labbra. «Si direbbe che adesso io e Cale siamo parenti.»

«Parenti?» ripeté Tess, sorpresa.

«In un certo senso. Tempo fa, mia madre ebbe una relazione

con il padre di Cale, e da questa nacque Molly. Insomma, è per metà sorella di Cale.»

Riflettendo su quel colpo di scena, Tess comprese che forse la rivelazione le era sgradita. «Mi dispiace tanto, Mary. Ed Emma?» chiese, riferendosi alla sorella più giovane di Mary. «Ha anche lei lo stesso padre di Cale?»

«No. Pare che Molly sia l'unica. Mi ha scritto anche che hanno scoperto l'assassino dei miei genitori, un uomo che aveva lavorato per mio padre. Aveva provato a violentare Emma, che all'epoca aveva appena otto anni, Molly lo colse sul fatto e mentì a nostro padre, dicendogli che quello aveva aggredito *lei*.»

Tess si gelò. Sapeva fin troppo bene di cosa parlava Mary.

«Allora, quest'uomo» continuò l'amica «tornò al nostro ranch e ci attaccò, uccidendo i miei. Prese Molly per vendetta, ma i Comanche li assalirono e la portarono via loro. Con gli indiani c'era già un'altra bambina, e fu lei a essere uccisa e scambiata per Molly. È tutto così incredibile.»

«*Sì*» rispose Tess. «Quando Evie diventa più grande potrai andare in Texas da Molly e presentare a Molly Rose la sua omonima.»

Mary si rilassò un po'. «Già. Non vedo l'ora. Se solo Emma rispondesse alla mia lettera. Mi chiedo se lo abbia già saputo.»

Chiamarono uomini e bambini a tavola e il Señor Walker prese posto accanto a Tess, quindi misero nei piatti patate bollite, peperoni e bistecche.

«Allora, dimmi un po' di Molly» disse Mary a Cale.

«Non è cambiata molto. Le piace ancora correre all'aperto come faceva da piccola.»

«Nella lettera dice che ha sposato Matt Ryan.» Mary rise. «Non avrei mai immaginato che sarebbero finiti insieme.»

«Beh, lui le stava addosso come un'aquila. Dubito chiunque di noi sarebbe riuscito a dividerli. Ma so che le è dispiaciuto che tu ed Emma non foste lì il giorno delle nozze.»

Lo sguardo di Mary si spostò su Tom. «Capisco.»

«Forse, come te, neanche lei poteva aspettare» rispose lui con una strizzatina d'occhi.

Mary arrossì, e Tess soffocò un sorriso.

«Bisognava agire in fretta» disse Mary a Cale.

A Tess non sfuggì l'occhiata che questo lanciò a Tom. «Per fortuna hai fatto la cosa giusta» disse.

«L'intenzione era sempre stata quella.» Guardò sua moglie, e Tess avvertì, come spesso le capitava, la forte corrente d'amore che fluiva tra i due coniugi. Nonostante l'accaduto e il senso di repulsione che gli uomini in generale le trasmettevano, il loro rapporto offriva un filo di speranza su quanto avrebbe davvero potuto instaurarsi tra un uomo e una donna.

Distogliendo lo sguardo carico d'affetto rivolto al marito, Mary spostò la propria attenzione su Cale. «Raccontaci dei tuoi ultimi dieci anni. Quando con Emma ci trasferimmo a San Francisco sentimmo dire che ti eri arruolato nell'esercito.»

«Corretto. Ero di stanza a Camp Bowie.»

«Avete combattuto gli Apache?» chiese Tess.

«Qualcuno.»

«Ma avete anche vissuto con loro. Hank mi ha più volte raccontato di voi.»

«È così?» chiese Mary.

Cale esitò con la forchetta a mezz'aria sul piatto e lo sguardo che andava da una donna all'altra. «Non so cosa vi abbia raccontato di preciso ma, sì, dopo l'attacco di un puma ho trascorso del tempo con una tribù di Nednai.»

«Perché vi ha attaccato?» non riuscì a trattenersi dal chiedere Robbie, quasi saltando su dalla panca. «Voleva mangiarvi?»

«No, non penso che volesse mangiarmi. A volte gli animali si spaventavano e reagiscono in maniera strana. Forse è stato proprio così. Per fortuna gli Apache mi trovarono. Lo fecero scappare e mi aiutarono a guarire.»

«Siete diventato un dottoro?» chiese Molly Rose.

Cale sorrise e Tess azzardò un'occhiata nella sua direzione.

«Credo che tua zia Tess ti abbia già raccontato questa storia.» Col viso in fiamme, lei distolse lo sguardo. «Ti ha detto che sono diventato un *di-yin*. E ha detto bene. Per gli Apache significa uomo di medicina.»

«E perché ti avrebbero fatto diventare uno di loro?» chiese Mary.

«L'attacco mi aveva segnato. E secondo le loro credenze, avevo ricevuto un dono. In un certo senso, non aveva niente a che fare col diventare Apache. Era un segno esterno di riconoscimento interiore inviato dal mondo degli spiriti. Mi spiegarono il significato durante la convalescenza.»

«Potete far piovere?» chiese Robbie.

«No. Gli uomini di medicina hanno diverse capacità, ma la pioggia non è una delle mie.»

«Che genere di capacità possedete?» chiese Tess.

«È difficile da spiegare. Immagino la maniera più semplice sia rispondervi che sono in grado di vedere collegamenti.»

«Eh?» Robbie si accigliò.

«Proprio così» rispose Cale. «A volte me lo dico anch'io.»

Tom avvicinò il piatto a Robbie invitandolo a mangiare, quindi guardò Cale. «Cacci ancora taglie?»

«Qualcuna. Di recente sono stato in Colorado, dalle parti di Trinidad, a godermi un po' di freddo» rispose, scatenando una risata generale.

La cena si concluse e la tavola fu sparecchiata, quindi si spostarono tutti al centro del cortile dove Tom aveva avviato un piccolo fuoco all'interno di una buca circondata da pietre. Tess sedette di fronte al Señor Walker, Robbie e Molly Rose dimenticata la timidezza del primo incontro lo affiancarono come un paio di gattini in cerca di calore, Tom e Mary sedettero alla destra di Tess e Cabal si sistemò alla sua sinistra. Lei gli grattò le orecchie e si piegò in avanti lasciando che l'animale le leccasse il viso.

«Tess potrebbe raccontarci una storia» suggerì Mary.

«Discende da generazioni di *cuentistas*, cioè narratrici.» Poi, in tono quasi reverenziale, aggiunse: «Custodi delle Antiche Usanze.»

Sotto lo sguardo incuriosito di Cale, Tess passò mentalmente in rassegna la propria libreria interiore alla ricerca del racconto adatto. Spesso, esordiva con la prima storia che le saltava in testa. Persino quando non sembrava giusta, sapeva per certo che gli spiriti le presentavano ciò di cui aveva bisogno.

«Raccontaci quella dell'uomo verde» disse Robbie.

Tess considerò la richiesta. Era stato uno dei racconti preferiti di Hank, che glielo aveva insegnato da bambina. Aveva sempre considerato speciale la propria capacità di narrare storie; infatti, non solo aveva acquisito un ricco patrimonio messicano grazie alla sua *abuela*, ma aveva anche imparato molti racconti dal suo *papá* irlandese.

«Va bene» rispose. «S'intitola *Sir Gawain e il Cavaliere Verde*.» Fece una pausa affinché gli altri si mettessero comodi. «Era il giorno dell'Anno Nuovo e tutti i cavalieri di re Artù erano riuniti a Camelot, il famoso castello in cui egli viveva. Festeggiavano e si scambiavano doni, quando un enorme cavaliere verde entrò a corte e lanciò una sfida. Chiunque tra i presenti avrebbe potuto sferrargli un solo colpo a proprio piacimento a condizione che a distanza di un anno e un giorno esatti questi si lasciasse colpire a sua volta. Sir Gawain, che non solo era il più giovane dei cavalieri di re Artù ma anche suo nipote, si fece avanti e accettò la sfida, quindi, con un sol colpo, staccò di netto la testa dal collo del Cavaliere Verde.»

Robbie annuì con entusiasmo strappandole un sorriso, e un'espressione divertita attraversò il viso del Señor Walker. Tess riportò lo sguardo sul fuoco, assicurandosi di non perdere la magia. Era stata la sua *abuela* a insegnarglielo. Una storia era tale solo se animata da spirito.

«A quel punto, Gawain era certo che il Cavaliere Verde fosse morto, e invece no. Raccolse la propria testa e gli ricordò di incontrarlo dopo un anno e un giorno esatti alla Cappella Verde, quindi si allontanò a cavallo.»

«La data si avvicinava in fretta e Gawain si avviò in cerca della cappella. Strada facendo si trovò a combattere molte battaglie e affrontò varie avventure, finché non giunse a un magnifico castello e incontrò il signore, un uomo di nome Bertilak, e la sua bellissima moglie.»

«E come si chiamava?» chiese Robbie. «Non me lo ricordo.»

«Lady Bertilak.»

«È facile da ricordare» disse Mary, mentre Molly Rose le si sedeva in grembo.

«Quando Sir Gawain racconta a Lord e Lady Bertilak di avere un appuntamento alla Cappella Verde il giorno di Capodanno» proseguì Tess «il Lord ride e risponde che la cappella si trova lì vicino, quindi lo invita a fermarsi al castello fino alla data stabilita e Gawain accetta. Poi, il giorno dopo, prima di partire per la caccia, Lord Bertilak propone a Gawain un affare: lui gli darà qualsiasi cosa avrà cacciato, se Gawain darà a *lui* qualsiasi cosa avrà ricevuto quel giorno.»

Robbie fece una risatina. «Ora viene la parte stupida.»

«Zitto, Robbie» sussurrò Mary. «Ascolta.»

«Quando Lord Bertilak se ne va, la moglie cerca di baciare Gawain, ma lui rifiuta finché non acconsente a darle un bacio solo, e nient'altro. Al ritorno, Lord Bertilak dà a Gawain il cervo che ha ucciso e Gawain gli dà ciò che ha ricevuto quel giorno.»

Robbie sorrise malizioso.

«E che cosa diede Gawain a Lord Bertilak?» gli chiese Tess.

«Un bacio» replicò il piccolo, chinandosi con una risatina che contagiò anche gli adulti.

«Esatto» rispose Tess. «Il giorno dopo, la castellana prova di nuovo a baciare Gawain e ci riesce due volte. Così, quando Lord Bertilak torna con un cinghiale, lo dà a Gawain e in cambio riceve due baci.»

Robbie continuava a sghignazzare e Tess sorrise.

«La mattina del terzo giorno, Lady Bertilak va ancora una volta da Gawain, ma invece di baci gli offre un anello d'oro, e siccome lui lo rifiuta gli offre una cintura di sete verde dicendogli che lo proteggerà contro qualsiasi danno fisico. Lui accetta e infine si lascia strappare tre baci. Quella sera, Lord Bertilak torna con una volpe, la dà a Gawain e riceve in cambio i tre baci ma non la cintura, che Gawain tiene per sé e che indossa il giorno dopo prima di andare alla cappella dove il Cavaliere Verde lo aspetta con la stessa ascia affilata di un anno prima.

«Come d'accordo, il Cavaliere colpisce Gawain una volta sola, ma non riesce a decapitarlo perché la cintura lo protegge. A quel punto, il Cavaliere Verde gli rivela di essere nientemeno che lo stesso Lord Bertilak e che l'intera avventura altro non è se non un gioco escogitato dalla Fata Morgan, la malefica sorella di re Artù.»

«Ecco, le sorelle sono malefiche» disse Robbie con un'occhiata a Molly Rose che, per tutta risposta, tirò fuori la lingua.

«A quel punto Gawain prova imbarazzo e anche se lui e Bertilak si salutano senza rancore, torna a Camelot con la cintura ancora legata in vita in segno della propria vergogna per non aver rispettato le regole del gioco. E da allora in poi, i Cavalieri della Tavola Rotonda indossano una fascia verde in onore dell'avventura di Sir Gawain. Fine.»

«È una bella storia» disse Robbie. «Io avrei seguito le regole.»

Tom arruffò i capelli del figlio. «Ma poi ti avrebbero tagliato la testolina. E io non sarei stato per niente contento.»

«Ha ragione» intervenne il Señor Walker. «Un uomo furbo sa sempre quando qualcuno sta cercando di fargli del male con troppe regole.»

«Vuol dire che la mamma sta cercando di farmi del male con tutte le *sue* regole?»

Risero tutti, poi Mary si alzò e rivolta a Robbie disse: «Forza, fila a letto, tu.»

«Vengo con te» disse Tom. «Scommetto che Evie ha di nuovo fame.»

«E l'allatti tu?» lo stuzzicò Mary.

«No, ma la prendo e la porto da te» ribatté Tom, quindi rivolto a Cale aggiunse «buonanotte.»

Il Señor Walker annuì.

«Buonanotte, Cale» disse Mary. «Buonanotte, Tess.»

Robbie e Molly Rose abbracciarono Tess e lei ne approfittò per stringerli forte. Sarebbe stata l'ultima volta. «*Buenas noches* Sir Robbie e Lady Molly» sussurrò.

«*Buenas noches*, Lady Tess» rispose Robbie.

Tra le lacrime che minacciavano di serrarle la gola, guardò gli altri congedarsi e lasciarla da sola con Cale.

«Siete una brava narratrice» disse lui. «Ricordo quel racconto, era uno dei preferiti di Hank.»

«Sicuramente per via della discutibile moralità di cui parla». Continuò a fissare il fuoco finché non fu certa di avere gli occhi del tutto asciutti.

«Hank credeva nella sopravvivenza, e infrangere le regole non lo infastidiva. Era a suo agio nell'ombra.»

«E voi?» Intrecciò lo sguardo al suo, rifiutandosi di lasciarlo andare. La forza con cui desiderava conoscere la risposta la sorprese.

Lui la guardò, provocandole un brivido lungo la schiena. Cale Walker era diverso da qualsiasi altro uomo avesse mai incontrato. Ne fu subito consapevole, fin nel profondo. Una spinta quasi fisica nel ventre la incalzava verso di lui e al tempo stesso la metteva in guardia trattenendola con altrettanta insistenza.

Mai più avrebbe permesso a un uomo di avvicinarsi. Conosceva nei minimi dettagli il costo di una simile eventualità.

«A volte» rispose lui. «Il mondo non è bianco e nero.»

«Questo lo so. Insomma, qual è il vostro piano? Come pensate di trovare mio padre?» Sapeva bene che non le avrebbe detto la verità.

«Non so ancora. Penso che ci dormirò su. Decideremo sul da farsi domani.»

«Beh, in tal caso...» Si appoggiò al bastone per alzarsi e d'improvviso Cale le fu accanto, prendendole un braccio per aiutarla a trovare l'equilibrio. «Non ce n'è bisogno, davvero. A domattina, allora.»

Un attimo d'indecisione gli attraversò il viso, quindi svanì. «A domani, signorina Carlisle.»

Tess si allontanò da lui e dalla sua solida presenza, ancora consapevole del calore del suo tocco.

Accidenti a lui.

Accidenti a tutti quanti.

Ci sarebbe andata da sola, a trovare Hank.

CAPITOLO TRE

Cale lasciò la proprietà dei Simms poco prima dell'alba. Guidando silenziosamente Bo nell'oscurità, si diresse a ovest, verso Tucson, dove avrebbe preso altre provviste. Sperava che Tom spiegasse la sua partenza improvvisa agli altri, e soprattutto che la spiegasse a Tess.

Che ne sarebbe stato di lei? si chiese. Sapeva che Hank le voleva bene – gli aveva parlato più volte della figlia, come pure della moglie, Isabelle – ma non era mai stato capace di mettere radici in un posto abbastanza a lungo da garantire loro la vita stabile che di sicuro avevano meritato.

Ripensando all'aggressione di Tess, Cale compilò un elenco mentale dei diversi uomini incontrati nel periodo trascorso con Hank: Jim Bennett, Walter Lange e, naturalmente, Saul Miller. Era stato per via di quest'ultimo, e dell'incapacità di Hank di tenerlo a freno, che Cale aveva abbandonato senza ripensamenti il proprio mentore. Il responsabile di tanta violenza verso la giovane avrebbe potuto essere chiunque dei tre, ma dovendone scegliere uno, Saul era sicuramente il primo.

Cale scosse la testa e maledisse Hank. Non avrebbe mai dovuto portare la figlia in quelle zone selvagge per tenerla al proprio fianco mentre lavorava. Gli uomini, e le donne, che spesso trattava l'avevano sicuramente messa in pericolo più volte del necessario.

Gran bastardo! Come hai potuto?

Arrivato a Tucson, Cale si fermò presso un negozio di generi vari e acquistò della farina, del caffè, fagioli, carne e frutta essiccate e del tabacco. Riempì d'acqua due brocche e quattro borracce, quindi comperò un sacco di avena per Bo e diverse scatole di cartucce per il suo Winchester e le due Colt. Le provviste si erano ridotte a zero durante il lungo viaggio dal Texas. Finito con gli acquisti, poi, si accorse che il carico sarebbe stato eccessivo per Bo, così andò verso il granaio che fungeva anche da stalla e comperò un mulo. Ce n'era solo uno abbastanza giovane per i suoi gusti, Mosè, un maschio dall'aspetto placido e il colore di un baio. Mosse le lunghe orecchie sulla grossa testa e Cale si fermò a guardarlo negli occhi: sì, gli piaceva.

Con il sole che si levava sul cielo orientale, e Mosè carico di provviste al seguito, lasciò Tucson alla volta di Tubac, circa cinquanta miglia a sud da lì; se si sbrigavano sarebbero arrivati entro la tarda serata del giorno dopo.

Era a circa due miglia fuori città, quando scorse un carro fermo: pendeva a sinistra e aveva una ruota bloccata a un piede di profondità in quello che a un certo punto doveva essere stato fango. Il terreno si era asciugato in fretta, intrappolando l'appendice rotonda, di fianco alla quale stava una giovane donna, mentre un'altra, che gli dava le spalle, provava a strattonarla. Man mano che si avvicinava, Cale sgranò gli occhi.

Tess!

«Che state facendo?» chiese in tono autoritario.

Lei gli lanciò un'occhiataccia oltre la spalla e proseguì nel suo tentativo di districare la ruota. L'espressione a denti stretti ben si accordava con la tenuta formale che indossava: gonna a quadri e sottogonna che coprivano i piedi calzati da stivali e una camicetta avorio a maniche lunghe abbottonata fino al collo. I capelli erano raccolti in una treccia stretta avvolta e fermata sulla nuca, e un cappello a tesa larga le copriva la testa. Se non fosse stato certo del contrario, l'avrebbe scambiata per una pedante maestrina.

Smontò da cavallo, rivolse un cenno alla donna che lo guardava da una breve distanza e fece l'unica cosa che gli venne in mente: infilò le mani sotto le braccia di Tess e la sollevò, allontanandola dal mezzo intrappolato.

«Vi state sforzando inutilmente» disse. E di fronte all'occhiata di puro disgusto che ricevette, si chiese se quel moto di frustrazione fosse diretto al carro oppure a lui.

Tornò da Bo, prese una fune e la legò al gancio di legno sul retro del carro, quindi si servì del cavallo per liberarlo.

«Oh, grazie» disse la donna più giovane. «Mio marito ha preso l'animale ed è andato a chiedere aiuto in città, ma dovrebbe tornare da un momento all'altro.»

«Allora aspetteremo con voi» rispose Cale.

«Ve ne sarei davvero grata, ma non sentitevi obbligati.»

«Nessun problema. La signorina Carlisle e io avremo modo di scambiare due chiacchiere.» La sua attenzione si spostò sullo sguardo ribelle di lei.

L'altra donna andò verso il carro a curarsi del contenuto e Cale tornò ancora una volta a guardare Tess, che se ne stava appoggiata al bastone.

«Che ci fate qui?» chiese.

Lei sollevò il mento. «Sto andando a Tubac.»

«Uh, che sorpresa!»

«Sembra che voi e Tom pensiate di potermi impedire di trovare Hank.»

«Stiamo solo cercando di proteggervi.»

«Non voglio protezione. Non ha fatto nessuna differenza prima, perché dovrebbe adesso?»

«Dunque accettate il fatto che potrebbe essere pericoloso?»

Il suo sguardo si spense. «L'ho vista, la morte, Señor Walker. E non voglio più vivere nella paura.»

Di fronte a quell'ammissione, Cale si bloccò. Adesso

comprendeva la sua motivazione: un misto di rabbia, rancore e sete di vendetta.

«E allora dovremmo viaggiare insieme» disse. Era l'unico modo per tenerla d'occhio.

«Lo avevo pensato sin dall'inizio, io. Siete stati voi e Tom a cambiare le regole, ieri.»

«Ho sbagliato.»

«Se non altro riconoscete i vostri errori; la maggior parte degli uomini non lo fa.» E con questo, si girò, ponendo fine allo scambio. Aspettarono con la donna il ritorno del marito – qualche ora dopo – quindi lei e Cale si misero in viaggio verso Tubac.

DOPO UNA GIORNATA IN MOVIMENTO, Tess poteva dirsi soddisfatta che Cale non sprecasse tempo ma anche stanchissima per via di tutte quelle ore in sella. Non era abituata a viaggi lunghi, almeno non dai tempi con Hank qualche anno prima. Non si era mai resa conto di quanto vagabondo fosse il suo *papá* finché non lo aveva accompagnato, a caccia di taglie e sogni di... non aveva mai saputo bene cosa.

Questa era la prima volta che si allontanava di nuovo da casa, quella dei Simms, dove a pezzi e affranta dopo l'attacco si era rifugiata senza più spostarsi, e dove, piano piano, aveva riacquistato una qualche parvenza di equilibrio che l'aiutasse ad affrontare un giorno alla volta. Trattandola con la stessa amorevolezza della sua *abuela*, Mary era diventata come una sorella per lei.. Ma la vera salvezza erano stati i bambini. Robbie e Molly Rose l'avevano riportata indietro nel tempo, a un'infanzia capace di meravigliarsi e trarre felicità dalle piccole cose: un cielo stellato, una lotta nel fango sotto la pioggia, un innocente bacio sulla guancia.

E adesso si era lasciata tutto alle spalle ed era qui, nel bel mezzo del nulla con un uomo che conosceva appena. Sperava di aver preso la decisione giusta. Sperava che al termine di quel viaggio avrebbe finalmente compreso il perché Hank l'aveva lasciata senza più farsi vivo per più di due anni. E sì, sperava persino che magari le volesse ancora bene.

Cale smontò da cavallo. «Direi che siamo ancora a una giornata o più da Tubac. Per stanotte ci accampiamo qui» annunciò, guidando il cavallo e il mulo verso uno sperone roccioso.

Tess si guardò intorno. La terra era piatta, arida e desolata. Ma lei ci aveva trascorso la propria vita, in quella zona, e invece di provare paura di fronte all'ampio spazio aperto si sentiva pervasa da un enorme senso di libertà.

Era arrivato il momento di farsi strada nel mondo.

Data l'assenza di acqua in quel posto, si erano premuniti riempiendo borracce, sacche e brocche presso una sgangherata stazione di commercio lungo la via.

Tess si lasciò scivolare dalla sella con una smorfia di dolore. Era rigida, distrutta, e quando i piedi toccarono il suolo una fitta lancinante sfrecciò lungo la gamba offesa. Strinse i denti, non avrebbe neanche fiatato, doveva mostrare al Señor Walker di essere all'altezza di quell'impresa. Tese il braccio verso il bastone e lo estrasse dal gancio sul fianco della sella. Di tanto in tanto poteva farne a meno, ma adesso era troppo dolorante e ne aveva bisogno.

Mentre Cale rimuoveva selle e attrezzi vari, quindi con una pentola di rame ammaccata dava da bere agli animali, Tess lasciò le proprie bisacce e la sacca presso l'accampamento di fortuna e andò a raccogliere pezzi di mesquite per il fuoco. Al suo ritorno, i cavalli e il mulo erano già stati addestrati a rimanere fermi e sembravano sereni.

«Ci penso io» disse Cale, prendendole la legna dal braccio. «Perché non vi riposate?»

«So di non essere agilissima, Señor Walker, ma posso sempre aiutare.» Le stava così vicino che riusciva a vederne il brillante azzurro degli occhi. Turbata, distolse lo sguardo.

«Siete alta per una *mexicana*.»

«Le mie origini irlandesi, immagino. Mia madre e la mia *abuela* mi arrivavano al fianco.»

Inginocchiandosi ad accatastare legna e altra minutaglia, Cale ridacchiò. Sfregò uno zolfanello e soffiò sulla fiamma finché questa non prese ad ardere gli sterpi. «Avete gli occhi di Hank.»

«Voglio considerarlo un complimento.»

«I vostri sono molto più belli.»

Tess lo guardò con un moto interiore di frustrazione. O forse era impazienza. Non sapeva bene. Più giovane di quanto avesse immaginato, Cale Walker si muoveva come un puma, con grazia e forza innata, pensò osservando le ampie spalle distendersi mentre tornava a rovistare tra le proprie cose. Che aspetto avrebbe avuto senza la camicia a coprirne muscoli e ossa?

Quella riflessione la strappò alla nebbia che le offuscava la mente.

Non pensava mai agli uomini in quei termini, non dall'aggressione… anzi, a voler essere onesta, non ci pensava e basta. Quel genere di riflessioni la ripugnava. Ciò che gli uomini facevano alle donne, la maniera in cui le usavano, in cui le ferivano… proprio non si vedeva interessata a uno di loro, né incline ad amarlo, non in quel senso. Poi, però, la mente tornava a Tom e Mary. Le era capitato di vedere il modo in cui lui guardava la moglie, ed era rimasta senza fiato. L'amore, il desiderio, la smania. La incuriosivano e al tempo stesso spaventavano. Così, ben in profondità, seppelliva ogni contezza di creature maschili, insieme al proprio corpo che sbocciava nella piena femminilità.

«Non so quanto riusciremo a cucinare con questo fuoco» disse Cale.

«Ho con me del cibo, almeno per stasera.» Appoggiandosi al bastone, Tess si avviò rigida verso la propria roba e si lasciò cadere al suolo. Finalmente riusciva a riposare le gambe, pensò trattenendo un sonoro sospiro di sollievo. Piegò la gamba destra ma tenne la sinistra dritta, l'avrebbe rilassata più tardi, dopo qualche massaggio.

«Tortine di farina e formaggio.» Srotolò il telo in cui li aveva avvolti e li porse a Cale. «Non dureranno più di un giorno, perciò sarà meglio mangiarli adesso.»

Le lunghe dita di Cale presero il cibo. «Non sarò certo io a lamentarmi.»

«Vi ho visto una volta» disse Tess «quando iniziaste a lavorare con Hank. Eravamo a Tucson e lui aveva radunato degli uomini per dare la caccia a un bandito diretto a Phoenix. Avevo più o meno dodici anni.»

Cale rise, ma a lei non sfuggì la nota di nervosismo. «È stato molto tempo fa. Come fate a essere certa che fossi io?»

Perché già allora avevate un modo di fare tutto vostro. «Hank parlava sempre di voi. Penso che foste il suo pupillo.»

«Un gran bel parolone considerato ciò che Hank offriva a noi ragazzi.»

«Ma voi non lo eravate. Dovete aver avuto almeno venti o ventun anni, no?»

«Già. Appena lasciato l'esercito. Non volevo tornare a casa in Texas. Incontrai Hank e lavorare con lui mi sembrò una buona occasione. Era più in gamba della maggior parte.»

Tess distolse lo sguardo. «Non saprei. Era orgoglioso del proprio istinto impeccabile. Sosteneva che la sua vita dipendesse da quello, che lo aiutava a cacciare taglie.» Gli occhi si posarono sul cibo nelle sue mani. «Ma non era infallibile.»

«Vi va di parlarne, Tess?» Cale aveva finito di mangiare e la sua attenzione era adesso concentrata su di lei. «Tom mi ha detto che vi hanno sparato.»

Tess alzò di scatto la testa e lo guardò, indignata. Sentiva il panico crescere nelle viscere.

Sa tutto quanto?

«Potete fidarvi di me» continuò lui.

Incapace di parlare, lei fece cenno di no. Aveva raccontato ad Hank dello stupro il giorno dopo e lui, per tutta risposta, l'aveva scaricata da Tom e Mary ed era sparito. L'unico motivo per cui lo aveva confidato a Mary era stato il timore di una gravidanza che, per grazia divina, non si era verificata. Il fatto che Tom lo sapesse, e magari lo avesse detto anche a Cale, la irritava oltremisura. Una reazione eccessiva sotto la quale ardeva, però, la vera colpevole: la vergogna.

«Sono molto stanca.» Si sdraiò sul proprio giaciglio e voltò le spalle a Cale Walker. Le lacrime bruciavano agli angoli degli occhi e lei li strinse forte per soffocare la minaccia di una sfrenata esplosione di dolore.

Era fin troppo abituata, ormai.

CAPITOLO QUATTRO

Tirandosi dietro Mosè con una lunghina, Cale guidava Bo per il sentiero battuto verso Tubac e pensava alla donna che lo seguiva. Gli anni di caccia all'uomo con Hank erano stati solo due, ma nel corso di questi Cale era arrivato a considerare l'irlandese il padre che aveva sempre desiderato e che, Dio gli era testimone, il proprio non era mai stato. Pur parlandogli spesso di Tess ed Isabelle, Hank non gliele aveva mai presentate. L'unica che avesse incontrato, una sola volta, era stata Dolores, l'*abuela*.

La figlia, a detta di Hank, era luminosa come il sole e tanto legata alla terra quanto lo era stata la nonna paterna. Ma la meraviglia erano la sua curiosità, l'insaziabile passione per le storie e la risata entusiasta quando le raccontava qualche ridicolo episodio a cui aveva assistito durante i suoi viaggi.

Che ne era stato di quella ragazza?

Non avrebbe dovuto tirare in ballo l'aggressione, la sera prima, ma non era riuscito a trattenersi così come aveva invece fatto riguardo a tutte le faccende da sbrigare quando si erano accampati. Aveva visto quanto fosse stato difficile per Tess cavalcare con una gamba offesa, che dopo le ore in sella sarebbe stata ancor più dolorante, eppure non aveva insistito. Avrebbe saputo come curarla

– lo aveva appreso durante il periodo con gli Apache – e voleva aiutarla, ma intuiva che lei non avrebbe gradito.

Così, di fronte a un'espressione di sofferenza sul viso o ai suoi sforzi nello sbrigare semplici compiti come prepararsi il giaciglio per la notte, aveva fatto finta di nulla. Diversamente, avrebbe preteso che si fermasse e lasciasse quei compiti a lui. Sapeva che assecondarla a quel modo non l'avrebbe aiutata, tuttavia trovava difficile reprimere l'istinto di farlo.

Le lanciò un'occhiata oltre la spalla. Indossava ancora la tenuta da maestrina ma se quantomeno si era arrotolata le maniche fino ai gomiti. Era agosto e faceva caldo. Il cappello era abbassato sugli occhi e allacciato stretto sotto il mento, ma la treccia si era allentata e ciocche di capelli neri ondeggiavano libere lungo la schiena.

In sella al cavallo, la condizione della sua gamba sfuggiva all'osservazione, e Cale non poteva fare a meno di pensare che Tess dovesse essere contenta di potersi muovere senza restrizioni. Aveva un bel portamento e le curve femminili erano ben evidenti, nonostante i suoi sforzi per nasconderle. Non era più una dodicenne.

Chissà come sarebbe stato incontrarla sei anni prima, quando la vita non l'aveva ancora atterrata costringendola in una tenace morsa.

Quella sera Cale accese un fuoco più grande e consumarono fagioli caldi e biscotti.

Tess bevve un sorso di caffè denso e fece una smorfia, subito celandola. «Perché non voleste più seguire Hank?»

La risposta era complicata e al tempo stesso semplice. Non c'era motivo di rinvangare il passato, anche perché riguardava un aspetto del padre che nessuna figlia dovrebbe mai conoscere.

«Fu lui ad allontanarsi per venire a cercare *voi*» disse, offrendole una ragione abbastanza sufficiente.

«Ma non avete più ripreso.»

«Decisi di voltare pagina.»

«Perché?»

«È una storia lunga.» Attizzò il fuoco, con l'acre odore di mesquite a ricordargli le notti trascorse a caccia con Hank. «Perché non mi raccontate cosa accadde quattro anni fa?»

«Ci fu un incendio.»

«Lo so. Era scritto nel telegramma che Hank ricevette molto dopo. Come successe?»

«Hank si decise a sposare mia madre quando avevo già tre anni. All'inizio disse che non sapeva se avrebbe *potuto* sposarla, per via di alcune leggi e altro, ma lei non mollò e insistette – almeno questo è quanto mi raccontò lui e, conoscendo mia madre, gli credo – così la sposò. Saltò fuori, perciò, che non esisteva alcuna legge che impedisse a un bianco di sposare una messicana, ciò nonostante la gente del posto non ci vedeva di buon occhio. E mi chiedo se non sia stato proprio questo a inasprirla tanto.»

Tess mise il piatto da parte, quindi si passò una mano sulla gonna.

«Beveva troppo» aggiunse «sempre, ma con il passare degli anni, e Hank via per così tanto tempo, il peso iniziò a farsi sentire. Non era facile viverle accanto.»

«Non ho mai avuto occasione di incontrarla» disse Cale. «Mi dispiace sapere che non andavano d'accordo.» Ma conosceva Hank – risoluto, scaltro, a volte inflessibile – e poteva ben immaginare perché Isabelle avesse scelto una vita difficile pur di stargli accanto.

«Avevo la mia *abuela*» proseguì Tess. «Dolores Rios Campos era la mia protettrice, la mia insegnante, la mia…» Un nodo le serrò la gola costringendola a fermarsi.

«L'ho incontrata una volta.»

«Davvero?»

«Fu anni fa, a Tucson. Seguivamo le tracce di un uomo che rapiva e vendeva ragazze in Messico. La vostra *abuela* venne da noi una sera e ci diede informazioni su dove trovarlo.»

«E come le aveva avute?»

«Non saprei. Parlò per lo più con Hank, ma poi ci guardò uno a uno e, per qualche ragione, i suoi occhi si fermarono su di me. Mi chiamò *el puma*.»

«Ma non eravate ancora stato attaccato.»

«Già. Strano.»

Un'espressione malinconica attraversò il viso di Tess. «A volte camminava con un piede nell'altro mondo.»

«Come si verificò l'incendio?» chiese piano Cale.

Tess esitò, quindi riprese. «Isabelle era ubriaca fradicia e rovesciò una candela. Non potevamo permetterci cherosene per le lampade. La nostra casetta era di adobe, ma il fumo era troppo. Ci provai davvero, a salvarle…»

Un istante, era bastato quello a perdere tutto.

«Mi dispiace, Tess.»

«Per quanto ne so io, avete avuto una sorta di litigio con Hank… perché siete qui?» chiese lei, palesemente ansiosa di cambiare argomento. «Perché siete accorso in mio aiuto?»

Cale fissò il fuoco e si passò le dita tra i capelli corti. «A prescindere da come è finito tutto, gli sono debitore, per varie ragioni. E quando Mary inviò quella lettera ai Ryan chiedendomi di aiutarvi, mi sembrò giusto farlo. Forse è ora di riappacificarsi.»

I suoi occhi incontrarono quelli verdi di lei, in cui si leggevano il riflesso di Hank e un accenno all'altra donna che si celava dietro Tess Carlisle. Non aveva trascorso che pochi giorni con lei, e il muro che si era eretta intorno gli sembrava abbastanza reale, ma l'occasionale fiammata che gli era capitato di cogliere la diceva lunga sulle sue convinzioni. E lo incuriosiva. Voleva saperne di più.

«È ora che anch'io faccia pace con Hank» disse lei.

IL TERZO GIORNO ARRIVARONO A TUBAC, un insieme sgraziato di dimore in adobe e quanto restava della settecentesca occupazione spagnola, il cui gruppo principale consisteva delle rovine degli ampi edifici che costituivano il *presidio*. Il cambio di altitudine aveva portato con sé un gradito sollievo dal caldo, e pioppi rigogliosi abbracciavano le acque del Santa Cruz.

Cale ebbe l'impressione di essere in vacanza con Tess.

Le trovò una stanza in una pensione, pagò per un bagno e andò a lasciare gli animali nello stallaggio, con l'ulteriore intento di indagare sugli spostamenti di Hank. Tess si sarebbe infuriata se avesse scoperto che stava per agire da solo, ma il viaggio l'aveva provata – così come avevano rivelato gli occhi cerchiati di scuro e il costante massaggiarsi la gamba impedita durante la cavalcata – perciò voleva che si riposasse e, grazie al cielo, lei non si era ribellata.

La visita all'ufficio postale improvvisato in un angolo remoto di un saloon, nonché al resto dell'edificio stesso, non fornì alcuna informazione su dove potessero trovarsi Henry Worthington o Carleton Perry, così Cale si diresse altrove.

Qualche domanda qua e là lo condusse a una stamberga con il pavimento in terra battuta e l'aria permeata di un vago afrore di corpi sudati. Era tardo pomeriggio, ma si contavano già molti clienti, per lo più *Mexicanos*, che lo guardavano con sospetto. Ordinò un bourbon e ingollò in un solo sorso il pessimo torcibudella propinatogli dall'uomo che fungeva da oste dietro l'asse di legno. Non aveva voglia di discutere.

Cale osservò la disposizione della stanza, ben contento di quella distrazione dopo tutto il tempo trascorso con Tess, il cui distacco emotivo, seppur comprensibile, lo irritava.

E il fatto che lo irritasse gli dava ancor più fastidio.

Non dovevano per forza essere amici per trovare Hank. Ne era consapevole. E, dannazione, anche lui sapeva essere insensibile e distaccato.

Mise giù il bicchiere, l'oste lo riempì e lui lo trangugiò, in una routine che si ripeté più e più volte senza che il pensiero di Tess smettesse mai di affliggergli la mente. Quel brivido di attrazione che lo rodeva, come un coyote che si rosicchia la zampa per liberarsi dalla trappola, generava in lui il desiderio di salvarla esortandolo al tempo stesso a fuggirla.

Dopo aver giocato a carte e mandato giù più liquore del dovuto, Cale venne a sapere di un uomo con possibili indizi su Worthington. Nell'oscurità totale, riuscì a trovare la sua dimora in adobe ai margini della città, ma sul punto di avvicinarsi alle sue spalle echeggiò il caratteristico suono di un bastone sul terreno. Si girò di scatto.

«Che ci fate qui?» chiese a Tess.

Lei gli si parò davanti, ansimante. «Cercavo *voi*.» Il tono esasperato e gli occhi come fessure non celavano di certo la condanna, anzi, e Cale si sentì come uno scolaro sorpreso dalla maestra. Indietreggiò prima che Tess cogliesse l'odore del fiato, ma era già troppo tardi.

«Siete ubriaco?»

Si avvicinò, avvolta da un profumo d'olio di rose. *Mmm, sa proprio di buono.* Il lampo di rabbia nei suoi occhi era evidente persino nella notte d'inchiostro. Gli piaceva. E faticava a ignorare il richiamo della sua fragranza, la sensuale curva delle labbra, la levigatezza della pelle del viso, del collo e…

«Solo un po'» ammise.

«E perché mai?»

«Non è facile viaggiare con una donna.»

Tess si immobilizzò.

Accidenti! Non avrebbe dovuto parlare a quel modo.

«Scusate, non intendevo in quel senso. È solo che… sono state giornate lunghe.»

Lei mosse un passo indietro e Cale si sforzò di distogliere lo sguardo dalla seducente massa di capelli, sciolta e fluente sulle spalle.

«Come mai siete qui?» chiese lei, con un cenno della testa verso l'abitazione.

«Seguivo una pista che potrebbe portare da Hank.»

«E allora vi aiuterò.»

Non sapendo cos'altro dire, Cale si limitò a un cenno di assenso. Andò alla porta e bussò.

Un vecchio messicano aprì.

«Siete Juan?»

«*Sí.*»

«Mi chiamo Cale Walker, e questa è Tess Carlisle.»

L'uomo si avvicinò a scrutarla. «Sei la figlia di Hank?»

I due iniziarono a parlare in spagnolo. Capelli corti e ispidi spruzzavano di grigio la testa altrimenti scura di Juan e profonde rughe si aprivano a ventaglio agli angoli degli occhi.

«Traducete, per favore» disse a fior di labbra Cale.

«Juan può mostrarci dov'era Henry Worthington parecchi mesi fa» rispose Tess «sulle colline a est. Forse Hank è con lui. Ma non lo sa per certo.»

Quindi, dopo aver conversato ancora po', aggiunse: «Non vuole denaro. Dice che una volta Hank gli ha fatto un favore e perciò si sdebiterà attraverso la figlia. Dobbiamo incontrarlo domattina allo stallaggio, alle sette in punto.»

Juan aggiunse qualcosa nella propria lingua.

«Dice che sarà meglio spostare alle otto e mezza» spiegò Tess. «Una bella dormita vi farà smaltire la sbronza.»

«Non sono ubriaco.»

Tess gli lanciò un'occhiata che diceva ben altro, quindi strinse la mano a Juan. «*Gracias.*»

Si girò e iniziò ad allontanarsi, con il bastone di fianco e la gonna a quadri che le ondeggiava intorno.

Cale rivolse un cenno a Juan e, vacillante per un improvviso attacco di vertigini, le corse dietro. «Aspettatemi, Tess.»

Lei si fermò. «Forse è il caso che vi presti il mio bastone.»

«No, grazie. Semplicemente, non voglio che camminiate da sola.»

«E come pensate ci sia venuta qui?»

Lui adeguò il proprio passo al suo, prestando particolare

attenzione a camminare dritto. «Non siete per niente facile all'amicizia, o sbaglio?»

«Non sapevo consideraste importante essere *mio* amico.»

«Diciamo che non mi piace non andare d'accordo con voi.»

«Ci conosciamo appena da qualche giorno, Señor Walker.»

«Allora…» Stava forse farfugliando? Non avrebbe saputo dirlo. «Dovete assolutamente chiamarmi Cale.»

«Perché voi mi chiamate Tess?»

«Dovrei forse chiamarvi signorina Carlisle?»

«Sarebbe opportuno, non credete?»

Cale rise. «Ma se per via di Hank siamo praticamente parenti!»

Tess si fermò. «Dunque, vi considerate mio fratello?»

Un corno!

Ma ebbe il buon senso di trattenersi.

Che dire? Aveva decisamente alzato il gomito, il che succedeva di rado. Certo, a volte beveva anche lui, ma senza mai superare i propri limiti.

D'improvviso, fu attraversato da un ardente desiderio verso quella donna. E incapace di staccare gli occhi dai suoi, sentì di voler chiarire un particolare limite. «Io *non* sono vostro fratello, Tess.»

Lei sgranò gli occhi e socchiuse le labbra, come stesse per dire qualcosa. Fu quell'attimo di esitazione a convincere Cale che Tess non era immune a quanto stava accadendo tra di loro.

Sapeva che la voleva.

CAPITOLO CINQUE

Tess al fianco di Juan, con Cale e il mulo al seguito, lasciarono Tubac a cavallo e si diressero verso una vallata a est.

«Come avete conosciuto mio padre?» chiese lei in spagnolo.

«Un giorno l'irlandese mi salvò la pelle» rispose il tarchiato messicano dai denti malandati e le mani grassocce che stringevano le redini. «Mi tesero un'imboscata fuori città e… sistemò tutto lui.»

Cale affiancò il cavallo a quello di Tess, che fece finta di nulla. La sera precedente l'aveva lasciata alquanto confusa, così aveva semplicemente deciso di ignorare il fatto che lui l'avesse guardata allo stesso modo in cui di tanto in tanto aveva visto Tom fissare Mary.

«Non avevo idea che gli irlandesi fossero tanto violenti» aggiunse Juan in inglese.

«Basta così» s'intromise Cale.

Tess tenne lo sguardo fisso davanti a sé. «Non serve nascondere la vera identità di mio padre. La conosco già.»

Con la coda dell'occhio vide Cale sistemarsi il cappello. «Tess, vorrei davvero che mi lasciaste proseguire da solo.»

Lei si decise a guardarlo, subito notando il suo aspetto sfinito. «E io vorrei davvero che non beveste tanto quando siamo in città.»

«Concordo.» Un lieve sorriso gli sfiorò le labbra, facendole vibrare lo stomaco per qualche istante.

«È così difficile viaggiare con me?» chiese prima di ripensarci.

Gli occhi azzurri di Cale incrociarono i suoi. «No. Ma in che cosa ve la cavate?»

Incredula, Tess rimase a bocca aperta. *Mi ha presa per una prostituta?*

«Sapete sparare?» aggiunse lui. «Avete un'arma? O un coltello, magari?»

Ah, ecco, era saltata alla conclusione sbagliata. L'indignazione svanì. «Ho cavalcato con Hank abbastanza a lungo da imparare a maneggiare qualche arma. E ho una Remington a sei colpi» disse riferendosi alla rivoltella nascosta nella borsa.

«Avancarica o a cartucce?»

Tess provò a nascondere l'irritazione, ma invano. «A cartucce.»

«E avete anche quelle?»

«Sì.»

La infastidiva che lui la credesse impreparata. Non era stupida. Sapeva benissimo cosa si nascondeva nel deserto.

«Una donna con un'arma non è mai cosa buona» disse Juan. «Se la fai arrabbiare ti fa saltare l'ucce…» s'interruppe. «Vi chiedo scusa, signorina Theresa.»

«Non vi preoccupate» rispose Tess, ripensando a Saul Miller. Aveva immaginato parecchie volte di puntargli un'arma proprio in quel posto lì.

«Immagino che la soluzione sia evitare di contrariare una donna armata» disse Cale, voltando il viso dall'altra parte.

Ma a Tess non era sfuggito il sorrisino. Fissò lo sguardo davanti a sé e fece del proprio meglio per ignorarlo.

Cavalcarono l'intera mattinata finché Juan d'un tratto si arrestò. «Questo è l'ultimo posto in cui ho visto quel vecchio pazzo di Worthington» disse. «C'era anche l'irlandese.»

Deserto, sterpaglie e sole battente. A parte questo il nulla.

«Dove?» chiese Tess.

Juan si strinse nelle spalle. «Più di questo non so dirvi. Il vecchio era convinto che gli spiriti lo inseguissero, e all'irlandese piace il suo *tiswin*.»

«Che cos'è?» domandò Tess.

«Liquore» rispose Cale.

«Come mai non mi sorprende che lo sappiate...»

Aveva risposto in tono acido e se ne pentì all'istante, ma una sensazione di disagio pesava nelle viscere: sbagliavano a fidarsi di Juan?

Gli occhi si spostarono su Cale. E il suo sguardo indecifrabile le trasmise ansia.

«Vi siamo grati del vostro aiuto, Juan» disse lui. «Penso che possiamo proseguire da soli.»

Juan esitò. «Spero che lo troviate. Mi dispiace di non avere indizi migliori.»

«Abbastanza normale quando dai la caccia a un fantasma.»

Il messicano rise. «*Muchos espíritus*, qui.» Girò il cavallo verso il sentiero appena percorso e li salutò: «*Adios, amigos.*» Poi, tornandosene a Tubac, continuò ad agitare la mano finché il cavallo non giunse in cima a una collina e scomparve.

Tess sospirò. «E noi dove le troviamo, le tracce di Hank, in questo posto?»

Gli occhi di Cale fissavano un punto distante a sud. «In questo preciso momento, è l'ultimo dei nostri problemi.»

Il disagio di prima si trasformò in preoccupazione. «Che c'è?»

«Fate come se nulla fosse. Siamo osservati.»

«Da chi?»

«*Amigos* di Juan, direi. Era troppo disponibile per essere sincero.»

«E allora perché l'avete seguito fin qui?»

«Non so bene. Ma credo che davvero conosca Hank.»

«Che facciamo?» chiese lei, soffocando l'istinto di guardare in tutte le direzioni alla ricerca di possibili avversari.

«La tenete a portata di mano, quella pistola?»

Le spalle di Tess si afflosciarono. «È in fondo alla borsa. E scarica.»

Cale affiancò Bo al suo cavallo, le slacciò la tracolla e gliela porse. Lei l'aprì e cercò a tentoni l'arma e la scatola di munizioni, quindi le tirò fuori. Cale prese il tutto, controllò la pistola e con movimenti sicuri inserì le cartucce nella camera. Girandosi sulla sella, Tess si sistemò di nuovo la borsa.

«Tenetela con voi» disse lui, tendendole l'arma.

«È il caso di nasconderci?»

«No. Ho un'idea.»

———

CALE IMPROVVISÒ un accampamento e accese un fuoco, legando cavalli e mulo a dei paletti. Occhi diffidenti e un'espressione tirata sul viso, Tess lo guardava, ma lui la ignorò e si preparò a ricevere visite.

Da una nuvola di polvere in lontananza apparvero due uomini a cavallo.

Tess seguì il suo sguardo. «Perché non proviamo a lasciarceli alle spalle?» chiese.

«Potrebbe funzionare, come anche no.» Le si fece incontro. «Sedetevi.»

Lei lo fissò. «Perché?»

«Fidatevi di me, Tess. Se ci allontanassimo e ci inseguissero, con tutta probabilità ci beccherebbero con i lunghi fucili che si portano dietro.»

Tess sbiancò in volto.

«Adesso vi lego» continuò lui.

«Cosa?!»

«Un nodo lento, giusto per mostra. E preferirei evitassimo discussioni, non abbiamo molto tempo.»

Il temperamento di fuoco che lei teneva ben nascosto affiorò brevemente in superficie, ma Tess lo represse e sedette, piegando solo gamba destra.

«Dovreste davvero lasciarmi dare un'occhiata» mormorò lui riferendosi all'arto offeso.

Le prese i polsi e glieli unì in grembo, quindi gli passò intorno una corda ma senza legarla. Posò la Remington sulla sua gonna, le tolse il cappello dalla testa e lo gettò sull'arma.

«Tenete la bocca chiusa e lasciate parlare me» ordinò, rialzandosi nell'istante in cui due uomini a cavallo si fermavano trenta iarde più in là.

«Serve aiuto, amici?» chiese.

Dall'aspetto giovane ma rozzo, i due erano barbuti e indossavano abiti macchiati di sudore. Cale non si era sbagliato a proposito dei fucili, che pendevano nel fodero sul fianco di ciascun cavallo. E notò anche le pistole allacciate in vita.

«Beh, si direbbe che voi e la signora vi siate persi» disse quello di destra, sputando per dare sollievo alla guancia piena di tabacco. «Che ci fate qui soli soletti?»

«Eravamo di passaggio.»

«È vostra moglie?»

Con le mani vicino alle Colt sui fianchi, Cale finse un atteggiamento rilassato. «No. È una prigioniera.»

«Che ha fatto?» Tabacco sembrava sinceramente interessato.

«Dubito siano affari vostri.»

Tabacco sputò un'altra volta. «Il fatto è che... in un certo senso qui comandiamo noi. E voi state attraversando il nostro territorio, perciò dovete pagare.»

«Non credo proprio.»

«Ehi amico, volete mancarci di rispetto?»

«Questa terra non vi appartiene» rispose Cale. «E la vostra è semplice prepotenza.»

«Bene, dateci la ragazza e siamo pari, potete anche andarvene. Tanto è una prigioniera, no? Che v'importa di quello che le succede?»

Cale scosse la testa. «Non siete particolarmente furbo, vedo. È una prigioniera *apache*, e io lo sta portando a Camp Bowie per interrogarla. In questo preciso istante la tribù a cui l'abbiamo portata via ci sta dando la caccia.»

Tabacco si raddrizzò in sella e lanciò un'occhiata tutt'intorno, con un'espressione preoccupata sul viso.

«Prendetela pure» continuò Cale «ma non devo certo dirvi quello che vi farebbero gli indiani se vi catturassero. E ci riusciranno, statene sicuri.»

«Perché vorrebbero una messicana?»

«È una delle mogli di Geronimo.»

Sul viso di Tabacco passò un'espressione incredula. «Non è vero. Ve lo siete inventato. E poi, ho sentito dire che quel bastardo rissaiolo è rinchiuso nella San Carlos.»

«Ma lei resta sua moglie. Se la portate via e la vendete in Messico, vi cacciate inutilmente nei guai.»

Tabacco si accigliò, palesemente assorto dalla piega che seguiva quello scambio.

«Andiamocene e basta, Tobias» disse l'uomo al suo fianco. «Non mi piacciono gli Apache» aggiunse sottovoce. «Non ne vale la pena.»

Tabacco rispose con un grugnito disgustato. «Già. Forse hai ragione tu», quindi rivolgendosi a Cale disse: «Spero che non vi scotennino prima che arriviate a Bowie, amico.»

Tirando le redini, i due girarono i cavalli e si allontanarono.

Cale rimase dov'era finché fu certo che non avrebbero cambiato idea.

«Finiscono sempre così bene le vostre trattative?» chiese Tess.

Gli occhi di Cale erano ancora fissi sulla nuvola di polvere che andava scomparendo all'orizzonte. «A volte.»

«Hank non sarebbe stato tanto paziente.»

«Lo so. E fintanto che sei il più veloce a tirar fuori l'arma, non è un problema. Ma prima o poi la fortuna ti abbandona.»

«Pensate che sia morto?»

Cale abbassò lo sguardo su di lei. «In tutta onestà? Direi al cinquanta per cento. E forse questo spiegherebbe il perché non si sia più fatto sentire.»

«Ma le informazioni raccolte a Tubac? Si riferivano ai mesi più recenti.»

«Potrebbe trattarsi di qualcun altro che si serve del falso nome di Hank.»

«Perché?»

Cale si strinse nelle spalle. «Non lo so.» Ormai sicuro che Tabacco e il suo amico non sarebbero tornati, si inginocchiò davanti a Tess e prese la corda. «Siete stata brava» disse, concedendosi il lusso di trattenere ancora un istante il suo sguardo verde.

«Ho imparato da Hank a restare zitta. Per lo più.» Un'espressione di sofferenza le contrasse il viso. Si mise il cappello in testa, sviando ulteriori discussioni, e afferrò la Remington.

Cale aveva avuto la netta sensazione che si riferisse all'aggressione che le aveva lasciato quella ferita permanente, ma sapeva che altre domande avrebbero sortito solo una maggiore chiusura da parte sua. Così, le offrì la mano e l'aiutò a rimettersi in piedi.

SEGUENDO CALE in una stretta valle al tramonto, Tess si rilassò. Avevano trascorso tutto il giorno allo scoperto e si erano imbattuti in due uomini pronti a rapirla, dunque accamparsi in un posto nascosto alla vista le sembrava più sicuro.

Quell'evento l'aveva turbata, ciò nonostante lei aveva mantenuto la calma, e rassicurata dalla pistola a portata di mano si era sentita di nuovo pronta e capace di reagire. L'aggressione da parte di Saul, infatti, non si era limitata a rubarle la verginità – una perdita sulla quale non si era soffermata a lungo perché soffocata dal dolore troppo profondo – ma le aveva anche strappato qualcosa di ancor più importante: la forza di orientarsi nel mondo.

Oggi, però, un pezzetto lo aveva riacquistato.

Cale non fece in tempo ad arrestare il cavallo e smontare, subito imitato da Tess, che gli animali presero a tirare le redini, agitati.

E lei che si era sentita più sicura!

«Ehi, piano» diceva Cale, provando a calmare Bo, quando dal nulla sbucò una coppia di anziani.

Tess trasalì.

«Che ci fate qui?» urlò la donna con in mano un fucile da caccia. Trasandata ed esile, stringeva forte le dita ossute intorno all'arma. Capelli grigi sfuggivano ai confini di un cappello sudicio, ma gli occhi brillavano di determinazione.

«Non siete i benvenuti» disse l'uomo, un po' curvo e dall'aspetto altrettanto sciatto.

«Non sapevamo che ci foste voi» rispose Cale, che si sforzava ancora di calmare il cavallo, mentre Tess, tenendo Gideon per le briglie, era riuscita a placarlo con mormorii e carezze sul collo.

«Veniamo in pace» continuò Cale. «Cercavamo solo un posto per accamparci.»

«Non qui. Andatevene!» ordinò la donna, agitando il fucile con enfasi.

Ma Tess non aveva intenzione di sprecare un'occasione per scoprire qualcosa sul padre. «Stiamo cercando un uomo chiamato Hank Carlisle.»

La donna allentò la presa sul fucile. «E perché lo cercate?»

«È mio padre.»

«Ah, questa sì che le batte tutte» disse piano il vecchio. Né lui né la donna staccavano gli occhi da Tess. «È lei, Mariah.»

CAPITOLO SEI

Cale girò attorno a Bo in modo da trovarsi fianco a fianco con Tess. «Conoscete Hank Carlisle?»

«Proprio così» rispose il vecchio.

Sembrava improbabile, ma se in quanto aveva sentito a Tubac c'era una base di verità, allora doveva chiederglielo. «Non sareste, per caso, Henry Worthington, voi?»

L'uomo inclinò lievemente la testa, forse per sentirci meglio. «Esattamente.»

«Io mi chiamo Cale Walker e questa è Tess. Che ne direste di accamparci tutti insieme e fare due chiacchiere?» Voleva davvero che Mariah mettesse giù il fucile.

«Penso che sia una buona idea» rispose Henry. «Andiamo, Mariah.»

«Non mi convince» ribatté la donna. «Abbiamo già sbagliato altre volte a fidarci di estranei.»

«Non avete intenzione di farci del male, giusto?» chiese Henry.

«No, certo che no» si affrettò a rispondere Tess. «Abbiamo del cibo. Lo condivideremo volentieri.»

«Caffè?» volle sapere Mariah.

Tess annuì.

«Abbiamo perso il nostro barattolo una settimana fa. Se ci lasciate quello che vi è rimasto potete restare.»

Cale avrebbe preferito dar via il tabacco, ma accettò silenziosamente l'accordo e Mariah abbassò l'arma.

Più che un'anziana sembrava un fantasma, pensò, meravigliandosi di come riuscisse anche solo a reggerlo, quel fucile. Chissà, forse se gli *espíritus* si stavano prendendo gioco di lui e Tess, lì da soli nel deserto.

Erano davvero in compagnia di Henry e Mariah o si trattava di spettri intenti ad approfittarsi di loro? Gli Apache credevano che gli spiriti fossero in grado di trattenersi sulla terra, soprattutto subito dopo la morte. Cale decise che a un certo punto avrebbe fatto meglio a controllare l'intera area per accertarsi che i cadaveri dei Worthington non giacessero nei dintorni. Di avvoltoi in cielo non ne aveva visti, ma era sempre bene tenere gli occhi aperti.

Con Tess tirarono fuori l'occorrente, quindi Cale andò a occuparsi dei cavalli e di Mosè e al ritorno sedette con lei intorno al fuoco, di fronte ai Worthington. I due, come ebbero modo di scoprire, erano sposati da quarantotto anni e arrivavano dall'Ohio in cerca di oro, un'attività a cui si dedicavano ormai da tempo. Il sole del deserto aveva trasformato i loro visi in scure maschere di cuoio rugoso e, Cale ne era certo, doveva avergli cotto anche i cervelli.

«Restiamo per lo più nascosti» disse Henry. «Gli Apache non riescono a trovarci. Ma noi li vediamo. Bisogna stare attenti da queste parti.»

«E non chiedeteci dell'oro» s'intromise Mariah. «Non vi diremo niente.»

«Ricordate l'ultima volta che avete visto Hank Carlisle?» chiese Cale, decidendo di non fare neanche cenno alla presunta connessione tra il nome di Henry e lo pseudonimo di Hank.

Sebbene Tess avesse preparato un'aromatica zuppa di fagioli

lasciati in ammollo tutto il giorno in una delle borracce, Henry aveva preso posto intorno al fuoco con un piatto di quelle che sembravano frattaglie.

Lo spinse davanti a Tess, ma lei declinò, così come fece anche Cale. La cautela gli suggeriva di diffidare: dei reclusi come quei due avrebbero potuto rivelarsi del tutto imprevedibili.

«Quand'è stato?» Henry guardò Mariah.

«Oh, non so» rispose lei. «Qualche settimana fa, o qualche mese. Capita che Henry gli porti la posta.»

«Avete idea di dove possa essere adesso?» chiese Tess. «È accampato da qualche parte?»

«Non lo so» rispose Henry. «Hank non ne parla mai, ma potrebbe trovarsi tra i Chiricahua.» E prese a mangiare il sanguinoso intruglio sul piatto con una forchetta piegata.

«Siete sicuro di non volere un po' dei miei fagioli, Henry?» Il tono ansioso di Tess rivelava puro disgusto. Anche Cale sentì il proprio stomaco inacidirsi.

«Ve ne sarei grato» disse il vecchio. «Appena avrò finito questo.»

«Diglielo, Henry» lo esortò Mariah con una lieve gomitata.

«Dirci cosa?» chiese Tess.

«Io sto mangiando. Diglielo tu, Mariah.» E si ficcò rumorosamente in bocca un pezzo di intestino.

Tess distolse lo sguardo e si portò una mano sulle labbra. Sembrava sul punto di rimettere, pensò Cale.

L'anziana puntò gli occhi addosso a entrambi. «E va bene. Non siamo cattiva gente. Ma la maledizione ci ha colpito, e la colpa è di Hank.»

«Di che cosa parlate?» chiese Cale.

«È stato lui a raccontarcelo. Disse che gliel'aveva passata un uomo morto. E adesso ce l'abbiamo noi. Fa succedere un sacco di cose brutte.»

«Tipo?»

«Il nostro somaro migliore è morto. Henry lo sta mangiando proprio adesso.»

Tess emise un suono strozzato e si coprì di nuovo la bocca.

«Un ragno mi morse a una gamba» continuò Mariah. «Per un periodo persi la sensibilità. E non parliamo poi degli strani sussurri ogni notte. Non ti lasciano dormire.»

«Aspettate, credo di sapere» la interruppe Henry. «Potrebbe essere andato a Camp Bowie.»

«E chi diamine ci andrebbe mai, lì?» Mariah scosse la testa. «Militari dappertutto. Sai che seccatura.»

«Non vi sentireste forse più sicura con la cavalleria nelle vicinanze?» chiese Cale.

«Esercito, Apache, non c'è nessuna differenza» rispose Mariah. «Vogliono solo pestarti a morte.»

Cale non sapeva davvero come portare avanti la conversazione. Potevano anche andarsene a dormire. Tanto il suggerimento di Henry, a proposito di Hank e Camp Bowie, era probabilmente il massimo che potesse sperare di cavare al quel mangiasomari.

Mariah riportò la propria attenzione su Tess. «E adesso, signorina, vogliamo che ci togliate questa maledizione.»

«E come?» ribatté lei.

«Siete la figlia di Hank, no? Siete imparentata con lui. Avete il suo stesso sangue.»

Di fronte allo sguardo supplichevole che Tess gli lanciò, Cale represse una risata.

«*Bien!* Spezzerò la maledizione» disse lei.

Quel repentino cambio di rotta colse Cale di sorpresa. La fissò.

«E come fareste?» bisbigliò, avvicinandosi al suo orecchio.

Il viso di lei assunse un'espressione determinata, ma Cale sapeva che si sforzava ancora di celare il disgusto per le abitudini di Henry.

«Conoscete l'antica arte del raccontare storie?» esordì, rivolta alla coppia di anziani.

«E allora?» rispose Mariah.

«Si pensa ormai da tempo che ogni storia porti con sé una propria magia e, durante il racconto, questa si sprigioni e avvolga quelli che sono in grado di sentirla. Leggete la Bibbia?»

La domandò era riuscita a lasciare Mariah senza parole, un'impresa che Cale apprezzò molto, pur non avendo trascorso che poco tempo con quella vecchia pazza.

«Non sappiamo leggere» ammise Henry.

Tess espresse la propria solidarietà con un cenno della testa e proseguì: «Beh, la magia nelle storie della Bibbia è la più potente di tutte. E io ve ne racconterò una capace di liberarvi entrambi dalla maledizione.»

Annuendo e chiudendo gli occhi, Henry e Mariah emisero un sospiro di sollievo.

«Questo è il racconto della tentazione del Signore Gesù Cristo» iniziò Tess. «Venne un tempo in cui Gesù fu condotto dallo Spirito Santo nel deserto. Era una prova, naturalmente, sulla forza della Sua fede in Dio. Per quaranta giorni e quaranta notti, digiunò, e potete ben capire come dovesse essere affamato.»

Henry e Mariah assentirono con rapita attenzione. E nell'osservarli, Cale sentì la voce di Tess avvolgere anche lui. Gli piaceva la maniera in cui cambiava, facendosi quasi estatica mentre lei parlava come fosse un'attrice. E gli venne in mente che Tess doveva essere consapevole del potere della presentazione.

«Il Diavolo gli si accostò» continuò lei «e lo esortò a trasformare i sassi in pane. Ma Gesù rispose: "Non di solo pane vivrà l'uomo, ma di ogni parola che esce dalla bocca di Dio." Allora il Diavolo lo condusse a una città santa e lo depose sul pinnacolo del tempio, dicendogli di gettarsi di sotto, perché Dio avrebbe di certo mandato i Suoi angeli a impedire che Gesù rovinasse al suolo. Ma Egli rispose: "Non tentare il Signore Dio tuo." Di nuovo il Diavolo lo condusse con sé sopra un monte altissimo e gli disse che tutto quanto Egli riusciva a vedere sarebbe stato Suo. Non doveva fare altro che promettersi a lui. Allora Gesù gli disse: "Vattene, Satana. Sta scritto: "Adora il Signore Dio tuo, e a Lui solo rendi culto." Così, il Diavolo lo lasciò e gli angeli discesero dal cielo, a reggere Gesù nel loro amorevole abbraccio.»

Adesso in silenzio, Tess aspettava che la storia si fissasse nella mente dei due coniugi.

«E così si spezza la maledizione?» si decise a chiedere Henry, a voce bassa.

Cale fu sul punto di ridere: Tess era riuscita a generare in loro la paura del Diavolo.

«La maledizione si spezza perché voi non le darete potere» rispose Tess, in tono dolce. «Gesù non ne diede mai al Diavolo, perciò il male che lui promuoveva non l'ebbe mai vinta. Se anche voi fate come Gesù, la maledizione non troverà più posto da nessuna parte e svanirà.»

Henry la guardò accigliato, quindi rispose con un suono di scettica approvazione.

«Sembra fin troppo semplice, signorina Carlisle.» Mariah intrecciò le dita ossute e le fece scrocchiare. «Sicura che funzionerà?»

«*Sí*, Señora Worthington. Funzionerà. Non è la prima volta che spezzo maledizioni.»

Come il marito, anche Mariah Worthington rispose con un suono incredulo, e Cale si chiese a che cosa stesse pensando.

———

CALE SI SDRAIÒ VICINO ai cavalli e a Mosè, con Tess a una decina di piedi da loro. Aveva l'impressione che volesse tenersi a distanza. La propria reazione della sera prima doveva esserle stata davvero sgradita, pensò, rassegnandosi alla compagnia degli animali.

Era addormentato già da un po', quando si svegliò di soprassalto. Le stelle illuminavano ancora il cielo. Fermo, tese l'orecchio. C'era qualcuno lì vicino.

Si alzò e prese piano una delle sue Colt. Una sagoma si avvicinava a Tess. Muovendosi in fretta per frapporsi, Cale puntò la pistola contro la testa di Mariah proprio nell'istante in cui si lanciava in avanti con il pugnale in mano.

La donna inciampò. Cale l'afferrò, e quando quella prese a dimenarsi la spinse via da Tess, senza mai abbassare l'arma che la teneva a bada.

Tess si mosse.

«Non ho mai sparato a una donna in vita mia» disse Cale «ma c'è sempre una prima volta.»

«Che succede?» Vacillante, Tess si alzò, quindi indietreggiò.

Cale fulminò Mariah con lo sguardo. «Già, chiediamolo a lei!»

C'era ferocia negli occhi della donna, la vedeva persino al buio. «La maledizione non è spezzata. L'unica maniera è… uccidere lei» disse quella, in tono carico di disprezzo.

Cale le spinse la pistola contro, in modo da costringerla ad arretrare. «Non penso proprio.»

Riluttante, Mariah si mosse.

«Non voglio farvi del male» disse lui. «Né voglio farne a Henry. Ma se vi avvicinate di nuovo a Tess, vi ucciderò.»

La donna lo fissò, trafelata. «La maledizione colpirà anche voi» sibilò. E girandosi, se ne tornò al proprio posto.

Quando Cale fu certo che se ne fosse andata del tutto, guardò Tess.

«Sono contenta che vi siate svegliato» sussurrò lei.

«Già, anch'io.» Voleva attirarla tra le braccia, ma sospettava che lei non avrebbe apprezzato il gesto. «D'ora in poi dormirete con me.»

Trafitta dall'apprensione, Tess sentì il corpo tendersi come filo spinato.

«D'ora in poi dormirete *vicino* a me» si corresse lui, a disagio per l'angoscia di cui era stato causa.

Lei annuì. «Ammesso che io riesca a dormire.»

Cale si piegò a raccogliere il rotolo e le coperte, mentre lei zoppicava verso il bastone, quindi sistemò la sua roba accanto a se stesso e ai cavalli.

«Sembra che il mio racconto non abbia funzionato con loro» sussurrò lei, mettendosi distesa.

«Eravate davvero convinta del contrario?» Cale si lasciò andare contro la sella di Bo, accanto al proprio rotolo di coperte.

«*Sì*, pensavo di sì.» Lo guardò nel buio. «La storia giusta può cambiare il punto di vista di una persona. Scuotere il suo mondo proprio come una scossa di terremoto. Non vi ha mai raccontato storie, vostra madre, quando eravate bambino?»

«Non ricordo molto. È morta quando avevo sei anni, dando alla luce T.J., il più giovane dei miei fratelli.»

«Non sapevo. Mi dispiace.»

«La vita con mio padre era dura. Dubito avesse molto tempo per la fantasia.»

«Dunque pensate che io viva in un modo immaginario?»

«No, Tess, non intendevo in quel senso. A dire il vero, la vostra speranza e bontà mi sorprendono. Questa terra è molto severa con le donne. E voi avete conosciuto fin troppa sofferenza.»

Il viso di Tess si aprì in una risata – breve e dolce – che a Cale piacque molto. Immaginò che non le capitasse spesso, e il fatto che fosse stato proprio lui a suscitare una simile reazione lo toccò fin nel profondo dell'anima.

«Siamo noi a scegliere quello su cui soffermarci in questa vita» spiegò lei. «*Mi abuela* mi diceva sempre: "Quando il sole tramonta, Dio chiude la porta di quel giorno. E all'alba si aspetta che tu varchi una nuova soglia, lucida e limpida.»

«Sono belle parole. Sembra sia stata una donna saggia.»

«Lo era. E neanche lei ebbe vita facile, arrangiandosi in Messico sin da bambina e partorendo poi una figlia senza essere sposata. Quando nel 1862 Hank portò *mi madre* e me da Fronteras a Tucson, Dolores venne con noi. Non aveva altro posto in cui andare. E per me fu tutto. Mia madre stessa a volte era un po' fredda, ma la *mi abuela* mai.»

Si asciugò gli occhi, e Cale desiderò ancora una volta poter andare da lei, confortarla. Tess lo coinvolgeva in una miriade di modi, e lui non sapeva come rispondere. Fosse stata una qualsiasi altra donna, si sarebbe divertito e l'avrebbe dimenticata, con lei, però, era diverso.

«Pensate che stanotte Mariah mi pugnalerà a morte?» chiese lei di punto in bianco, cambiando argomento.

«Certo che no!» Una nota di rabbia sottolineò le parole. La vecchia era davvero pazza se pensava di poter uccidere Tess. Quella volontà di terminare la vita di una donna di quell'età gli ricordò i giorni in sella al fianco di Hank, quando il bene e il male avevano spesso contrattato la vittoria.

«Mariah ed Henry hanno qualche asse fuori posto» aggiunse, addolcendo il tono. «Non riuscirete mai a ragionare con loro, né potrete curarne la superstizione, e ciò li rende pericolosissimi. Ma io vi proteggerò, Tess. Lo prometto.»

«*Gracias*. Ero convinta che al massimo avrebbero provato a mangiare Mosè.»

La battuta involontaria disegnò un sorriso sulle labbra di Cale.

«Non sarebbe il caso di andarcene proprio adesso?» aggiunse lei.

«Aspettiamo qualche ora. Intanto, tornate a dormire. Resto di guardia io.»

Tess si tirò l'estremità della treccia. «L'unico uomo che abbia mai rispettato è Tom Simms. Ma subito dopo ci siete voi.»

Si distese, e lui cambiò posizione in modo da tenere d'occhio la direzione in cui si era allontanata Mariah. Ma di quella vecchia strega non si fidava, perciò si assicurò di tenere d'occhio *tutte* le direzioni intorno a Tess.

Mi rispetta.

Ci aveva provato, negli ultimi quattro anni dopo il periodo con Hank, a fare ciò che era buono, e giusto. Ma all'occhio dell'osservatore quei gesti andavano spesso persi; lo aveva imparato fin troppo bene durante il soggiorno con gli Apache. Tess, dall'altro canto, pensava di poter cambiare un punto di vista con un semplice racconto e, in tutta la sua innocenza, credeva ancora nel bene nonostante le avessero devastato il corpo.

Cale l'ammirava, sì, ma era meno ottimista.

Date le giuste circostanze, sapeva essere tutt'altro che rispettabile.

E quella notte era pronto a uccidere una vecchietta.

CAPITOLO SETTE

S tanco per la mancanza di sonno, Cale decise di dirigersi verso Camp Bowie, tra i monti Chiricahua. Con Tess levarono il campo che non era ancora giorno e partirono prima di restare di nuovo invischiati con Henry e Mariah.

Cavalcarono senza sosta per allontanarsi quanto più possibile da quei pazzi dei Worthington, ma a un certo punto Cale rallentò, e Tess affiancò il proprio cavallo a Bo.

«Direi che ne ho ricavato una bella storia da raccontare» disse Tess con un breve sorriso «una vecchia che cercava di uccidermi».

A Cale piaceva il suo atteggiamento aperto di quella mattina, ma non riusciva ancora a liberarsi degli ultimi resti di terrore che gli attanagliava le viscere quando ripensava a ciò che sarebbe potuto accadere se non si fosse svegliato.

«Mi raccontereste della vostra vita con gli Apache dopo esservi staccato da Hank?» chiese Tess.

Cale ponderò la sua richiesta. Non ne parlava spesso, anzi quasi mai.

«Perché non siete tornato a cacciare taglie con mio padre?» insistette lei. «Parlava di voi, a volte. Penso che sentisse la vostra mancanza, anche se non lo ha mai ammesso.»

«Le ferite erano gravi.»

«Dopo l'attacco del puma? Conosco la storia. L'ho raccontata più volte a Robbie e Molly Rose.»

«E voi da chi l'avete sentita?»

«Una storia è la cosa più facile da condividere» replicò Tess. «Ma non è stato Hank a raccontarmela, se è questo che vi chiedete. Al contrario, *io* l'ho raccontata a lui. L'avevo appresa da una donna che viveva ai piedi delle Dragoon. A sua volta, doveva averla sentita da un Apache.»

«Come reagì Hank sentendola?»

Tess si piegò in avanti ad accarezzare il collo di Gideon. «Vi diede del *buile*. In gaelico significa *loco*. Pensava che foste tutto matto. E vi chiamò anche… calabrache.»

Cale annuì, per niente sorpreso. Hank era ben noto per la sua rude franchezza.

«E voi che cosa pensate, Tess?»

«Non credo siate un codardo.» Un lampo di compassione attraversò gli occhi verdi ombreggiati dal cappello, che copriva la chioma nera legata dietro la nuca. I tratti esotici rispecchiavano le origini messicane, ma il corpo saldo e le dolci curve femminili erano decisamente irlandesi. Un vero tesoro, pensò Cale, che lei ne fosse consapevole o meno. Un giorno gli uomini sarebbero caduti ai suoi piedi.

«Dunque, ditemi di questo Esteban.»

Sul volto di Tess si dipinse un'espressione sorpresa. «Non c'è niente da dire» ribatté con una smorfia.

«È il vostro spasimante?»

«No.» Il cipiglio si fece ancor più severo. «Semplicemente, non accetta la mia indifferenza.»

«Beh, in effetti, una certa tendenza a tenere la gente a distanza ce l'avete.»

«È forse un crimine?»

«No.» Cale rise. «Ma la vita non dovrebbe essere tanto difficile per una giovane donna. Cosa pensate di fare dopo questa impresa?»

«Non so bene. Hank non si è mai fermato troppo a lungo in un solo posto. La verità è che non ho dove andare e ho pensato di entrare nel noviziato delle Sorelle di San Giuseppe di Carondelet a Tucson.»

Ammutolito, Cale la immaginò coperta da una tonaca, e nascosta al resto del mondo. Davvero non sapeva cosa dire, ma la curiosità e la compassione prevalsero. «Vi sentite sinceramente chiamata alla vocazione religiosa?»

Perplessa, Tess guardò davanti a sé. «E perché no? *Mi abuela* mi ha insegnato le antiche usanze tramandatele da sua madre e così via. Raccontare storie è un modo per dispensare saggezza e guarire il dolore altrui, è un balsamo per l'anima. Ma dubito riuscirebbe a procurarmi un tetto sopra la testa e cibo in tavola. I piccoli di cui si occupano le suore darebbero uno scopo alla mia vita. Furono loro ad accogliermi, prima che Hank venisse a prendermi dopo l'incendio. E io potrei ancora curarmi delle mie storie, e aggiungerne di nuove.»

«Non potete permettere che le azioni di un uomo, per quanto spregevoli, vi sottraggano a una vita aperta a tutta la gioia, e al dolore, che questa terra ha da offrire.»

Gli occhi di lei sfrecciarono verso i suoi, e Cale capì di aver superato il limite nominando l'aggressione, ma per tutti i diavoli, non voleva che per via di questa lei rinunciasse alla vita.

«Non sapete di che cosa parlate» mormorò Tess.

«Prima o poi tutti abbiamo bisogno di tempo, di una possibilità di riscatto, e immagino di aver avuto la mia durante il periodo con gli Apache, ma poi bisogna andare avanti. Le vostre storie ve lo hanno di certo insegnato.»

«Il fatto che abbiate un'opinione sulla mia vita non la rende apprezzabile.»

«Certo. Avete ragione. Non ho il diritto di dirvi cosa fare.»

Com'è che avevano finito per litigare?

Il muro che Tess aveva eretto tra loro era tale che gli sembrò quasi di poterlo toccare, come il fango e il legno.

E così sia, pensò. Sarebbe rimasto zitto. Ma in cuor suo era furioso per la facilità con cui lei si ritirava dalla vita. Lo aveva percepito, il fuoco che aveva dentro, la passione. Lo aveva anche visto, seppur brevemente, durante gli scambi con Robbie o Molly Rose, o mentre raccontava una delle sue storie.

Tess stava rinunciando a se stessa, e lui sapeva che doveva trovare un rimedio.

Come avrebbe reagito se l'avesse baciata fino a farle perdere i sensi?

La sua supposizione di quanto potesse accadere tra un uomo e una donna si basava sulla brutalità di un unico individuo. Ma rimanendo nascosta lasciava che quello vincesse una seconda volta. E, dannazione, Cale non lo avrebbe permesso.

Tess trascorse la notte ad alimentare il proprio risentimento verso i commenti di Cale. L'uomo non aveva idea di quel che diceva. E finché lei continuava a fumare di rabbia, l'interazione ridotta al minimo indispensabile era giustificata. Viaggiando in direzione nord-est, avevano superato Camp Huachuca, di recente costruzione, e attraversato Turquoise, una fatiscente città ai piedi delle Dragoon Mountains, dove oltre ad abbeverare e sfamare gli animali, si erano anche procurati uno stufato di lepre accompagnato da mais.

Tanto per mancanza di legna quanto per ragioni di sicurezza – Cale aveva biascicato qualcosa sul non volersi attirare addosso l'attenzione degli Apache – non avevano acceso alcun fuoco. E adesso, stanca per la lunga giornata di viaggio, Tess voleva solo distendersi. Gli avrebbe anche domandato se avesse colto voci mentre erano a Turquoise, ma non se la sentì.

«Prima mi avete chiesto perché abbandonai Hank» disse Cale, sdraiandosi sul proprio rotolo di coperte non distante da quello di Tess.

Era arrabbiata con lui, ma sapeva che stargli accanto era più sicuro.

«A diciotto anni mi arruolai nell'esercito» continuò Cale. «Fui distaccato a Camp Bowie.»

Con l'indifferenza ormai sopraffatta dalla curiosità, Tess si girò su un fianco a prestargli attenzione.

«Ero soldato semplice, trentaduesimo reggimento di fanteria, compagnia D. Uno dei primi distaccamenti a cui fui assegnato aveva il compito di recuperare una diligenza postale, diretta a est e caduta in un'imboscata tesa dagli Apache a circa dieci miglia dal campo. C'erano un cocchiere, un postiglione e due soldati semplici di scorta. Quando la trovammo, il postiglione era stato ucciso e scotennato, ma degli altri tre uomini neanche l'ombra. Così, due giorni dopo fu inviato un altro distaccamento a cercarli.

«A circa otto miglia dal campo, trovammo una *rancheria* apache. C'erano tracce di recente occupazione e… gli uomini: tutti e tre morti. Erano stati torturati, e non dimenticherò mai la paternale del chirurgo d'avamposto che era con noi. Costringendoci a guardare i cadaveri a uno a uno, continuava a ripetere di non arrenderci mai perché il risultato sarebbe stato quello, di combattere fino alla fine e, nel caso non fossimo riusciti a fuggire, di fare in modo che gli Apache ci uccidessero.

«Non si poteva perciò dire che gli fossi affezionato. Durante i tre anni successivi mi ritrovai più volte di fronte alla loro opera, spesso ai danni di uomini che conoscevo.»

Nel bagliore lunare, sagome di ginepri e piante di agave li circondavano, con i monti Chiricahua che correvano lungo il lontano orizzonte. Tess riportò lo sguardo su Cale, decidendo che i suoi confini ben si fondevano con quelli del posto selvaggio e desolato in cui si trovavano. «Perché lasciaste l'esercito?»

«Il nostro comandante – un certo capitano Bernard – portava

avanti una caccia incessante a Cochise e ai suoi guerrieri. Gli avevamo dato battaglia più volte, ma nel '71 Bernard si fece più determinato che mai. Inseguimmo Cochise a nord durante l'inverno e, infine, raggiungemmo lui e i suoi uomini tra i monti Pinal. Ne uccidemmo nove e ne ferimmo parecchi altri – non Cochise, naturalmente – ma non la si poteva ancora chiamare una vittoria definitiva. Così, coprimmo altre 450 miglia, e a quel punto ne avevo avuto abbastanza. Con il governo che cercava di risparmiare denaro, le guerre di logoramento venivano sempre più incoraggiate, così me ne andai.»

Fissò il cielo, pieno di un infinito numero di puntini scintillanti.

«E perché cacciare taglie se eravate stanco di inseguimenti?»

«È diverso se non devi dar conto a nessuno, anche se vostro padre era severo quanto quelli che lo avevano preceduto. Ma c'era qualcosa in lui che mi attirava. Avevo sempre faticato a trovare un punto d'incontro con mio padre e forse in Hank vedevo un uomo da ammirare.»

Tess puntellò la testa con una mano. «E ci avevate visto giusto?» chiese piano.

«Per qualche tempo, sì. Poi le convinzioni iniziarono a vacillare. Le tattiche di Hank erano tenaci e mi insegnarono molto, più di quanto pensassi, considerato quanto avevo visto mentre ero di stanza tra i monti Chiricahua, eppure c'era una parte di lui che proprio non riuscivo ad accettare. Facevamo lavoretti qua e là, noi due soli, ma spesso ci univamo a Saul Miller e Walt Lange, come pure ad altri.»

Al nome di Miller, Tess si sentì attraversare da un'ondata di panico. Raddrizzò la schiena e si concentrò sulla respirazione finché questa non tornò regolare.

Cale, intanto, continuava a parlare. «Hank decise di andare in Messico. Migliaia di indiani erano stati collocati nelle riserve tutt'intorno, ma a sud del confine restavano i ribelli. I *Mexicanos* odiavano gli indiani ancor più degli americani e avevano messo una taglia di cento pesos su ogni scalpo apache. Non pensavo fosse una buona idea. Avevo constatato di persona la forza e l'astuzia di quei guerrieri, e se fossimo caduti nelle loro mani... beh, meglio assicurarsi di non finirci vivo. Avremmo anche potuto farne fuori qualcuno, ma con tutta probabilità gli Apache ci avrebbero catturati per primi.»

Ancora scossa dalla recente reazione, Tess si sentiva vulnerabile e stizzosa. «È stato prima dell'incendio?»

Cale esitò, quindi si spostò, sedendole proprio di fronte. La risposta, che lei conosceva già, non avrebbe dovuto sorprenderla, ma la ferita sanguinò comunque.

«Hank lo aveva saputo qualche giorno prima» disse in tono gentile. «Noi, però, ci eravamo già avviati e lui era determinato a proseguire. Mi dispiace, Tess.»

«Non ce n'è bisogno.» Sebbene il primo ottobre, la data di quell'incendio che le aveva cambiato la vita, sarebbe rimasto impresso nella sua mente per sempre, il seguito non era che un ricordo confuso. Il dolore per la perdita di tutto quanto era stato il suo mondo l'aveva colta alla sprovvista, e solo nel delicato abbraccio delle suore che l'avevano accolta aveva infine trovato una qualche parvenza di pace. Poi, giorni dopo, Hank si era presentato per portarla via. «Come andò con gli Apache?» chiese in poco più che un sussurro.

«Male.» Con la voce incrinata, Cale si massaggiò la base della nuca. «Ho fatto cose di cui non sono affatto orgoglioso, ma questa è una delle prime. Riuscimmo a sorprendere una *rancheria*. Guerrieri apache, donne e bambini...» la voce si affievolì sino a spegnersi del tutto.

«Non voglio i particolari.» Tess aveva ascoltato fin troppi di racconti da immaginare la scena.

«Il piano era uccidere solo gli uomini, ma scoppiò un finimondo e Hank, Miller e Lange... non fecero distinzioni. Io mi ritirai e cercai di far ragionare Hank, alcuni uomini, però, non sanno come placare la sete di sangue...»

Gli occhi di Tess bruciavano di lacrime. Le cacciò indietro e guardò il profilo di Cale Walker, un uomo che si muoveva sulla sottile linea di confine tra due mondi. Ne avvertì il peso, che lui era stato così bravo a nascondere, e si sentì sopraffatta dal forte impulso di allungare un braccio e toccarlo, ma le proprie difese – ferme, ostinate e per nulla propense al compromesso – le impedirono di muoversi.

«Quando fu tutto finito» proseguì lui «Lange e Miller avrebbero dovuto limitarsi a raccogliere gli scalpi. Invece fecero molto di più. Dilaniarono i corpi e li straziarono. Una vendetta, dicevano, per tutte le cose terribili che gli indiani avevano fatto a inglesi e messicani nel corso degli anni.

«Sapevo quello che provavano. Avevo visto ciò che gli Apache facevano agli uomini… fin troppe volte.» Deglutì il nodo che gli serrava la gola. «Tuttavia non avrei partecipato. Lo dissi ad Hank, ma lui non fece nulla per fermarli.

«Così, gli dissi che con lui avevo chiuso, mi girai e me ne andai, cavalcando nel buio per quelle che mi sembrarono ore. Non lo sentii neanche arrivare, il puma. Sbucò dal nulla, probabilmente attratto dall'odore di morte che mi portavo addosso. Fu un brutto scontro – il mio cavallo ebbe la peggio – e immaginai che fosse arrivata la fine. Invece, mi svegliai in un campo di Apache.»

«Perché non vi uccisero? Soprattutto dopo quello che avevate fatto, voi, Hank e gli altri due.»

Cale scosse piano la testa. «Non sapevo spiegarmelo neanch'io. Pensai che mi avrebbero ucciso lentamente, magari torturato e squartato. Avevo tutte le ragioni di credere che mi avessero visto al fianco di Hank durante la caccia.»

«Ed era così?»

«Non ne sono sicuro. Ma una delle anziane si schierò dalla mia parte. Cocheta, si chiamava. Chissà perché, si prese cura di me. Poi, quando fui guarito ed entrambi iniziammo a nutrire un minimo di fiducia reciproca, mi disse che il puma mi aveva segnato. Che ero stato a un passo dalla morte. Sapeva che nel corso della mia vita avevo commesso malvagità, contro la sua stessa gente, ma il fatto che fossi tornato indietro era un segno di buon auspicio.

«È difficile da spiegare» continuò «ma l'impressione era quella di una seconda possibilità, dell'opportunità di redimermi l'anima. Avevo seguito Hank come un cucciolo, bevendone le lodi, insaziabile, ma nel frattempo mi ero trasformato in qualcosa di cui non ero fiero.»

Altre lacrime riempirono gli occhi di Tess. Anche lei, come Cale, aveva bramato la sua ammirazione.

«Gli Apache mi adottarono. Non capirò mai perché perdonarono il mio passato, so solo che durante il periodo con loro cambiai, così tanto che mi diedero il nome di Cambia Il Suo Cuore. Essendo lei una donna di medicina, Cocheta iniziò a istruirmi. E per me, cresciuto quasi del tutto senza madre, diventò proprio questo.»

Tess piegò la gamba destra in modo da alleviare il dolore nell'arto offeso. «In che cosa consistevano le sue istruzioni?»

«Gli Apache credono nel potere, un potere individuale che si può acquisire in svariati modi. Preghiere e cerimonie le appresi da loro, ma i miei personali riti ho dovuto scoprirli da solo. Credono anche in bagni di sudore, digiuno e periodi in solitudine.»

«E funzionano?» Tess non poté a fare a meno di chiedersi se potesse aiutarla, e non solo con la deformità della gamba. Sperava conoscesse la maniera di scacciare la paura che le attanagliava le ossa fino al midollo.

«Ero stato allevato in tutt'altro modo e non riuscivo a non essere scettico. Ma poi vidi con i miei stessi occhi guarigioni assolutamente prive di una spiegazione razionale. Così, gli Apache mi aiutarono a rammendare lo strappo che aveva separato la mia mente dal cuore.»

Tra i guaiti dei coyote alle loro spalle, le parole di Cale e il timbro profondo della sua voce penetrarono nei recessi dell'animo di Tess.

«Perché li lasciaste?» chiese, con un brivido lungo la schiena.

«Non ero uno di loro, e non lo sarei mai stato del tutto. Volevo indietro la mia vita. Cochise era morto da poco e con lui era venuto a mancare anche un certo senso di unità tra gli Apache. Gli uomini facevano ancora incursioni e i messicani e l'esercito americano gli davano continuamente la caccia. Io aiutavo come potevo – non partecipando alle scorribande, bensì cacciando cibo e negoziando per loro con la gente del posto. Ma a un certo punto lasciai il Territorio dell'Arizona e andai in Colorado.»

«Perché proprio lì?»

«Per cambiare del tutto aria. Intascavo taglie qua e là, ma senza mai uccidere. Per lo più me ne stavo buono e lavoravo in qualche ranch, nei dintorni di Trinidad, finché non decisi di tornare in Texas e recuperare il rapporto con mio padre. E quella è tutt'altra storia.»

«Fu allora che veniste a sapere che la sorella di Mary è anche sorella vostra?»

Cale sorrise, e Tess comprese che quel cambiamento nella situazione familiare non gli dispiaceva affatto.

«Sì» rispose. «Devo dire che la presenza di Molly sembra aver addolcito mio padre. Sapeva essere un gran bastardo. E adesso inizio a comprendere perché mia madre ci lasciò tutto quel tempo fa. Forse ora riposa davvero in pace.»

«Perché l'avete perdonata.» Il suo stesso cuore ardeva del desiderio di perdonare il padre, così come del bisogno di conoscere la verità.

«Già.»

«Ma siete tornato qui. Perché?»

Cale piegò il braccio e ruotò la spalla. «Curiosità, immagino. Mi piacerebbe rivedere Hank. Mi ha salvato la vita un paio di volte e se fosse nei guai vorrei aiutarlo. Naturalmente, il mio debito di riconoscenza si estende anche a sua figlia.»

«Sono contenta che tramite Mary abbiate accettato la mia richiesta. Penso che aveste ogni ragione di starvene alla larga.»

«Qualcosa mi spinse a dire di sì. E comunque, Tess, a prescindere da quello che scopriremo, vi aiuterò a trovare un posto che possiate chiamare casa.»

Casa.

Un'idea che più tardi, mentre il sonno la reclamava, le avrebbe riempito la mente.

Mi casa.

QUANDO CALE e Tess fecero il loro ingresso a Camp Bowie, il luminoso disco del sole brillava a Ovest, quasi pronto per il proprio sonnellino. Cale si fermò qualche istante a parlare con il soldato di piantone al posto di guardia e apprese che un suo vecchio commilitone – Reed Fitzgerald – era adesso comandante del campo. Guidando Tess attraverso la piazza d'armi, grande e in pendenza, vide uomini, donne ispaniche e persino una manciata di uomini, donne e bambini apache. Il posto non era cambiato granché da quando vi era stato di stanza lui.

Molti di quegli edifici, incluso un lungo stabile che fungeva da caserma per la fanteria, erano stati costruiti anche grazie al suo aiuto. Le stalle ospitavano i cavalli della cavalleria e i muli del quartiermastro, c'erano diversi refettori e cucine a disposizione degli arruolati ed erano presenti anche un fornaio e un macellaio. Cose come pane fresco e carne aiutavano a mantenere alto il morale delle truppe. Più in là, a distanza dall'altopiano sul quale era situato l'accampamento in cui si trovavano loro, erano visibili gli edifici del vecchio Fort Bowie, le cui strutture in adobe, gli aveva detto il soldato di piantone, erano adesso occupate da ufficiali sposati e dal vivandiere dell'esercito.

Erano quasi arrivati all'ufficio dell'aiutante maggiore, quando Cale si accorse degli sguardi maschili indirizzati a Tess. Smontò, legò i cavalli e Mosè ai pali disponibili, quindi, afferrandola per la sottile vita coperta dalla stessa gonna a quadri che indossava ormai da giorni, aiutò Tess a scendere da Gideon. Dall'occhiata che lei gli rivolse intuì che si chiedeva il perché di tanta premura, ma ciò che voleva lui era indurre gli uomini dell'accampamento a supporre che Tess fosse sua.

«So smontare anche da sola, sapete?» disse lei.

«Ho notato le vostre smorfie per via della gamba. Vi sto solo aiutando.» Già, quella sì che era una buona scusa.

Prese il bastone e glielo porse.

«È forse la vicinanza all'esercito a risvegliare in voi la cavalleria?»

«Io mi comporto sempre da cavaliere.» Si sfiorò il cappello in segno di saluto e indietreggiò per cederle il passo. La conversazione della sera precedente aveva assottigliato il muro che Tess si era eretta intorno. Era rimasta silenziosa per tutto il giorno, ma a Cale non era sfuggito l'atteggiamento un po' più dolce nei suoi confronti. Dopotutto, le aveva confidato più particolari degli ultimi sei anni di quanti ne avesse mai raccontati ad altri, e sperava che lei iniziasse a sentirsi abbastanza serena da ricambiare.

Reed Fitzgerald aprì la porta, con un largo sorriso sul viso rubicondo. Sopracciglia scure e cespugliose e una folta barba con baffi incorniciavano le sue guance tonde. Non era cambiato quasi per niente dai tempi in cui lui e Cale erano stati entrambi di guarnigione lì.

«Cale Walker» tuonò. «Accidenti se sono contento di vederti.»

Cale sorrise e lo abbracciò. «Non mi aspettavo di trovarti qui da comandante.»

«E perché me ne sarei dovuto restare al Presidio di San Francisco quando posso governare un pezzo di paradiso come questo?» rispose, mentre si staccavano l'uno dall'altro.

Cale posò la mano sulle reni di Tess, notando con piacere che al suo tocco non aveva trasalito. «Questa è Tess Carlisle» disse. «Tess, Reed Fitzgerald.»

«*El placer de conocerte*» rispose lei.

Fitz le prese la mano. «Señorita Carlisle, *es un placer.*

Chiamatemi Fitz.» Il suo sguardo tornò a Cale. «Qual buon vento vi porta qui?»

«Stiamo cercando un uomo di nome Hank Carlisle, il padre di Tess.» Riluttante, staccò la mano da lei. «Mi chiedevo se per caso lo avessi visto da queste parti.»

Fitz si concentrò un istante. «Non che io ricordi ma posso domandarlo a qualcuna delle pattuglie in servizio di recente.»

«Te ne sarei grato» rispose Cale.

«Dovete essere stanchi. Vi fermate per la notte?» Guardò Tess. «C'è anche mia moglie e se non le offrissi l'occasione di cenare con un'altra donna mi concerebbe per le feste.»

Lei sorrise. Era chiaro che avrebbe apprezzato dormire in un posto che non fosse per terra, pensò Cale. E sentendosi più al sicuro avrebbe riposato anche lui.

«Saremmo lieti di restare» disse.

«Bene, chiederò al quartiermastro di mostrarvi l'alloggio per gli ospiti.» Fece una pausa, quindi aggiunse: «Siete sposati?»

«No» rispose Cale. «Ma è un'idea. Che ne dite, Tess?»

Lei aggrottò la fronte e lo fulminò con gli occhi. La tenue luce del tardo pomeriggio le illuminava il viso e la vista del rossore che le saliva su per le guance gli strappò un sorriso.

«Oh, a mia moglie piacerebbe moltissimo discutere di matrimoni.»

«Non c'è nessun matrimonio di cui discutere» ribatté Tess.

Fitz inarcò uno dei suoi folti sopraccigli. «Mmm… forse per risolvere la questione dovrei farvi sistemare insieme, voi due piccioncini.»

«Non siamo due piccioncini.» Nella sua voce si era insinuata una nota dura, ma Cale sapeva che lei l'aveva smussata per via di Fitz.

«Beh, in quel caso» disse l'amico «dormirete con mia moglie. Con tutti gli uomini qui al campo, e voi così graziosa, è la cosa più giusta da farsi, signorina Carlisle. Se qualcuno dovesse importunarvi verrete subito a dirmelo, d'accordo?»

«Non la importunerà nessuno» intervenne Cale, adesso più irritato che divertito.

«*Gracias*, capitano Fitzgerald.»

«Nessun disturbo.»

E dopo quello scambio, Cale non rivide Tess che all'ora di cena.

CAPITOLO OTTO

Kitty Louise Fitzgerald era una donna robusta, con un largo sorriso e modi affabili. A Tess piacque subito.

La casa che lei e suo marito abitavano, un vecchio edificio in mattoni di fango, era a un quarto di miglio dal forte principale. Un tramezzo in legno separava la zona giorno, con un divano dall'aspetto comodo e una sedia, da quella notte, costituita da un solo letto. Un angolo ospitava una stufetta panciuta mentre quello opposto era occupato da un lavabo. Kitty non aveva a disposizione una cucina completa, e con la mensa a due passi non ce n'era bisogno. Tuttavia, i Fitzgerald godevano della presenza di un tavolo a cui sedersi e bere caffè, come provava il bricco sulla stufa.

«È difficile vivere qui, così distante da una città?» chiese Tess, sistemandosi sul divano.

Kitty rise. I capelli castani erano tirati indietro in una crocchia e gli occhi verdazzurri brillavano. Indossava un lindo vestito di cotone bianco con le maniche arrotolate fino ai polsi – nonostante la posizione collinare dell'accampamento, faceva ancora molto caldo in quel periodo dell'anno – e Tess si accorse di quanto sozzi fossero i suoi indumenti, soprattutto camiciola e mutandoni.

«A me piace molto» rispose Kitty, sedendole accanto.

«L'accampamento, dopotutto, è simile a una piccola città.» Da una teiera di ceramica versò del tè in una tazza e la porse a Tess. «E poi sono felice di non dover stare lontana da Reed.» Un'espressione malinconica le attraversò il viso. «Avete un innamorato, Tess?»

L'immagine di Cale sfrecciò nella mente. «No.»

«Beh, ho il sospetto che attirerete ben più di un ammiratore mentre siete qui. Come vi siete conosciuti con Cale?»

«È amico di mio padre. Mi sta aiutando a cercarlo. E voi, da quanto lo conoscete?»

«Non tanto quanto Reed. Erano di stanza insieme parecchi anni fa. Reed era luogotenente e Cale soldato semplice. Mio marito ne ha sempre parlato benissimo, e quando Cale tornò finalmente dal Messico, dopo essere stato con gli Apache, fu Reed a trovarlo.»

«Lo sapevano tutti quanti, che aveva vissuto con gli indiani?»

Kitty si fece seria. «Correvano voci, naturalmente. Io non ero ancora arrivata. Reed non sapeva cosa pensare, ma non rivelò quasi a nessuno dell'incontro con Cale.»

«Perché?»

«Molti nell'esercito detestano gli Apache. In fondo sono qui per questo, sradicare gli indiani o portarli nelle riserve. Ma le razzie continuano comunque. Cale è a cavallo di una linea confusa che soltanto il buon Signore può giudicare.»

«Voi cosa provate per gli Apache?»

«Ne ho incontrati molti» replicò Kitty «e, per la maggior parte, sono gentili, se non spaventati. Cercano di sopravvivere e allevare i propri figli. Io ho sempre provato a condividere la mia visione cristiana, a ripetere che Dio ha a cuore tutti i Suoi figli e se loro si rivolgessero a Lui troverebbero conforto. Ma a causare problemi sono sempre gli uomini.»

Un velo d'ombra attenuò lo scintillio dei suoi occhi. Chissà se anche Kitty considerava difficile sopportare le tensioni provocate da ambo le parti, si chiese Tess. Nel Territorio dell'Arizona sud-occidentale sarebbe stato pressoché impossibile trovare qualcuno che non fosse stato toccato, in un modo o nell'altro, dalle incursioni degli Apache. Tom e Mary erano sopravvissuti a due, e alla seconda aveva assistito anche Tess. A tenerli in vita erano state due ragioni: Tom aveva spinto Tess, Mary, Robbie e Molly Rose in un'angusta cantina con botola ben nascosta di cui non aveva mai parlato a nessuno e all'arrivo dei guerrieri si era dichiarato disponibile a barattare cavalli e whisky. Grazie al cielo Tom aveva fatto in tempo a nascondere le donne e i bambini, proteggendoli anche in caso di una sua morte.

«Entrando nell'accampamento ne ho visto qualcuno» disse Tess.

«Sì. Vengono quando ne hanno avuto abbastanza e hanno bisogno di cibo. Devono accettare di trasferirsi nella Riserva San Carlos. Alcuni di loro si arruolano come guide nell'esercito ma, come immaginerete, non sono ben visti dai propri fratelli. Non so davvero come faccia Reed a occuparsi di tutto questo. Chi può dire cos'è giusto e cos'è sbagliato? Non ci è dato di conoscere il disegno più grande. Ma Reed ha la responsabilità di mantenere questa zona sicura per coloni e minatori, diligenze e, naturalmente, la stessa posta. È questo il punto di attraversamento dall'est alla California. E da tempo, gli Apache amano tendere agguati.»

«Temete per la vostra vita?»

Kitty si fermò a riflettere. «No, non direi. Mi sento al sicuro qui, con la guarnigione. E Reed mi ha insegnato a difendermi da sola. Se dovesse arrivare la mia ora, andrò volentieri a riposare in eterno con il mio amatissimo Padre. Adesso, però, parliamo di qualcosa di meno terribile. Il bucato, per esempio. Sono un po' più robusta di voi, ma nel baule ho dei vestiti che potrebbero andarvi bene. Erano di mia sorella, Charlotte, prima che avesse un mucchio di marmocchi. Sono così tanti che non ricordo neanche i nomi.»

«*Gracias*. Avete figli, voi e il capitano?»

Kitty sorrise ma la luce dei suoi occhi si spense. «Ne avevamo uno» disse, con dei colpetti affettuosi alla mano di Tess. «Un maschietto che si chiamava William. Ma morì qualche anno fa. Dio lo abbia in gloria.»

Tess coprì la mano di Kitty con la propria. «*Lo siento mucho.*» Percepiva il dolore della donna e si sorprese di come riuscisse a conservare tanto buon umore in un posto che non offriva granché in fatto di svago o momenti felici.

«È sepolto qui» proseguì Kitty. «In un piccolo cimitero un po' più in giù. Ci sono molti bravi soldati, oltre al mio piccolo William.»

E a Tess fu chiaro il perché Kitty restasse lì. Neanche la morte riuscirebbe mai a separare una madre dai propri figli.

«E adesso basta con questi discorsi.» Kitty si alzò. «Vado a cercarvi qualcosa da indossare, poi manderò i vostri abiti a lavare. Immagino vogliate riposarvi prima di cena.»

«Grazie, Kitty. La vostra bontà è un tesoro inaspettato.»

«E il verde dei vostri occhi bellissimo, Tess.»

«Lo stesso di mio padre.»

DAGLI SCAMBI che lui e Fitz ebbero con parecchi degli uomini che avevano perlustrato l'area nelle ultime settimane, Cale apprese che tutti si tenevano ben alla larga da Henry e Mariah – correva voce che una volta avessero mangiato un uomo incontrato per caso, della qual cosa Cale non fu del tutto incredulo – e che un tipo corrispondente alla descrizione di Hank, alto, con capelli di un rossiccio sbiadito e una cadenza irlandese nella voce, era passato da quelle parti due volte. La prima, il soldato in perlustrazione era solo e si era imbattuto in uno straniero con due muli e un cavallo. Questi aveva al seguito un mucchio di cianfrusaglie: gingilli, padelle e armamentario indiano. I due avevano mangiato insieme carne di cervo, quindi – decidendo che dallo straniero che continuava a farneticare frasi senza senso non avrebbe ottenuto alcuna informazione utile – il soldato si era congedato.

Il secondo avvistamento era avvenuto sei mesi prima tra le Dragoon, durante uno scontro tra l'esercito e un gruppo di

Apache. Apparentemente, Hank aveva combattuto con gli ultimi, ma finito tutto era scomparso.

Ormai quasi buio, Cale e Fitz si dirigevano verso la dimora dell'ufficiale coniugato, quando scorsero un gruppo di soldati di cavalleria. C'era anche Kitty tra loro. Qualcuno si spostò e al centro della piccola folla apparve Tess.

Cale si accigliò.

Indossava un vestito scuro che abbracciava le curve solo appena accennate dagli abiti precedenti. I capelli neri, appuntati in maniera morbida con delle forcine, mettevano in risalto l'ovale del viso, e nonostante il disagio – ovvio a Cale ma con tutta probabilità non agli altri, ben celato com'era – sorrideva e… mozzava il fiato. Era bella, sì, lo era sempre, ma in quell'istante… insomma, proprio non riusciva a staccare gli occhi da quei suoi tratti esotici.

Né a respirare!

Era appoggiata a un grosso masso e teneva il bastone a portata di mano.

Vedendoli arrivare gli sorrise e, per quanto breve, Cale si crogiolò in quella sua attenzione.

«Caro» disse Kitty a suo marito «non vedevo ragione di tenere Tess tutta per noi.»

Fitz annuì, assecondando la moglie, mentre Cale si apriva un varco nel gruppo di uomini, molti dei quali giovani, e andava a sistemarsi accanto a Tess.

«Credo che alla signora gioverebbe una pausa» disse.

Fitz fece un cenno e il gruppo si disperse.

«Vogliamo accomodarci in casa per la cena?» chiese Kitty.

Cale prese il braccio di Tess, aiutandola ad alzarsi mentre recuperava il bastone. «Siete davvero attraente questa sera.»

Lei gli lanciò un'occhiata timida.

«*Gracias*. Il vestito è di Kitty.»

Cale inarcò un sopracciglio. La donna era ben più robusta di Tess, pensò senza staccare la mano dal suo gomito, lieto che lei non si ritraesse.

«So cosa vi passe per la mente» gli sussurrò Tess. «È di sua sorella.»

Lui fece un largo sorriso, godendo della complicità di quel breve scambio, quindi entrarono in casa e seduti al comodo tavolo rettangolare dei Fitzgerald si apprestarono a cenare.

Due soldati semplici portarono il cibo preparato nella cucina del campo: bistecche, patate bollite, pane fresco a lievitazione naturale con burro e, per dolce, torta di mele. Cale e Tess mangiarono a sazietà – chissà quando gli sarebbe capitato un altro pasto caldo – e Cale si rilassò con gli aggiornamenti sul forte.

CON LA PANCIA PIENA, Tess sedette accanto a Cale sul divano imbottito. Si sentiva a suo agio, e i Fitzgerald le piacevano, ma sapeva, da qualche parte ai margini della coscienza, che molto aveva a che fare con l'uomo al suo fianco.

Ai soldati che le si erano affollati intorno prima era piaciuto intrattenerla con racconti sugli Apache, su come li tenevano a bada o li cacciavano persino a costo della vita. Non volendo ripagare l'ospitalità di Kitty con un atteggiamento sgarbato verso gli uomini al comando del marito, Tess aveva fatto del proprio meglio per mantenersi cortese, ma la verità era che aveva trovato quei racconti raccapriccianti e superflui. Dopo le confessioni di Cale, la sera prima, il pensiero della guerra con gli Apache, con tutte le sue vittime da ambo le parti, le inacidiva lo stomaco.

Alla ripugnanza verso quell'argomento, poi, erano andati a sommarsi i palesi tentativi di corteggiamento da parte dei giovani, di fronte ai quali si era sentita in imbarazzo. Cosa sarebbe accaduto se avesse mostrato una qualsiasi forma di interesse, o loro avessero equivocato la sua concentrazione? L'avrebbero considerato un segno per farsi avanti in seguito e metterla alle strette? Per ignorare un suo rifiuto? Al solo pensiero il cuore aveva preso a martellarle il petto, mentre si sforzava di mantenere un comportamento gradevole.

Poi Cale si era avvicinato con il capitano Fitzgerald e un inaspettato senso di sollievo l'aveva pervasa. Era andato a mettersi al suo fianco, e per la prima volta dopo molto tempo aveva accolto di buon grado la presenza di un uomo. Si era sentita protetta.

Rilassandosi, Cale allungò un braccio dietro di lei e lo posò sulla spalliera in legno del divano, quindi bevve un sorso di whisky. Tess aveva declinato l'offerta di bevande alcoliche, ma la gamba le faceva male e si chiese se non sarebbe stato il caso di ripensarci. Provò a cambiare posizione nella speranza di alleviare il fastidio.

Cale si fece più vicino. «Non prendete mai nulla?»

«Intendete laudano? No. Dubito il delirio sia uno stile di vita salutare.»

«Cos'è accaduto alla vostra gamba, cara?» chiese Kitty.

Tess non avrebbe voluto rispondere, ma non poteva certo mostrarsi scortese verso la donna che si era fatta in quattro per lei tutto il giorno. «Un colpo di pistola. Due anni fa. Non è guarita bene.»

«Oh, Tess, mi dispiace tanto. Chi ha potuto fare una cosa simile?»

Tess esitò, non lo aveva mai detto a nessuno, neanche a Tom e Mary. Tuttavia, forse era ora che smettesse di proteggere il colpevole per timore di qualche ripercussione. Fece un profondo respiro. «Si chiama Saul Miller.»

Gli occhi di Cale sfrecciarono verso di lei.

Tess tenne lo sguardo dritto davanti a sé.

«Saul Miller?» ripeté Reed. «Credo di averlo incontrato. Capitò da queste parti qualche mese fa. Con lui c'erano tre ricercati che aveva catturato. Voleva dei cavalli freschi, ma non ne avevamo.»

Cale si alzò e ingollò il resto del whisky. «Quel bastardo» imprecò tra i denti, prendendo a camminare avanti e indietro e massaggiandosi al contempo la parte posteriore del collo. «Perché non me lo avete detto, Tess?»

«Che importa?» I suoi occhi incrociarono quelli di lui. *Lo sa.* Tom doveva avergli raccontato anche dello stupro, oltre al colpo di pistola. Tess si sentì sprofondare nella vergogna.

«Importa, eccome!» Lo sguardo di Cale era feroce e distante, lo stesso che le era capitato di vedere negli occhi del padre, e lei non voleva avere niente a che fare con la violenza che poteva scatenarsi nei maschi di qualsiasi specie, pensò ritraendosi in se stessa.

Come faceva, Kitty, a vivere in quel posto, con tutti quegli uomini che mantenevano un rapporto continuo con i propri istinti di base, con una brutalità primordiale che Tess temeva potesse ritorcerlesi contro da un momento all'altro? Non aveva paura?

Lo sguardo omicida di Cale andò a posarsi su Reed. «Sai dove si trova, Fitz? Dove potrebbe essere andato?»

«No, mi dispiace, non saprei. Lo conosci?»

«Anni fa lui e Hank andavano insieme a caccia di ricercati. Lo conosco, sì.» Cale si fermò proprio alle spalle di Tess, la sua presenza ombrosa riempiva la stanza. «Perché diamine Hank gli ha permesso anche solo di avvicinarsi a te?» chiese sottovoce. Tess avvertiva il suo sguardo addosso.

«Quel che è stato è stato» rispose, sentendo le proprie difese tornare a innalzarsi. Le vecchie abitudini erano dure a morire. In passato l'avevano aiutata a sopravvivere e adesso l'avrebbero sottratta alla vergogna.

«Siete stata da un medico, Tess?» chiese Kitty. «Uno bravo, intendo, qualcuno che possa aiutarvi a migliorare la condizione della gamba. Provate spesso dolore?»

«Ho imparato a conviverci. In quanto a un dottore, non ho denaro.»

«Qui al campo abbiamo un chirurgo, ma al momento è fuori» s'intromise Reed. «Se vi fermate finché torna, vi faccio visitare. Nel frattempo, però, siete sicura di non volere un bicchierino di whisky? Un po' non vi farà male. Di tanto in tanto mi aiuta a dormire.»

«Anche Reed ha delle ferite» aggiunse piano Kitty.

Sotto il peso della rivelazione che gravava ancora su di lei, Tess iniziava a sentirsi stanca. «Va bene, lo accetto.»

Reed si alzò, versò il liquido e le portò il bicchiere. Tess ne bevve un sorso e tossì, ma non si lasciò scoraggiare. Qualsiasi cosa pur di non parlare con Cale, soprattutto davanti a Reed e sua moglie.

«Kitty, perché non mi accompagni in caserma e mi dai una mano a sistemarmi?» propose quello.

«Ma certo.»

I due uomini avrebbero dormito in una delle stanze solitamente occupate dai sergenti e le donne avrebbero diviso il letto nell'intimità della casa.

La coppia di coniugi uscì, e Tess avvertì il calore del whisky che iniziava a diffondersi nelle viscere. Sospirando, abbassò le spalle.

«Non dovete portare questo fardello da sola» disse Cale, mettendolesi di fronte, dall'altra parte della stanza. Il paio di occhi verdi si posò su di lui, notando la determinazione ferrea ma anche una sorprendente compassione.

«Non ho nessun altro.»

«Avete me.»

«Ci conosciamo a malapena.»

«È la vostra unica tesi?»

Non sapendo cosa rispondere Tess rimase in silenzio.

Cale attraversò la stanza, si inginocchiò davanti a lei e le prese la mano destra nelle sue ben più grandi. Il tocco era caldo, ma per quanto le fosse gradito un principio di panico le attanagliava già le viscere, e dovette resistere all'impulso di fuggire via.

Lui doveva averlo percepito perché disse: «Tranquilla, non vi farò del male. Voglio solo aiutarvi. Sapete come difendervi?»

«Non direi.»

«Allora ve lo insegnerò.»

Tess sentiva le lacrime salire a serrarle la gola e annuì, silenziosa.

«E se c'è qualsiasi cosa che volete sapere su di me, chiedete pure» aggiunse lui.

Lei rispose con un altro cenno della testa. Timori a parte, le sarebbe piaciuto davvero conoscerlo meglio. Ma dopo la crudezza con la quale aveva ammesso la colpa di Saul, nonché l'effetto del whisky, non se la sentiva di spingersi oltre per quella sera.

«Dovreste riposare.» Cale si alzò e la tirò su, tenendola ancora per la mano, quindi si sporse in avanti.

Tess si immobilizzò, sbigottita. Voleva forse baciarla? Ma lui allungò un braccio verso il bastone e glielo porse.

Un misto di delusione e sollievo le pervase il petto.

«Hank non è stato granché bravo a proteggervi, ma io sì, Tess, io lo sarò.»

Incantata dai suoi occhi azzurri, Tess si concesse il piccolo lusso di credergli, di investire le proprie speranze e i propri sogni in un uomo che non li avrebbe infranti, di assaporare, almeno una volta nella vita, la sensazione di sentirsi al sicuro.

Una lacrima rotolò giù per il viso. Cale sollevò appena un braccio e le asciugò delicatamente la guancia con il pollice, lasciando una scia calda sulla pelle. Diede una lieve stretta alla mano ancora nella sua, si girò e uscì dall'abitazione.

Tess rimase lì dov'era, appoggiata al bastone, profondamente colpita da tanta capacità di controllo. L'aveva avvertita anche lei, l'attrazione tra di loro, e nel suo intimo aveva desiderato che Cale la toccasse, ma i suoi confini continuavano a esigere distanza.

Era toppo presto.

E lei non era pronta.

Accogliere un uomo nella sua vita, entrare in intimità con lui? Forse non lo sarebbe stata mai. Proprio questo l'aveva spinta a concludere che un ordine religioso sarebbe stata la via più prudente da seguire.

Era Cale poi tanto diverso da qualcuno come, ad esempio, Esteban? Non poteva dire che il giovane, impertinente messicano l'avesse trattata proprio male, ma lei ne aveva rifuggito il tocco così tante volte da perdere il conto. A pensarci adesso, era sorprendente che non si fosse arreso prima. Il fatto che una donna sopportasse a stento le sue carezze doveva essere un duro colpo per la spavalderia di un uomo.

Nonostante la stessa risposta istintiva, però, il tocco di Cale era stato tanto delicato da risultarle tutt'altro che sgradevole. E un minuscolo seme di ottimismo aveva iniziato a germogliare nel cuore.

Volevano sotterrarci, sussurrò all'orecchio la voce del suo *abuelo, non sapevano che eravamo semi.* Un proverbio messicano che lei aveva spesso citato.

Forse parte della Tess bambina era ancora viva, e quella monella, piena di curiosità e meraviglia, adesso la spronava: *Sono ancora qui. Saul Miller non mi ha annientata del tutto.*

Attratta da Cale Walker, quella versione più giovane di Tess voleva emergere dal suo nascondiglio.

Voleva la libertà.

CAPITOLO NOVE

C ale trascorse la mattinata a interrogare soldati su Saul Miller. Si era prefisso un obiettivo e ciò lo aiutava a mantenere la crescente rabbia a un livello tollerabile… appena. Alla fine non aveva appreso molto, ma era chiaro che Saul fosse passato spesso per le Dragoon Mountains, a circa cinquanta miglia a sud-ovest di Camp Bowie.

Una volta conclusa la faccenda con Hank gli avrebbe dato la caccia, decise. E parola sua, il tipo si sarebbe pentito amaramente di aver toccato Tess. Un pensiero, quello, che gli procurò tanta soddisfazione da ammorbidire la ruvidezza del proprio temperamento.

Andò a cercare Tess e la trovò con Kitty dal vivandiere del campo. Indossava un vestito semplice di cotone chiaro e portava i capelli raccolti in una lunga treccia che scendeva sulla schiena. Con l'altra donna, ammiravano della roba esposta su un tavolo.

«Buongiorno, Cale» lo salutò raggiante Kitty.

Anche Tess sorrise. Davvero una bella vista, pensò lui, mentre la tensione tra le scapole si allentava un po'.

«Cosa combinano, queste due gentili signore?» chiese, avvicinandosi.

«Ci sono mele fresche, oggi» rispose Kitty. «Non possiamo certo lasciarcele sfuggire.»

«Certo che no. Posso portarvi via Tess per un attimo?»

«Naturalmente, purché vi uniate a noi per il pranzo.»

«Senz'altro.» Posandole con delicatezza una mano sulle reni, Cale condusse Tess fuori dall'edificio. «Come state stamattina?»

«*Muy bien*» rispose lei, scostandosi.

Cale le si affiancò e adeguò il passo al suo. «Pensavo che dovremmo fermarci qui per qualche giorno, così avremo modo di riposare ed escogitare un piano.»

«Per trovare Hank?»

«Questo e altro.»

«Vi riferite a Saul?»

«Tess, voglio che non pensiate mai più a quell'uomo. Me ne occuperò io. Ve lo prometto.»

Lei si fermò di scatto. Gli occhi sfrecciarono verso i suoi. «Vi prego, non esponetevi a pericoli. Non ne vale la pena.»

«So molto meglio di voi come affrontarlo.»

Un lampo di angoscia attraversò lo sguardo di Tess.

«E non osate provare neanche un briciolo di vergogna per quanto è accaduto» aggiunse Cale.

Tess si mosse, a disagio, avvalendosi dell'ombra del cappello per evitare di guardarlo.

«Ditemi che cosa state pensando» sussurrò lui.

Per un istante, ebbe come l'impressione che lei stesse per confidargli qualcosa, ma fu sufficiente una parola a fargli abbandonare quell'idea.

«*Nada*.» Alzò lo sguardo a incrociare il suo e… il muro tornò a dividerli.

Pur accettando quel secco rifiuto, Cale non si scoraggiò. Ripensò alle occasioni mancate di fermare Saul Miller, tutte le volte che l'uomo aveva oltrepassato con gran naturalezza il limite tra giustizia e brutalità. La violenza che aveva inflitto a Tess quel giorno era perpetuata dal ricordo che non le dava tregua. E lui doveva assolutamente trovare la maniera di allentarne la morsa.

«Voglio insegnarvi a difendervi. Dov'è la Remington che vi siete portata dietro?»

«Con la mia roba. Vado a prenderla.»

Cale aspettò fuori che Tess andasse a recuperare l'arma in casa dei Fitzgerald, quindi la condusse al limite dell'accampamento, in un'area che la fanteria usava per le esercitazioni di tiro al bersaglio.

La guardò caricare e scaricare la rivoltella, soddisfatto che ne fosse capace, e immaginò di dover ringraziare Hank del fatto che la figlia non fosse male neanche come tiratrice.

Le mostrò come maneggiare il proprio Winchester e le fece fare un po' di pratica col fucile.

«E ora vi farò vedere che cosa fare nel caso di un confronto fisico con qualcuno» disse.

Sotto l'orlo del cappello, una patina di sudore copriva il viso di Tess. Era quasi mezzogiorno, e lui l'aveva fatta lavorare un bel po'. Ma era importante.

«Siete alta e questo vi offrirà un vantaggio.»

«Ma... e la mia gamba?»

«Non ve ne preoccupate, Tess. Imparerete a cavarvela.»

Le si parò di fronte. «Se un uomo vi attaccasse da questa posizione» continuò, afferrandole le braccia «sollevate il ginocchio e colpitelo all'inguine.»

Tess annuì, ma l'espressione del viso era insicura.

«Provate» la sollecitò lui.

«Ma...»

«Fate solo per finta, naturalmente, ma sollevate svelta il ginocchio.»

Lei obbedì, usando la gamba destra... quella buona. Con la gonna, però, era difficile.

«Bene» disse Cale. «E appena vi lascia, fuggite.»

«Ma non posso correre.»

«Ci penseremo dopo.»

Le prese una mano e si appiattì il palmo contro il naso. «Se riuscite a colpirlo in faccia, usate la parte più dura per assestargli una bella botta qui.» Poi, l'afferrò per le spalle e la fece girare, intrappolandole le braccia da dietro.

Tess si irrigidì. Reagiva come un animale impaurito, pensò Cale, persino con lui, il che non lasciava dubbi sulla profondità dei suoi timori. «Se un uomo vi prende così» le disse contro l'orecchio, tra fili di capelli che sfioravano le labbra «voi rispondete afferrandogli un dito e tirando indietro più forte che potete.»

Lei si era fatta di marmo, ma Cale sentiva il respiro rapido tra le braccia. Ai limiti della coscienza, sapeva che queste premevano contro i suoi seni, e avvertiva il panico crescerle dentro.

«Andiamo, Tess, reagite.»

Allora lei gli afferrò alla cieca una mano e strattonò indietro il mignolo. Urlando, Cale la lasciò andare.

Tess si girò di scatto. «*Lo siento*.»

«No, no, sto bene» la rassicurò lui, piegando le dita per attenuare il dolore, quindi rise. «Avete risposto proprio come speravo.»

Col viso segnato da stanchezza e preoccupazione, Tess inspirò a fondo.

«È troppo per voi, lo so» disse lui «ma è importante. E adesso, veniamo alla corsa.»

Tess iniziò a scuotere la testa.

«No» la interruppe Cale «Kitty ha ragione. Vi siete mai fatta visitare da un dottore?»

«Tom e Mary ne portarono a casa uno che mi tolse il proiettile.»

«Avete mai provato ad allungare i muscoli e sollecitarli? È possibile che col passare del tempo si siano irrigiditi per mancanza di esercizio.»

Tess si appoggiò al bastone con un'espressione sofferta sul viso. «Fa male» disse piano.

«Credo di avere qualcosa che potrebbe aiutarvi.»

«Tipo?»

«Tè di corteccia di salice e olio di ghiande. Ho notato che vi massaggiate la gamba. Dovreste continuare ogni sera ma usando l'olio. Ha proprietà curative.»

«Come fate a saperlo?»

«Dagli Apache ho acquisito delle competenze utili, altre le ho apprese qua e là. Vi aiuterò volentieri, sempre che mi permettiate di darle un'occhiata.»

Lo sguardo affranto di Tess scattò verso il suo.

Cale sollevò le mani. «Lo so, chiedo troppo – e vi capisco – perciò vi darò l'olio e potrete usarlo voi stessa. Ma dovrete sforzarvi di camminare senza bastone, ogni giorno per periodi più lunghi.»

Gli occhi di Tess si posarono sull'orizzonte.

«Se poi, a un certo punto, vi sentiste più a vostro agio con me, e voleste permettermi di controllare la ferita, lo farò. Ma solo quando sarete pronta voi.»

Il suo sguardo incontrò quello di lei, carico di ombre. Una cosa che Cale aveva imparato vivendo con gli Apache era che non sempre lo spirito restava nel corpo. Tess lottava con tutte le forze per trattenere il proprio, ma era come se a volte quei frammenti volassero via col vento.

E lui ne comprendeva il perché. Dopo aver preso una strada diversa da Hank, ed essere stato attaccato dal puma, tutto era cambiato. Certo, da quel momento in poi aveva avuto uno scopo, ma la ragione per cui era tornato in Arizona – e aveva acconsentito ad aiutare Tess – era la questione irrisolta con Hank.

Lo spirito cercava integrità. Senza questa, l'anima avrebbe potuto rivoltarsi contro se stessa e rosicchiare i margini della sanità mentale, della felicità.

Tess aveva bisogno di determinazione.

CAPITOLO DIECI

Quando Tess varcò la soglia di casa Fitzgerald, Kitty schioccò la lingua e la sospinse immediatamente verso il letto. «Avete l'aspetto di chi ha bisogno di riposare. Vi porto del tè e poi farete un bel sonnellino. Non preoccupatevi per il pranzo, più tardi vi porterò anche quello» disse, uscendo e tornando subito dopo con un vassoio su cui erano disposte una teiera e una tazza.

«Siete davvero gentile» la ringraziò Tess. «Cosa avrò mai fatto per meritare tanta ospitalità?»

«E ve lo chiedete, mia cara?» Kitty le prese le mani. «Le anime si incontrano perché così decide il buon Dio. Chi siamo noi per discutere la Sua volontà? Il mio destino è trovarmi qui, in questo posto, e so che Lui si aspetta che mi prenda cura al meglio di chi mi circonda. Voi siete come un merlo ferito, e se posso fare qualcosa per risanare il vostro cuore, sarò contenta..»

O merlo! Cantami qualcosa di bello.

L'accento irlandese di Hank sussurrò all'orecchio di Tess.

«Grazie, Kitty.»

La donna uscì, lasciandola sola. Tess mise via il bastone e

sedette sul bordo del letto con la trapunta, versò del tè e ne bevve diversi sorsi, quindi tirò fuori dalla tasca il vasetto con l'olio di ghiande. Cale le aveva anche dato un pacchetto di erbe da macerare, ma per il momento avrebbe finito la bevanda calda che le aveva portato Kitty. Al ricostituente di Cale avrebbe pensato poi.

Si guardò la gamba. Era quasi sempre dolorante. Solo il sonno le dava tregua… a condizione che non si muovesse. Se per caso cambiava posizione, infatti, il dolore la svegliava. Poteva dire di aver imparato a conviverci, ma non mancavano certo mattini di lacrime versate sull'inutilità dei suoi sforzi per una ferita che non sarebbe mai guarita. Per quanto la sua cara *abuela* le avesse insegnato a non indugiare sull'autocommiserazione, la disperazione materna le aveva provato che la sofferenza non portava ad alcuna soluzione. L'unica era andare avanti. E Tess si imponeva di farlo.

Ma era possibile che Kitty e Cale avessero ragione. Forse un bravo dottore sarebbe riuscito ad alleviare il dolore fisico che la tormentava su base quotidiana. Per il cuore e l'anima dubitava esistesse cura, ma per il corpo doveva pur esserci qualche speranza. E poi era del tutto plausibile che Cale non sbagliasse a proposito di movimento ed esercizio fisico.

Più e più volte si era affidata alle sue storie, alla guarigione dentro le loro parole. Nei racconti, il bene vinceva sempre, gli eroi superavano gli ostacoli e raggiungevano la felicità. Grandi e piccole imprese eroiche celavano gli intuibili segreti dell'universo, e il proprio posto al loro interno finiva con l'essere sempre più grandioso di quanto ci si fosse aspettati all'inizio. Un aspetto, quest'ultimo, a cui si aggrappava con tutte le forze.

La sua vita doveva per forza avere un significato.

Slacciò gli stivali, se li tolse e sfilò le calze. Tornando sul letto, sollevò fino alla vita l'orlo dell'abito e l'unica balza della sottogonna, quindi tirò su più che poté la gamba sinistra dei mutandoni e fissò la curva deforme del ginocchio, nel punto d'ingresso del proiettile. Il dottore lo aveva estratto, ma l'osso non era guarito bene.

Cale pensava che un giorno sarebbe stata in grado di correre, ma lei ne dubitava.

Non sa.

Non ha visto la gamba.

Con pezzi di carne mancanti e pelle scolorita per via dei punti e delle botte prese da Saul, non era un bello spettacolo. Aprì il vasetto, tra le lacrime che le rigavano il viso, e immerse i polpastrelli nell'olio, quindi lo strofinò con delicatezza sulla parte irregolare, e quando i dolorosi spasmi aumentarono, seppur singhiozzante, massaggiò con maggior vigore.

Immaginava la propria gamba tra le mani di Cale, sotto gli occhi che la esaminavano, e provava un crescente senso di vergogna e imbarazzo. Un miracolo. Una guarigione magica. Se solo fosse stato possibile.

Posò il vasetto sul comodino, tirò giù sottogonna e vestito e si distese sul letto, travolta da un profondo e violento attacco di pianto.

Ripensò a sua madre, distrutta e amareggiata dagli anni trascorsi ad aspettare il ritorno di Hank, l'uomo che amava e che non si curava abbastanza di lei. Lo stesso uomo che aveva fatto altrettanto con Tess, affamandola di amore, cure e attenzioni al punto da renderla quasi cieca, e che infine era andato a prenderla solo per trascinarla nelle viscere del suo pericoloso mondo, cui lei era sopravvissuta a malapena, e tornare poi ad abbandonarla, questa volta alle cure di Tom e Mary.

L'unica ad aver avuto un'influenza forte e stabile nella sua vita era stata l'*abuela*. Tess aveva voluto un gran bene a sua nonna, e si rammaricava di non aver potuto trascorrere più tempo con lei. Soffriva anche per la perdita della propria madre, certo, ma l'amarezza che sentiva affiorare dentro era tale da lasciarle un sapore metallico in bocca. La donna, nel suo egoismo, aveva trascinato con sé nella morte anche l'*abuela*.

¿Por qué la madre?

L'incendio aveva divorato la piccola abitazione lasciando Tess orfana. Infatti, nonostante i tentativi nel corso degli anni di farle da padre, Hank aveva ripetutamente fallito.

E adesso lei lo inseguiva, ancora una volta a caccia del suo amore. Si asciugò gli occhi umidi e gonfi. Era una follia. Forse avrebbe dovuto lasciare che Cale continuasse da solo.

No. Hank mi starà a sentire.

Provava vergogna e dolore, ma *non* si sarebbe fermata. Avrebbe trovato la maniera di fortificarsi, nel corpo come pure nella mente.

Sì, sarebbe diventata l'eroina della propria storia.

CALE SEDETTE con Fitz nel suo ufficio. Preferendo riposare mentre Tess faceva un sonnellino, Kitty li aveva pregati di esentarla dal pranzo, così Fitz aveva suggerito di ritirarsi a discutere di un problema con l'esercito.

«Gli Apache continuano a fare incursioni» disse, lasciandosi andare contro lo schienale della sedia. «L'estate scorsa, quando i figli di Cochise, Taza e Naiche, si convinsero ad entrare nella San Carlos, pensammo che finalmente le acque si sarebbero calmate. Dopotutto, persino gli Apache ribelli erano stati trasferiti nella riserva di Ojo Caliente, nel Nuovo Messico. Solo che all'appello ne mancavano più di quattrocento e l'Ufficio per gli Indiani se ne lavò le mani, perciò siamo autorizzati a considerarli ostili.»

«Geronimo come l'hanno catturato?»

«John Clum – un bravissimo agente indiano, se non il migliore – incontrò i Chiricahua l'anno scorso con lo scopo di convincere le bande a presentarsi di propria volontà. A quelle però non interessava, perché fino a quel momento erano state liberissime di andare e venire dalla riserva dei Chiricahua, che a mio parere tutto era fuorché una riserva. Gli Apache, infatti, avevano fin troppo margine di azione e continuavano a superare il confine e saccheggiare. I messicani, naturalmente, erano furiosi, così Clum disse agli indiani che la situazione si era fatta insostenibile e dovevano andare alla San Carlos. All'incontro era presente il capo Juh, ma siccome lui balbettava al suo posto parlò Geronimo. Dissero, mentendo, che sarebbero entrati nella riserva, solo che durante la notte centinaia di loro fuggirono. Pensa che strangolarono i cani perché non abbaiassero. A quel punto, per evitare l'imbarazzo, a Clum non restava che catturare Geronimo. Organizzò una trappola a Ojo Caliente e funzionò. All'inizio dell'anno lo ha portato alla San Carlos in catene.»

Fitz scosse la testa. «Gli altri Apache, però, sono ancora liberi. E, lascia che te lo dica, sono degli sfacciati rompiscatole. Il problema più recente è stata un'incursione nei pressi di Sonoita. Prima hanno rubato bestiame e cavalli da un ranch, poi hanno rapito un ragazzo di nome Douglas. Lo zio, Sid Haverly, è andato su tutte le furie e lo rivuole. Non posso certo dargli torto, ma come immaginerai l'aspetto logistico è un bel problema. Se potessi darmi qualche informazione utile, te ne sarei davvero grato.»

Cale considerò la richiesta. «Sono passati tre anni da quando ho lasciato la banda di Mohan. Difficile dire dove potrebbero trovarsi adesso.»

«Concordo. Le bande si uniscono e separano con eccessiva regolarità.»

«Quand'è stato rapito il ragazzo?»

«Due settimane fa.»

«Potrebbero averlo già barattato.»

«Lo so. Ho mandato in giro degli esploratori. Quanto ti fermi?»

«Qualche giorno. Penso che a Tess il riposo faccia bene. Se posso ti aiuto volentieri, Fitz, ma sai che la matassa s'ingarbuglia facilmente.»

Fitz sospirò. «Già.»

«Probabilmente il ragazzo è ancora vivo.»

«Non hai mai raccontato granché del tuo periodo con gli Apache, Cale. Da che parte stai, adesso?»

Cale sorrise, ma con scarsa allegria. «Ho imparato a contare di più sulle amicizie. E non puoi negare che alcuni tra gli Apache meritino rispetto.»

Spostandosi sulla sedia, Fitz si abbandonò a una risata roca. «Proprio così, ma ne ho davvero abbastanza di tutti gli altri.»

CAPITOLO UNDICI

Quella sera, Tess sedette a cena nella sala mensa con Kitty, Fitz, Cale e diversi ufficiali. Dopo aver fatto accomodare sua moglie alla propria sinistra e Cale e Tess alla destra, il capitano Fitzgerald prese posto a capo della grande tavola. Corpi rigidi e sguardi dritti, i suoi uomini aspettarono pazienti, quindi occuparono le restanti sedie come fossero stati un'entità unica e coordinata.

Tess resistette all'impulso di sorridere. Avevano ricevuto un addestramento impressionante, ma neanche quello era in grado di nascondere il loro entusiasmo di fronte all'odore di pietanze fumanti e succulente che si spandeva da vassoi e tegami sul tavolo di fianco.

Il pasto ebbe inizio e proseguì per lo più in silenzio, finché uno degli ufficiali non sollevò il mento in direzione di Cale. «Signor Walker, ho sentito dire che vi è stata assegnata la Medaglia d'Onore.»

Tess lo guardò. «Avete una medaglia?»

«Proprio così» rispose Fitz, spezzando del pane a lievitazione naturale e raccogliendo dalla propria ciotola le ultime tracce di stufato di cervo.

Cale si versò un'altra tazza di caffè forte.

Era chiaro che non avrebbe fornito approfondimenti, pensò Tess, facendogli cenno di no quando fu sul punto di versarne anche per lei. «Come mai?» chiese, rivolta nuovamente a Fitz.

I presenti, inclusa Kitty, concentrarono la propria attenzione sul capitano Fitzgerald.

«Venne chiamata Campagna di Rocky Mesa» esordì Fitz. «Io non c'ero, ma poiché dubito che Cale abbia intenzione di raccontare i dettagli, il ruolo di narratore questa sera lo assumo io.» Lanciò un'occhiata interrogativa all'indirizzo di Tess. «Sempre che non vi dispiaccia, mia cara.»

«Certo che no» rispose lei.

«Nel '69, il presidente della *Apache Pass Mine*, un uomo di nome John Stone a bordo di una diligenza postale, fu assalito da Cochise e la sua banda nei pressi dei monti Dragoon. Con lui rimasero uccisi anche il cocchiere e la scorta composta da quattro soldati del Bowie.

«Allontanandosi immediatamente dal luogo del massacro, gli Apache rubarono poi un branco di bestiame in viaggio dal Texas alla California e uccisero uno dei due uomini, ma l'altro riuscì a scappare e venne qui. Così, un gruppo di soldati a cavallo si lanciò all'inseguimento. Sapendo che non sarebbe mai riuscito ad attraversare il confine con il Messico, Cochise deviò verso i monti Chiricahua, inoltrandosi su per il Rucker Canyon. E fu allora che ti unisti tu, giusto Cale?»

«Già.» Si rilassò contro lo schienale della sedia e posò un braccio sul tavolo.

«Il capitano Bernard… se non ricordo male l'attacco lo condusse lui… non mi è mai piaciuto granché.»

«Mmm… non sei l'unico» mormorò Cale.

«Perché?» volle sapere Tess.

«Rucker Canyon è ricoperto di cedri e presenta un alto promontorio roccioso» proseguì Fitz «e gli Apache – che di solito combattevano solo con archi, frecce e lance – avevano dei fucili.

Nonostante i tiratori scelti posizionati su un colle vicino, i soldati non sarebbero mai riusciti a guadagnare terreno. Faceva freddo e pioveva, e gli scontri durarono una settimana.

«Cale ed altri cercarono di conquistare la mesa, ma furono respinti dalla tenacia degli indiani. Bernard era aggressivo e a detta di alcuni diede ai suoi uomini l'incauto ordine di gettarsi nella mischia. È vero, Cale?»

«Sempre più facile giudicare un risultato a posteriori. Bernard non mi piaceva, non lo nego, ma quando fu chiaro che non avremmo mai vinto di fatto si ritirò.»

«So che quel giorno furono persi uomini validi. Bernard raccomandò l'assegnazione di trentuno Medaglie d'Onore e, a ragione, Cale ricevette la sua per aver ripetutamente provato, con grande rischio, a conquistare la mesa.»

Lo sguardo di Tess corse al suo fianco. «Dove lo trovate, tanto coraggio?» chiese piano.

«Non è coraggio, Tess. Avevo una paura da matti. Ma due del nostro gruppo avevano beccato una pallottola in testa e noi non avevamo intenzione di lasciare indietro i corpi. Se lo avessimo fatto, gli Apache li avrebbero mutilati.»

«Riusciste a portarli via?»

Cale scosse il capo. «Alla fine, no. Era troppo pericoloso.»

«E adesso Cochise non c'è più» disse Fitz.

Tess aveva sentito parlare della morte del famoso capo Apache più o meno tre anni prima a Tucson. «Ne sarete stati tutti molto contenti.»

Fitz spinse indietro il busto per consentire a un soldato semplice di portare via i piatti. «La sensazione generale fu che, forse, gli Apache avrebbero finito di seminare terrore. Cochise si era sforzato di fare ammenda, per il bene della sua gente. Meritava rispetto. Lo hai mai incontrato, Cale?»

Lui annuì. «Era intelligente e pragmatico. Non sarebbe mai finito con le spalle al muro.»

«Già.»

La conversazione si spostò sulle attività quotidiane al forte, ma dopo il racconto sulla battaglia e il ruolo di Cale, Tess provava un assurdo desiderio di afferrargli la mano e stringerla forte.

«Avete già usato l'olio?» chiese lui, avvicinandosi.

Tess annuì.

«Mi sembrava che profumaste di ghiande» rispose Cale con un largo sorriso.

Il volto di Tess si accese, ma che lui scherzasse non le dispiaceva affatto, anzi, sempre più spesso si scopriva desiderosa di trascorrere del tempo in sua compagnia. Inoltre, la presenza di Cale scoraggiava gli altri uomini dall'impegnare troppo la sua attenzione. Non che si considerasse capace di scatenare in loro un irresistibile interesse romantico, ma era una delle poche donne al forte, e Kitty rappresentava per tutti una figura materna. Con Cale si sentiva al sicuro.

Nella sera che ormai volgeva al termine, lui la sistemò in sella a Gideon e, sotto la luna che illuminava le dolci colline circostanti il forte, guidò il cavallo verso la casa dei Fitzgerald.

Arrivato al palo di aggancio, aiutò Tess a smontare, recuperò il suo bastone e glielo porse, quindi, in un gesto che lei apprezzò molto, indietreggiò di qualche passo per lasciarle spazio.

«È confortevole il vostro alloggio?» chiese.

«*Sì*, ma Kitty russa.» E timorosa di risultare ingrata, si affrettò ad aggiungere: «Solo un po'.»

«Se può consolarvi, anche Fitz» ribatté Cale strappandole una risata.

«E allora sono proprio fatti l'uno per l'altra.» Tess si spostò verso il portico e lui la seguì.

«Che ne dite della situazione con gli Apache?» chiese oltre la spalla.

«Dico che è complessa.»

Le lampade nelle finestre degli alloggi per ufficiali gettavano un caldo bagliore. Tess si girò a guardare Cale. «Pensate che la tribù con la quale eravate voi si trovi in una delle riserve?»

Cale si puntellò col braccio a una colonna di legno. «Non lo so per certo, ma se dovessi tirare a indovinare, direi di no.»

«L'esercito non la proteggerà.»

«No.»

Neanche le ombre riuscivano a mascherare la tensione che gli irrigidiva la mandibola. «Vi preoccupa?»

«A volte.»

Tess si sistemò una ciocca ribelle dietro l'orecchio. «Dovete tenere molto a quella gente.»

«Ad alcuni, sì. Una volta tenevo anche ad Hank, ma col tempo le cose cambiano.»

«Siete mai stato sposato?» Il pensiero la colpì all'improvviso. Era possibile che durante il periodo con gli Apache ci fosse stata una donna, il che avrebbe spiegato la lunga permanenza.

«No. Non ci sono neanche andato vicino.»

Chissà perché quella risposta la rendeva tanto felice, si chiese sorpresa Tessa, mentre tra loro scendeva un imbarazzante silenzio. «Volete che vi racconti una *historia*?» disse senza riflettere.

«Certo. Vi ascolterò volentieri.»

Immaginando Kitty a passare il tempo lì in un caldo pomeriggio d'estate, Tess sedette su una sedia a dondolo e posò il bastone di fianco. A parte la minaccia degli Apache, i monti Chiricahua erano un posto davvero rigenerante e le trasmettevano la sensazione che il mondo naturale si fosse stabilizzato, proteggendola nel suo abbraccio. Cale prese posto sull'altra sedia, tese le lunghe gambe davanti a sé e incrociò le braccia sul petto.

Guardando il cielo scuro e lo sfondo di colline, Tess iniziò il suo racconto. «C'era una volta un *lobo* – un lupo – che viveva tra i monti del Messico. Era furbissimo e si prendeva molta cura del proprio branco. Di notte, gli abitanti dei colli vicini udivano il suo richiamo, come pure quello di tutti i lupi di montagna. Ma si diceva che il primo, più grosso e forte degli altri, fosse il capo.

«La gente iniziò a insediarsi in quella zona e ad espanderla, costruendo case e cacciando la selvaggina del posto, tanto che dopo qualche tempo, faticando a trovare cibo, i lupi presero ad avvicinarsi alle abitazioni e a uccidere il bestiame. Allora, gli uomini misero una taglia sulla testa del capobranco e lo soprannominarono *Gran Uno*, il Grande.

«Sistemarono poi delle trappole, ma sera dopo sera, settimana dopo settimana, quelle restavano vuote. La taglia fu aumentata e cacciatori iniziarono a giungere da ogni dove. Uno in particolare decise che avrebbe fatto di tutto per catturare *Gran Uno*. Preparò delle trappole più elaborate, premurandosi di nasconderle bene ed eliminando ogni possibile odore umano, ma nonostante i suoi sforzi *Gran Uno* le eludeva tutte.

«Per il cacciatore era ormai una battaglia di ingegno, che era determinato a vincere. Una sera, s'imbatté in un indizio: nei pressi del posto in cui era stato avvistato *Gran Uno* c'erano delle impronte più piccole. E lui sospettò appartenessero a una femmina, magari proprio alla compagna di *Gran Uno*.

«Così, invece di catturare il maschio alfa, decise di intrappolare la femmina. Meno saggia del compagno, la poverina fu subito preda e, sotto la luce di una luna piena, il cacciatore e parecchi altri uomini raggiunsero la radura in cui una bellissima lupa argentata urlava contro i lacci che le serravano tutt'e quattro le zampe. Rinvigorito da quel successo, il cacciatore la guardava con scarso rimorso, quando in lontananza, al limite della foresta, scorse finalmente *Gran Uno*. Ululava, angosciato per la sua compagna, ma non si avvicinava.

«Allora, il cacciatore le avvolse una corda intorno al collo e con un movimento veloce glielo spezzò. Addoloratissimo, *Gran Uno* urlò per molte notti a seguire. La sua straziante sofferenza innervosiva il cacciatore, ciò nonostante questi tramava ancora contro di lui e approfittando della lupa argentata si servì del suo odore per tendere trappole, riuscendo così ad attirare e catturare *Gran Uno*.

«Quando i suoi occhi incontrarono quelli del lupo alfa, però, l'espressione fiera dell'animale e il suo rifiuto a piegarsi lo commossero al punto che invece di ucciderlo, gli legò le zampe, gli mise una museruola e in groppa a un cavallo lo portò al villaggio, dove fu incatenato.

«Durante la notte, *Gran Uno* morì, e il cacciatore comprese che il suo cuore infranto aveva ceduto. Così, da quel momento in poi, l'uomo non fu più capace di uccidere per vivere. La perdita di *Gran Uno*, nonché la consapevolezza di avergli portato via il grande amore, aveva spezzato anche parte del suo cuore.

«Dai quei frantumi, però, nacque una luce che prese a brillargli nell'anima. E il cacciatore, diventato amico dei lupi, giurò che li avrebbe aiutati.»

Tess rimase in silenzio. Al solito, quella storia la rattristava e a parte il fatto che parlava di redenzione non avrebbe saputo dire perché l'aveva raccontata a Cale.

«È una bella storia, Tess» disse piano lui.

«Il cacciatore mi ricorda uomini come voi e Hank.»

«Tutti abbiamo fatto qualcosa di cui non siamo fieri. Mi credete ancora tanto spietato?»

«No.» La convinzione era ormai radicata fin dentro le ossa. «Ma Hank lo è, vero?»

A rispondere fu il silenzio di Cale.

«Se un uomo è veramente pentito, *Dios* assolverà i suoi peccati» disse.

«Dubito voi ne abbiate.»

Tess non se la sentì di sostenere il suo sguardo. «E se vi dicessi che l'aggressione è stata colpa mia?»

«Potete raccontarmi ciò che vi pare, ma non riuscirete mai a convincermi di aver meritato quello che Saul vi ha fatto.»

Lei trasse un respiro fortificante e, prima di dissuadersi dal farlo, disse di getto: «Dopo aver trascorso del tempo con Hank, iniziai a comprendere che le azioni sue e degli uomini che lo accompagnavano non sempre erano… lecite. Ammetto che si sforzò di proteggermi, provando anche a lasciarmi indietro in modo da tenermi al sicuro nel senso più elementare del termine. Ma, alla fine, non riuscì a nascondere quel che era.» La sua voce, adesso più forte, era carica di un'amarezza che la sorprese. Aveva voluto credere che suo padre fosse un brav'uomo, che attraverso il proprio lavoro mettesse in atto la giustizia. Ma non sempre era stato nobile.

«Conoscevate Jim Bennett?» chiese.

«Sì. Faceva parte della squadra di Hank, ma al massacro degli Apache non c'era. Non lo vedo da ancor prima di allora.»

«E purtroppo non lo rivedrete più vivo. Lo ammazzarono.»

«Perché?» Il suo tono di voce le provocò un brivido lungo la schiena.

«Mesi prima si era verificato un incidente al confine tra Texas e Messico, e alcune *putas* messicane erano rimaste uccise. Non sono sicura del colpevole, se Hank, Saul o Walt, ma so che la fecero franca. La legge di solito non conta, se a buscarsi una pallottola è una prostituta. Ma nel fuoco incrociato fu colpito uno sceriffo federale che finì col morire. Il proiettile che il dottore estrasse dalla ferita era partito da una vecchia Colt-Paterson. E Saul ne aveva una. Non costituiva una prova certa, ma lui era molto preoccupato, sicuramente perché sapeva di essere colpevole. Così, distolse l'attenzione da sé mettendo l'arma nelle mani di una donna, un'altra *puta* credo, che per una serie di sfortunate circostanze venne accusata e impiccata. Fu allora che Jim perse la testa.»

«Era la sua donna?»

«Credo di sì» rispose piano Tess. «Mi era sempre piaciuto Jim. Di tutti loro, era il più gentile.»

Cale si chinò in avanti e posò i gomiti sulle ginocchia. «Non era un tipo cattivo.»

«Deve aver lottato con il dolore e la rabbia per un po', ma alla fine decise di denunciarli uno a uno. E in qualche modo Saul venne a saperlo. Eravamo a Tucson quando per caso lo sentii discutere con Walt di quello che gli avrebbero fatto. Pensavano che dormissi ma ero sveglia, e sapendo che volevano ucciderlo non sarei rimasta a guardare.»

Faceva oscillare piano la sedia, a un ritmo costante che seguiva quello del cuore, e quando il dolore alla gamba iniziò a risvegliarsi le mani serrarono i braccioli.

«Che cosa faceste?» chiese Cale.

«Presi un cavallo e partii. Jim si nascondeva fuori città. Dovevo avvisarlo.»

«Una mossa pericolosissima» disse Cale, il suo sguardo era così intenso che Tess smise di dondolarsi.

«Mi chiedo se avrei fatto meglio a lasciar perdere, magari Jim sarebbe ancora vivo.» Scosse la testa. «Non so.»

«Come andò?»

«Saul e Walt entrarono all'improvviso e ci presero. Il primo mi accusò subito di tradimento, e insinuò che fossi andata lì per sedurre Jim. Il resto successe così in fretta, qualcuno tirò fuori la pistola, ci furono degli spari e… Jim era morto. Ancora oggi mi chiedo chi dei due lo abbia ucciso. Poi, Saul insistette che fossi punita. Walt si ribellò, ma lui disse senza mezzi termini che Hank conosceva le mie intenzioni e che gli aveva chiesto di occuparsi della faccenda.»

«Tess.» Cale allungò il braccio e le strinse la mano, in un gesto di compassione che la sorprese.

«Forse avrei dovuto lasciar stare. Forse Jim non era tanto buono come pensavo. Li avevo traditi, no? Ed era chiaro che Hank voleva che mi punissero.»

«*Perché diamine volete ritrovarlo?*» chiese lui a denti stretti. Il viso era teso e la mano stringeva più forte la sua, quasi si tenesse aggrappato per non affogare.

«Perché merito di conoscere il motivo per cui ha permesso a Saul di farmi tanto male.» Incapace di arrestarle, lasciò che gli occhi si riempissero di lacrime. «Voglio anche capire se si è tenuto lontano perché non ha il coraggio di affrontarmi. Gli direi in ogni caso che lo perdono.»

Una vena pulsava forte nel collo di Cale, e Tess lo sentì respirare a fatica. «Ma lui non lo merita» disse infine.

«Tutti hanno diritto a una seconda possibilità. Il cacciatore del racconto fa l'impensabile alla compagna di *Gran Uno*, ma finisce col dedicare la propria vita a fare ammenda.»

Con il corpo teso, Cale scattò su dalla sedia e si passò una mano tra i capelli corti. «Quella non è che una dannata storia, Tess. La vita è tutt'altro» disse, colpendo forte il palo di aggancio con il palmo e spaventando Gideon.

«Vi sbagliate.» Scossa fin nel profondo, sentì un'improvvisa collera montarle dentro. «Le storie sono più reali della pallida esistenza che noi tutti viviamo qui. Non rinuncerò ad Hank, non lo perderò, lasciando che si creda ancora quello di un tempo. Posso aiutarlo a cambiare. Proprio come gli Apache hanno fatto con voi.»

Cale fece una risata, breve e priva di allegria, quindi scosse la testa. «Siete troppo buona per lui. Siete troppo buona per tutti noi.»

«Continuate a sbagliarvi. Se non provo neanche ad aiutarlo, allora non sono migliore di lui.»

Doveva assolutamente tentare di salvare l'anima di suo padre.

«Tess, voi siete *sempre* stata migliore di Hank. Se decideste di non credere mai a quel che dico, ricordate almeno questo.»

C'era così tanta convinzione nella voce di Cale da risuonare persino nelle sue ossa, pensò Tess. No, non mentiva. Nessuno prima di lui l'aveva mai difesa a quel modo, nessuno aveva mai creduto in lei *nonostante* ciò che aveva fatto. Seppur in maniera lieve, scalfiva la personale insicurezza che per lunghi mesi e anni era stata sua costante compagna. Invece di prendere le distanze da lei, Cale la guardava, *davvero*, senza mai battere ciglio.

Era questo che si provava a essere fortificati dalla mano di Dio? Perché Cale non poteva che essere un ponte tra i due mondi.

CAPITOLO DODICI

Ossessionato dalle rivelazioni di Tess, Cale dormì male. Hank aveva spesso cavalcato la linea di margine tra giustizia statale e giustizia privata e ciò era stato più volte motivo di scontro tra loro due. Ma perché non era riuscito a controllarsi per il bene della figlia? Perché diamine l'aveva tenuta con sé, esponendola allo squallido lato oscuro che immancabilmente veniva alla luce quando ci si muoveva tra cacciatori di taglie e fuorilegge?

Come aveva potuto permettere a Saul di *occuparsi della faccenda*? Sapeva che razza di uomo era Miller. Tess era sopravvissuta, contrariamente alle aspettative, solo grazie alla propria volontà di vivere. E, ciò nonostante, adesso era alla ricerca del padre, che non meritava nulla...

Cale non riusciva a comprenderla, tanta profondità di perdono. Un perdono che lui non sarebbe mai stato capace di concedere al proprio padre.

Il veloce staccato di una tromba che suonava la diana dalla piazza d'armi lo svegliò, ma l'impressione che qualcosa non andasse fu immediata. Saltò su dalla branda.

«Che succede?» chiese a Fitz mentre gli passava accanto.

«Apache in avvicinamento.»

Cale si vestì in tutta fretta e allacciò in vita il cinturone con pistola e proiettili, mise in testa lo Stetson e si diresse alle stalle, dove un soldato semplice gli sellò Bo, quindi si unì a una ventina di uomini a cavallo adunati in una zona della piazza d'armi.

Così com'era stato durante i suoi giorni a Camp Bowie, il reggimento era formato da un misto di uniformi. I più indossavano capi da scuderia − abiti di tela adatti alla strigliatura dei cavalli, con il semplice camice, di solito lungo fino alle ginocchia, infilato nei pantaloni − tutti inizialmente bianchi e adesso abbastanza coperti di polvere, fuliggine e sporcizia da confondersi con l'ambiente circostante. Altri portavano camicie a doppio petto da minatori blu scuro e grigie. E nonostante l'imminente caldo del giorno, diversi soldati semplici indossavano i loro cappotti a sacco con quattro bottoni. I copricapi, poi, andavano da berretti civili e bustine con visiera a cappelli pieghevoli con le tese ridotte.

Insomma, un vero e proprio calderone.

Al segnale di Fitz, il contingente lasciò il campo e muovendosi a passo spedito, come un puma che marchi il proprio territorio, si diresse a sud, tra i monti Chiricahua, per sentieri già battuti che Cale conosceva bene.

Avevano coperto due miglia, quando Fitz fece cenno a tutti di fermarsi. Lo stretto canyon oltre quel punto era una potenziale trappola e Cale lo sapeva, quale occasione migliore per gli Apache di sorprendere la brigata da posizioni elevate?

Guidò Bo accanto a Fitz, che scrutava attraverso un cannocchiale.

«Dannazione, è Daniels, uno dei miei uomini» disse l'amico. «È scomparso cinque giorni fa. L'abbiamo cercato ma pensavamo che fosse morto, o che fosse scappato. Succede.» Gli tese il cannocchiale.

Nella lente di ingrandimento Cale vide un uomo accartocciato su se stesso all'interno del canyon. Scorse anche due indiani, ma di sicuro non erano i soli.

«Ne riconosco uno» disse. «Ci vado io.»

«Vorranno qualcosa in cambio. Sempre che non ti uccidano prima.»

«Che cos'hai?»

«Due ragazzi catturati a rubare cavalli.»

«Forse è per questo che hanno preso Daniels.»

«Sicuramente» rispose Fitz. «Digli che se liberano il nostro uomo li lasceremo andare al calar del sole. E gradiremmo anche eventuali notizie sul ragazzo di Sonoita. Arthurs e Manchester, accompagnatelo. E Lehi» aggiunse indicando la guida indiana. «Tradurrà per te in caso il tuo apache sia arrugginito.»

«E il mio spagnolo?»

«Al tuo posto mi farei dare lezioni da Tess.»

L'idea non era da scartare. Trascorrere del tempo con lei stava rapidamente diventando una delle sue attività preferite. Ma sulle sue spalle piombò il peso della realtà. C'era sempre la possibilità che non tornasse. «Promettimi che avrai cura di lei» disse.

«Hai la mia parola, ma non ce ne sarà bisogno. Sta' attento, amico mio.»

Cale si raddrizzò e sistemò il cappello sulla testa, le due Colt, una per fianco, picchiarono contro le cosce. Estrasse dal fodero il Winchester e lo posizionò di traverso davanti a sé, quindi spronò Bo al trotto.

In prossimità della sagoma accasciata di Daniels, rallentò e fece cenno alla guida e ai due soldati di fanteria che lo seguivano di imitarlo. Osservava i cespugli prestando attenzione a eventuali movimenti, quando i due Apache a cavallo uscirono allo scoperto.

Tirando le redini per arrestare Bo, Cale salutò con la testa il guerriero sulla sinistra. «Lepre.» Il giovane era noto come Lepre Del Deserto e, durante il periodo trascorso con gli Apache, Cale non ci era mai andato d'accordo. Adesso era più alto e più robusto, notò. Una striscia di tessuto blu gli fasciava la fronte – poco sopra gli occhi che, scaltri e maliziosi, riflettevano il suo soprannome – e i capelli neri e lisci scendevano sulle spalle ampie.

«Cambia Il Suo Cuore» rispose Lepre. «Ne è passato di tempo.»

«Vedo che il tuo inglese è migliorato.»

Lepre rispose in apache, ma Cale non capì. La sua padronanza della lingua era sempre stata a dir poco scarsa.

«Ma tu non sei più un Apache» ribatté Lepre in inglese, ridendo con evidente disprezzo. «E il nome ti si addice ancora. Vendi la tua fedeltà al miglior offerente come una donna che allarga le gambe per denaro?»

«Come sta Mohan?» Il capo della banda aveva accettato malvolentieri la presenza di Cale, ma dopo qualche tempo i due avevano stretto una bella amicizia.

«Sta attento.» Lepre assottigliò lo sguardo carico della frustrazione che gli pulsava dentro. «Così l'ho lasciato ai suoi modi pacifici. E ora percorro il mio sentiero da solo.»

«Che cosa vuoi?» chiese Cale, lanciando un'occhiata a Daniels, che sembrava esausto ma ancora cosciente. I due indiani erano armati, notò brevemente – lance, asce, arco con frecce e una pistola a testa infilata nella cintura dei pantaloni – ma non apparivano pronti a combattere, e ciò allentò un poco la tensione che gli serpeggiava lungo la schiena. Tuttavia, restava ancora il problema degli *altri* indiani, quelli che sapeva erano nascosti e in attesa, con i fucili puntati su di loro sin dall'inizio.

«Vogliamo indietro i nostri ragazzi» disse Lepre. «In cambio vi offriamo questo vigliacco.»

«Bene.»

«Devo fidarmi della tua parola?»

L'unica risposta fu il silenzio di Cale.

«E così sia.» Lepre indicò Daniels con la testa.

Arthurs e Manchester smontarono, aiutarono il ferito, dal volto pesto e sanguinante, a rimettersi in piedi, lo guidarono verso uno dei cavalli e ripartirono. Cale non si mosse. La guida apache, Lehi, doveva essere ancora alle sue spalle, nonostante le occhiatacce che il guerriero accanto a Lepre continuava a lanciargli. Una cosa che

Cale aveva appreso durante i suoi scontri con gli Apache prima e gli anni di vita con loro dopo era che non ammettevano la codardia. Si battevano fino alla fine e tenevano duro, persino di fronte a difficoltà insormontabili. Provava grande rispetto per loro ma, al tempo stesso, sapeva che non andavano mai sottovalutati.

«Nella zona di Sonoita è stato rapito un ragazzo» disse. «Suo zio lo rivuole. Ne hai sentito parlare?»

Lepre fece un largo sorriso e lanciò uno sguardo verso una scarpata rocciosa alla sua destra. Un'occhiata breve ma sufficiente a rivelare la posizione dei tiratori scelti.

«E perché dovrei aiutarti?» chiese Lepre.

«Perché abbiamo *due* ragazzi apache. E tu hai lasciato andare solo *un* Occhi Bianchi. Ce ne devi un altro.»

Lepre lo guardò, pensieroso, quindi disse: «Ma ho te. E se lascio *te* in vita, allora siamo pari.»

«Sai bene che non sono tuo nemico» ribatté Cale. «Ho camminato con gli spiriti apache. Ho ancora *ha-dintin* con me.» Sebbene gli capitasse di portare intorno al collo il sacchetto di polline di mais sacro, era più solito tenerlo nelle bisacce. Ma nella fretta di partire, quella mattina, lo aveva lasciato al forte, e adesso sperava che Lepre non gliene chiedesse prova.

L'indiano sbuffò, stizzito. «Cocheta ha sempre creduto nel tuo legame con la nostra gente.» Scosse la testa. «Ma è difficile fidarsi di un *pindah* quando in tanti ci hanno tradito.»

«Cocheta era misericordiosa» rispose Cale. «E la misericordia non si dimentica facilmente.» L'anziana apache gli aveva salvato la vita, non una bensì due volte. Prima lo aveva guarito, dopo l'attacco del puma, e poi lo aveva protetto dalla tribù, sostenendo con fermezza il vincolo che a causa di quell'aggressione era venuto a crearsi tra lui e un qualcosa di più forte del mondo di un comune mortale.

«Fu lei a difenderti quando arrivò l'irlandese» disse Lepre.

«Hank?» Cale si sentì attraversare da un brivido di timore. Possibile che il suo mentore fosse tornato per massacrare ancor più

Apache? Con le viscere strette in una morsa, si disse che non avrebbe dato voce a quella domanda, non voleva sapere. Ma solo un codardo si comportava a quel modo. E una vita nell'ombra finiva col distruggere l'anima di un uomo. No, a prescindere dal dolore, lui desiderava un'esistenza nella luce.

«È ancora viva la banda di Mohan?» chiese, con la gola che si stringeva intorno alle parole.

«Sì.»

Cale fece un respiro e si sforzò di nascondere l'enorme sollievo, ma senza riuscirci.

«Tieni così tanto a loro?» chiese Lepre.

«Che cosa te lo fa dubitare?»

«L'irlandese non faceva altro che parlare di te.»

«Sai dove si trova?»

«Perché?»

«Ho sua figlia con me. Lo sta cercando.»

Lepre esitò, quindi rispose: «Tra le Dragoon.»

«Ti ringrazio.»

«I ragazzi?» ripeté Lepre.

«Saranno rilasciati al tramonto. Hai la mia parola. E adesso puoi richiamare i tuoi tiratori.»

Jack annuì. «Mi informerò sul bambino degli Occhi Bianchi.»

«Te ne sono di nuovo grato.»

«Non ti ricordo così colmo di gratitudine quando eri con il Popolo.»

«Certo che sì. Arrivai che ero quasi morto.»

Lepre fece un cenno di assenso. «E forse lo sei anche adesso. Forse sei tornato a trovare il tuo spirito apache, che ti chiama ancora.»

C'era verità nelle sue parole, Cale non poteva negarlo.

Tess tornò a fissare l'ingresso del forte, appena visibile dal portico dei Fitzgerald dove sedeva da sola con un bicchiere di limonata. Sin da quando, quella mattina, aveva sentito dire che un gruppo era uscito a cavallo per affrontare diversi Apache, e che Cale ne faceva parte, uno stato di crescente ansia la teneva prigioniera.

Kitty uscì a farle compagnia.

«Come fate a sopportarlo?» chiese Tess, sollevando gli occhi dal libro di Tennyson che aveva solo fatto finta di leggere.

«Intendete l'attesa mentre gli uomini fanno il loro lavoro?» Kitty si mise risoluta le mani sui larghi fianchi. «Fa parte dei patti, Tess. Potrei vivere in città, distante da questo posto e dai pericoli che presenta, ma non vedrei mai Reed. E lui potrebbe morire comunque. Quando il buon Dio bussa alla nostra porta, non c'è molto che si possa fare. E io non ho intenzione di sprecare il tempo che mi concede con mio marito. A parte questo, mi prendo cura dei ragazzi, gli preparo un dolce per il compleanno o tengo loro la mano e gli asciugo la fronte quando sono feriti. Il martedì e il giovedì gli leggo persino qualcosa.» Il suo viso s'illuminò e Tess rivide la Kitty che conosceva. «Ma dite, ho sentito che raccontate storie. Ne raccontereste una stasera? Agli uomini? Sono certa che lo apprezzerebbero. E poi offrite agli occhi uno spettacolo ben più gradevole del mio.»

Ma lei non aveva alcuna esperienza di narrazione per un pubblico tanto vasto, pensò Tess attanagliata dal nervosismo.

«Non abbiate quell'espressione così spaventata, mia cara. Io sarò con voi. Andrà tutto bene.» Kitty le diede un colpetto affettuoso sulla spalla.

«Posso sempre provare. Fatemi pensare a una *buena historia*.»

In quel momento, rientrava un gruppo a cavallo, e Tess scorse Cale in sella a Bo. La sua alta figura era facile da individuare, in parte perché lui non indossava l'uniforme e in parte perché si distingueva comunque tra le altre. *Non corrergli incontro*, si ammonì tra sé, come se la gamba offesa glielo avrebbe mai permesso.

«Tutto bene?» chiese, quando poco dopo Cale andò a cercarla.

«Sì.»

«Ero… preoccupata» disse senza alzarsi dalla sedia a dondolo.

«Non era il caso. So badare a me stesso.»

Tess annuì in silenzio.

«Ho una pista che potrebbe portare da Hank» aggiunse lui. «Penso che dovremmo partire domani stesso.»

«Per dove?»

«I monti Dragoon. Hank è con gli Apache.»

QUELLA SERA, tra gli uomini riuniti tutt'intorno, alcuni seduti e altri in piedi, mentre Kitty prendeva posto con Fitz alla propria sinistra e Cale se ne stava appoggiato a una colonna lì vicino, Tess andò a sedersi in un angolo della sala mensa. Una scintillante luna piena, sospesa nel cielo, illuminava la zona della piazza d'armi proprio fuori dalla finestra.

Cercando di calmare il battito del cuore, Tess si lisciò la gonna con le mani. Il fatto che avesse deciso di condividere una storia che suo padre – l'irlandese – le aveva raccontato non aiutava, così inspirò a fondo e allontanò dalla mente ogni pensiero lo riguardasse.

«Tanto tempo fa, quando i possenti Vichinghi arrivarono in Irlanda per conquistarla, viveva un ragazzo di nome Brian, guerriero di una tribù che si chiamava Dal Cais. Brian era figlio di un grande re; suo padre, infatti, era stato sovrano del Munster. Adesso, il re era Mahon, fratello di Brian, ma quest'ultimo custodiva un segreto nel cuore: un indovino gli aveva detto che un giorno *lui* sarebbe stato il più grande re d'Irlanda.

«In cima al suo cavallo, con la lancia in mano, Brian ascoltava le grida di battaglia e aspettava nervoso lo scontro. Poi, i Vichinghi caricarono. Erano in tanti – troppi – e nella mischia più in là Brian non riusciva a vedere suo fratello Mahon. Forti com'erano, i

Vichinghi cacciarono indietro la difesa, spingendola fino alle porte del forte ad anello, e invasero l'insediamento.

«Il mattino dopo, l'alba gettò la sua luce sullo spietato esito del combattimento: case bruciate e… la madre di Brian morta. Scosso, il giovane andò da suo fratello e parlò, dapprima incerto, poi sempre più spinto da un preciso obiettivo. "Giuro che vendicherò la morte di mia madre e non avrò pace finché questi Nordici non saranno stati scacciati per sempre dall'Irlanda!"

«Mahon comprese che, sebbene giovane, suo fratello era cambiato. La tragedia di quel giorno aveva fatto di lui un uomo, pieno di fredda rabbia. "Parli coraggiosamente, fratello mio, e io combatterò al tuo fianco."

«Gli anni passarono tra battaglie feroci. Brian era diventato alto e muscoloso, ancor più di Mahon. Un giorno suo fratello propose di negoziare un trattato con i Vichinghi. Erano troppo potenti, e lui era stanco di veder morire la sua gente.

«L'odio di Brian, però, ardeva ancora con forza. Non avrebbe mai perdonato loro di aver tolto la vita a sua madre. Così, portando con sé molti degli uomini, si separò da Mahon e, ormai esperto in fatto di guerra, attese il momento giusto per scontrarsi di nuovo con i Vichinghi.

«L'occasione arrivò quando a Munster ci fu una grande battaglia tra gli irlandesi e i guerrieri vichinghi guidati da un capo di nome Ivar. Mahon morì e Brian, appena dichiarato Re del Munster, non perse tempo. Sfidò Ivar e lo uccise, diventando così sovrano di quasi tutta l'Irlanda, proprio come l'indovino aveva predetto.

«Qualcuno, però, non fu contento… Malachy, Re di Meath, gli dichiarò guerra. Entrambi testardi, i due uomini non volevano cedere ma finirono col concordare una tregua e Malachy appoggiò la pretesa dell'altro al titolo di re supremo. Così, nell'anno 1002 Brian Borumha, Brian dei Tributi, diventò l'Alto Re d'Irlanda.»

Tess si zittì e lasciò che il racconto facesse presa, che le parole risuonassero nelle orecchie dei presenti, che venissero assorbite dalle menti e toccassero i cuori. La sua *abuela* aveva sempre enfatizzato i silenzi, attribuendogli la stessa importanza della narrazione.

Il racconto lascia le tue labbra e vola verso chi ti ascolta. Devi dargli il tempo di atterrare. Con quanta riverenza l'aveva ascoltata narrare storie. Sapeva che non sarebbe mai stata altrettanto brava, ma avrebbe continuato a provare, perché così facendo onorava tutto quanto Dolores Rios Campos era stata.

«Brava, Tess!» esclamò Kitty, applaudendo.

Gli uomini si alzarono, e alcuni si avvicinarono a ringraziarla. Ma Cale? Lo aveva perso di vista.

I soldati di fanteria e cavalleria erano solleciti e rispettosi. Tess doveva ammettere che la conversazione con parecchi di loro era piacevole. Forse, dopotutto, era possibile tornare a esistere in un mondo di uomini.

Cale si decise ad andare da lei e le prese un gomito, segno che la serata era finita.

Ma davvero gli uomini si erano congedati tenendosi ben distanti da lui o lo aveva solo immaginato? si chiese Tess mentre raggiungevano Gideon che aspettava fuori. Si muoveva più lentamente e Cale adeguò il proprio passo al suo.

Arrivati, come al solito montò dal lato opposto, facendo forza sulla gamba destra e spingendo il piede nella staffa. Le mani di Cale corsero ad afferrarle la vita e con facile slancio la issarono in sella, quindi presero le redini.

«Gli uomini sono quasi fuggiti quando siete apparso al mio fianco» disse lei. «Hanno forse paura di voi?»

«Se sono svegli, sì» rispose Cale, mentre a piedi guidava Gideon verso la casa dei Fitzgerald.

«Perché?»

«Sanno che per arrivare a *voi* devono prima vedersela con *me*.»

Quella dichiarazione la sorprese. «Erano tutti molto cortesi. Non mi sono sentita minacciata.»

«E chi ha parlato di minaccia? Immagino che a parecchi di loro piacerebbe farvi la corte, Tess.»

«E voi? Corteggiate le donne?»

«Non posso dire di essere particolarmente bravo, ma per la dama giusta farei del mio meglio.» Nonostante l'oscurità, Tess colse un'espressione vagamente divertita sul suo viso.

Una sensazione di calore, non del tutto sgradita, l'avvolse colorandole le guance.

Cale le piaceva. Inutile negarlo.

Ma sulla scia di quel pensiero s'insediò un principio di panico che le stringeva il petto.

Cale si girò a guardarla. «Ve l'aveva raccontata Hank, quella storia?»

Tess afferrò l'occasione per distarsi dalla paura che non sembrava capace di controllare. «Sì. Parlava spesso dell'Irlanda. Non penso che abbia mai superato il fatto di averla lasciata da bambino.»

«Mi ricorda gli Apache che si battono per la terra in cui sono nati. È un dilemma senza fine.»

«Immagino di sì.»

«Siete molto eloquente, Tess. Gli uomini erano tutti incantati.»

«Persino voi?»

«Non posso certo dirmi immune al vostro fascino.»

Con il cuore che batteva forte, Tess deglutì il nodo in gola. Si sentiva sopraffatta da un travolgente impulso di fuggire e desiderava che la paura nervosa che provava la lasciasse in pace, maledizione.

Giunti a destinazione, Cale fermò Gideon e la sollevò senza sforzo dalla sella, deponendola delicatamente a terra.

«Domani vorrei partire all'alba» disse. Le sue mani indugiarono ancora un po' sulla vita prima di lasciarla andare.

«Sarò pronta» mormorò lei, superandolo in fretta e avviandosi verso il portico dei Fitzgerald. A parte il ticchettio cadenzato del bastone, il silenzio che li avvolgeva era assoluto.

«Tess.»

La voce di Cale, come un uncino, la catturò. Si girò verso di lui.

«Potreste restare qui. Sarebbe più sicuro dell'avventurarsi tra le Dragoon. Gli Apache potrebbero essere dappertutto, senza contare altri pericoli.»

Come voi?

«Capisco.»

Senza cappello, la luce lunare gli accarezzava il viso e le lasciava intravedere gli occhi azzurri. Era davvero un gran bell'uomo. E lei lo desiderava tanto da restare quasi senza fiato.

«Come va la gamba?»

«Sto usando l'olio che mi avete dato e faccio ogni giorno tratti più lunghi senza il bastone. Anche il tè mi aiuta a dormire. Non vi rallenterò, lo prometto.»

«Beh, spero riposiate bene, stanotte.»

«Anche voi.»

Cosa proverei a baciarlo? Il cuore tornò a martellarle il petto.

Cale esitò un istante, poi annuì e si allontanò con Gideon verso le stalle. Perché non si era congedato prima? Possibile che la riluttanza indicasse il desiderio di restare? E *lei*, avrebbe voluto che si fermasse?

Entrò nell'alloggio dei Fitzgerald.

«Ho sentito dire che partite domattina con Cale» disse Kitty rincasando poco dopo. «Posso aiutarvi con il cibo e i bagagli, se lo desiderate.»

«Grazie. Come potrò mai ripagarvi, Kitty?»

«Oh, sciocchezze.» La donna respinse il ringraziamento con un gesto della mano. «Purché abbiate cura di Cale, intese?»

«Perché dite così?»

«Perché quell'uomo inizia a tenere molto a voi, e io temo gli inutili rischi che correrà per seppellire il vostro passato.»

Il cuore di Tess esultò, ma solo per poco, una nuova preoccupazione si era già insinuata in lui.

E se a Cale fosse capitato *davvero* qualcosa?

CAPITOLO TREDICI

Con Tess di fianco, Cale guidava Bo nella direzione opposta al sole nascente e Mosè, carico di attrezzi, cibo e acqua, li seguiva. Ad accompagnarli, per concessione di Fitz, c'erano anche due soldati di fanteria, Mathison alla testa e Dunlap a chiudere la fila. Erano entrambi armati di fucili Springfield e rivoltelle d'ordinanza modello Colt Single Action Army, e Cale sospettava avessero addosso anche un pugnale o due prudentemente nascosti nelle loro guaine.

Seguendo un percorso ben tracciato, lasciarono i monti Chiricahua e s'inoltrarono in una vasta area aperta, la Butterfield Stage, frequentata da diligenze postali e convogli di rifornimento diretti a Camp Bowie. Fu a quel punto che i due soldati smisero improvvisamente di parlare e si concentrarono sulla protezione di Cale e Tess.

I quattro cavalcarono a ritmo sostenuto per un certo periodo, quindi rallentarono per dare un po' di tregua agli animali.

Tess, si scoprì a rimuginare Cale.

Il fatto che lo avesse accompagnato nel deserto, in quella zona ancora battuta dagli Apache, lo preoccupava. Era pericoloso. E Hank, poi. Tutto quanto Tess gli aveva raccontato su di lui e Saul pesava sullo stomaco come latte inacidito. L'uomo era capace di crudeltà, lo sapeva, ma... con la propria figlia? Disgustato e disilluso, Cale s'impose con tutte le forze di frenare il desiderio di vendetta che minacciava di travolgerlo.

Aveva già provato quella sete ai tempi dell'esercito, nei combattimenti con gli Apache. Era stato facile, fin troppo facile odiarli, ucciderli a sangue freddo e senza alcun rimorso. Dopotutto loro avevano fatto lo stesso con molti dei suoi fratelli. Ma dopo una serie di spietate cacce culminate con l'epico inseguimento da parte di Bernard nel '71, ne aveva avuto abbastanza. Avevano cacciato gli Apache – per lo più donne e bambini – come cani, al punto che Cale aveva perso il gusto del castigo. Unirsi ad Hank gli aveva dato l'impressione di aver riequilibrato il senso di giustizia nella mente e nel cuore: il cattivo appariva di nuovo chiaro.

Ma poi ci fu un altro massacro di Apache. E l'arrivo di una salvezza inattesa per mano della stessa gente che aveva provato ad annientare.

La banda di Mohan sapeva della sua partecipazione alle campagne contro gli Apache, e magari anche delle razzie di quella notte con Hank prima che i loro cammini si separassero, ma per qualche incomprensibile ragione aveva scelto di tenerlo in vita. L'attacco del puma gli era stato quasi fatale e per quanto fosse vero che Cocheta lo aveva considerato un segno importante, Cale non credeva che quella ragione fosse stata l'unica a risparmiargli la morte.

Gli avevano dato il nome, talvolta beffardo, di Cambia Il Suo Cuore, ma in fondo, per lui, era stato un segno di redenzione. Mohan e la sua banda erano riusciti a estrarre e restituirgli un'ombra del ragazzo che era stato, un dono incommensurabile che, ancora oggi, lo lasciava perplesso.

E adesso, a mitigare la rabbia che provava nei confronti di Hank – e Saul – era proprio quella parte di Cale, quel giovane che respirava in lui e desiderava una vita migliore, che si sforzava di perdonare ed essere perdonato, che la pensava come la donna che lo affiancava in sella al proprio cavallo, che lottava come lei.

Le lanciò un'occhiata.

Raccontava storie d'amore, di dolore e di tradimento, ma senza mai abbassare la guardia del cuore. Solo in qualche occasione gli era capitato di cogliere un barlume di fuoco, di passione, che aveva sperato fosse diretto a lui.

Ma come esserne certo? Era quel dubbio a spingerlo verso di lei? Voleva forse la sua attenzione solo per dimostrare a se stesso di poterla ottenere? Aveva già giocato a quel modo con altre donne, stancandosene in fretta.

Non poteva permettere che accadesse anche con Tess.

«Mi raccontereste della vostra famiglia, Cale?»

«Cosa volete sapere?» rispose lui, lieto di quella distrazione.

«Siete cresciuto in Texas?»

«Per lo più. Mio padre ci portò lì dalla Virginia quando avevo quindici anni. Come ho già detto, mia madre morì prima della Guerra tra gli Stati, durante il parto dell'ultimo figlio.»

«Quanti fratelli avete?»

«Due. Joey e T.J.»

«E adesso anche una sorella.»

«Già.» Cale si aggiustò il cappello. L'indiscrezione di suo padre non avrebbe dovuto sorprenderlo affatto, ma era stata comunque traumatica. «Il mio vecchio era un tipaccio. Lo è ancora. A un certo punto suppongo di essermi aspettato che fosse Hank a ricoprire quel ruolo.»

«Desideriamo tutti amore e comprensione. Chi meglio dei nostri cari potrebbe darcene?»

«Sempre che ne siano capaci.» I suoi occhi guardavano lontano, verso le montagne che si erano prefissi di raggiungere.

Le Dragoon si ergevano dal deserto come i denti di un coyote. Ripide rocce proteggevano profondi anfratti, ma Cale ricordava anche l'occasionale bellezza che si celava tra loro: pini piñon, freschi ruscelli e macchie di grama blu. Immaginò di distendersi all'ombra con Tess sorridente accanto a sé...

«Cale, mi chiedevo... o meglio, volevo chiedervi...» esitò.

«Forza, Tess, prometto di non staccarvi la testa a morsi.»

«Ecco... avete trascorso così tanto tempo con gli Apache e... siete uno di quegli uomini che... insomma, a volte gli uomini si univano alle donne... come Hank fece con mia madre.»

«No. Non avevo un'amante apache. Le donne della tribù non giacerebbero con un *gringo*; ci considerano portatori di malattie.»

«Cosa? Oh.»

Vedendola arrossire, Cale non riuscì a soffocare un sorriso divertito. All'abbigliamento abbottonato fino al mento aveva preferito una blusa blu con lo scollo ampio e l'ormai consunta gonna a quadri, e la treccia scura che scendeva morbida sulla spalla gli ricordava la prima volta che l'aveva vista, nel fienile dei Simms: aperta, affabile, addirittura felice, avrebbe osato dire.

«Gli Apache sono laboriosi e gentili» proseguì. «E molto superstiziosi. Se posso darvi un consiglio: nel caso ci capiti di incontrarne, non parlate di gufi.»

«Perché?»

«Li temono così tanto che non riuscireste mai a fargli cambiare idea. I *Búú* sono considerati la presenza terrena dei morti malvagi.»

«Buono a sapersi.» Tess rimase in silenzio per un po', quindi disse: «Come mai foste attaccato dal puma?»

Cale si girò a controllare Mosè, che avanzava a fatica. Il mulo era eccezionalmente equilibrato, pensò. Si era aspettato una maggiore ostinazione da parte sua.

«Dopo aver lasciato Hank, e gli altri, cavalcai per un giorno lungo il bordo della Sierra Madre.» Non voleva che Saul entrasse in quello spazio che condivideva con Tess, perciò evitò di nominarlo. «Avevo la sensazione di essere seguito, ma pensavo fossero gli Apache e per buona parte della notte rimasi sveglio. A un certo punto, però, devo essermi appisolato, e quando il cavallo iniziò ad agitarsi mi svegliai… appena in tempo per vedere il gattone che lo attaccava. Era buio, così presi la pistola e sparai un colpo in aria per non ferire il cavallo, ma il puma si lanciò contro di me. Quasi sicuramente era impazzito e non riuscii a fermarlo. Mi lasciò in pessime condizioni.»

«Non si direbbe che abbiate subito dei danni permanenti» rispose Tess. «Non avete nessuna cicatrice sul viso.»

«Se me lo ricordate più tardi, vi mostro la spalla. *El león* mi maciullò il braccio destro. Ce n'è voluto di tempo per tornare a sparare dritto.»

«Come siete guarito?»

«Gli Apache credevano nei bagni di sudore, con l'aggiunta di erbe. A parte questo, esercitavo il braccio ogni giorno e tiravo a segno finché ero così stanco da non riuscire più a reggere la pistola. Non dovreste arrendervi, Tess.»

«E un bagno di sudore mi aiuterebbe?»

«Forse. Mi servirebbero un giorno o due per costruirvi una capanna. O potrei farlo quando torniamo da Tucson.»

«Dove andrete alla fine di tutto questo?»

«Penso che tornerò in Texas. Il mio vecchio sta… invecchiando.»

«E vi stabilirete lì?»

«Sarebbe anche ora.»

«Se non fosse per vostro padre, dove *vorreste* vivere?»

«Ho trascorso del tempo in Colorado e non mi dispiacerebbe tornarci. Ci siete mai stata?»

Tess fece cenno di sì. «Una volta, quando vivevo con Hank. Mi portò a Denver. Ma la trovai un po' opprimente. Credo di preferire la montagna.»

«Sì, anch'io.»

Dal nulla, un'immagine si presentò alla mente: loro due in una casetta tra le Montagne Rocciose; una bimbetta che sembrava il ritratto di Tess; le curve di quest'ultima nel suo letto la notte e… distolse lo sguardo.

Viaggiare con Tess Carlisle si stava rivelando una benedizione difficile.

ALL'IMBRUNIRE, raggiunsero le pendici orientali delle Dragoon e si accamparono. I due soldati di scorta li salutarono: avrebbero proseguito ancora un po' prima di fermarsi per la notte e ripartire la mattina dopo verso Tucson per motivi militari.

Dal canto suo, Tess fu contenta della sosta. Avevano viaggiato tutto il giorno sotto il sole cocente e si sentiva stanca.

Due volte Cale l'aveva fatta smontare da cavallo e camminare senza bastone per rinforzare la gamba. E doveva ammettere che più si esercitava, più a lungo riusciva a muoversi prima che le fitte di dolore iniziassero ad affliggerla. Forse aveva ragione lui, pensò, forse con il tempo e l'esercizio la sua gamba avrebbe acquistato forza.

Mentre lei si dava fare accanto al fuoco con un tegame di radici di rapa e carne di cervo affumicata, Cale legò i cavalli e Mosè a dei paletti piantati in una zona erbosa, che grazie all'ombra di un contorto albero di mesquite era riuscita a sopravvivere alle roventi ore diurne.

Poi, una volta finita la cena e messo via tutto, Tess si scusò e andò a cercare uno spazio privato, zoppicante ma determinata a non usare il bastone. Sbrigò le sue faccende personali, quindi si fermò ad ammirare la luna che ancora quasi piena brillava nel cielo stellato. I cavalli sbuffarono poco più in là, e lei si avvicinò. Felice di quella visita, Gideon la salutò con una spintarella, e con grande sorpresa di Tess, Bo lo imitò. Erano così affettuosi, pensò deliziata, ma quando fece per avvicinarsi a Mosè, il mulo la respinse.

«Ti capisco» sussurrò con un sorriso.

Stava tornando da Cale, accanto al fuoco, quando inciampò in una pietra e cadde di lato, atterrando con la gamba offesa contro un masso. Doveva aver gridato, perché pochi secondi dopo Cale era lì.

«Cos'è successo?» chiese. «Quando non vi ho vista tornare ho iniziato a preoccuparmi.»

«Niente.» Detestando la propria debolezza, Tess provò a rialzarsi da sola, ma la gamba cedette e le mani che aveva respinto l'aiutarono a rimettersi in piedi. «Sono semplicemente caduta. Nessun problema. Datemi giusto un attimo.»

Cale la sollevò tra le braccia e la riportò indietro. La posò sul suo giaciglio vicino al fuoco e le si inginocchiò accanto. «Tess, lasciate che le dia un'occhiata.»

Un moto di panico la travolse. «No.»

«Che cosa temete? Che non abbia mai visto qualcosa di ripugnante prima d'ora?»

La risposta le intasò la gola.

Cale si tolse il gilè e prese a slacciare i primi bottoni della camicia azzurra di cambrì. Un senso di preoccupazione serpeggiò lungo la schiena di Tess. «Che… che state…»

«Voglio mostrarvi la *mia* ferita.»

«Oh.» Davvero non riusciva a conciliare la propria ambivalenza. Da un lato, *qualsiasi* approccio maschile che anche solo accennasse a un contatto sessuale le faceva battere forte il cuore e provare il vivo impulso di fuggire. Dall'altro, capitava che frammenti di curiosità la solleticassero, sussurrandole del possibile scenario con un uomo che tenesse a lei, di tutte le magie nascoste. Il suo repertorio era ricco di storie, e alcune raccontavano dei desideri selvaggi tra un uomo e una donna, di amori tanto feroci da cambiare il mondo. Era possibile credergli? Come sarebbe stato amare un uomo come Cale?

Lui si tolse la camicia dalla testa e cambiò posizione per guardarla meglio. Gli occhi di Tess si posarono sulla sua spalla destra. A chiazze e sfigurata, era coperta di cicatrici che si intersecavano come una ragnatela. Altri segni gli marcavano il petto e le costole, impedendo in alcuni punti la crescita dei peli.

Ruotando il busto, poi, le mostrò un grosso lembo di carne deturpata appena sopra i pantaloni.

«Un attacco spietato» sussurrò lei, allibita da quella vista. «Vi fa male?»

«A volte, ma è quasi un dolore fantasma, pulsa al ricordo di ciò che è stato.»

Tess annuì. Comprendeva. «Tocca anche il muscolo?»

«In parte. Non riesco a ruotare del tutto il braccio.»

«E come fate a sparare?»

«Adesso va meglio. Ho imparato a usare il braccio sinistro per molte cose.»

Ingoiando la propria reticenza, Tess si sollevò gonna e sottana fino alla vita. Era incapace di guardare Cale e teneva gli occhi bassi. Sollevò i mutandoni più in alto che poté e arrotolò la calza fino al bordo dello stivale così da scoprire la gamba.

Lui si fece più vicino e le posò la grande mano sul lato del polpaccio, provocandole un fremito involontario.

«Tranquilla» disse, e alla luce del fuoco esaminò la gamba.

Tess si sforzava di soffocare il disagio, ma il suo corpo aveva preso a tremare. Così, concentrandosi sulla vicinanza di Cale, fissò l'attenzione sulle sue spalle larghe. Le braccia muscolose erano lucide di sudore, notò. E lui, a dispetto della deformazione, era chiaramente un uomo forte. Il che la innervosiva e al tempo stesso attraeva.

Cale posò anche l'altra mano sulla gamba e tastò con delicatezza la ferita guarita da tempo. Via via che il calore del suo tocco si diffondeva sulla pelle di Tess, i fremiti del corpo si intensificavano, il cuore batteva veloce, come un tamburo nel petto, e il respiro era affannoso.

Cale sollevò lo sguardo sul suo viso, e per un istante i loro occhi si fissarono. La tristezza che vi lesse la colse di sorpresa.

«Tess, non vi farò del male.» Le sistemò con cura la calza, tirò giù la gamba dei mutandoni, la sottana e la gonna e si allontanò in tutta fretta, quindi si rimise la camicia.

La tensione di poco prima iniziò ad allentarsi, lasciando il posto a uno sfinimento totale. «Lo so» riuscì a malapena a rispondere lei.

«La vostra gamba non ha un aspetto poi tanto terribile.» Con un legnetto, attizzò il fuoco per un po'.

Sebbene Tess si sforzasse di trattenere le lacrime, una scivolò lungo la guancia. E grazie al cielo, Cale finse di non averla notata.

«La ferita va ben oltre la gamba» balbettò lei, con gli occhi fissi sulle fiamme davanti a sé.

«Potete guarire anche da quella» ribatté Cale, che adesso la guardava.

Tess piegò il capo. «Come?» Il singhiozzo sfuggì prima ancora che riuscisse a fermarlo.

«Che cosa sognate?»

Lei si asciugò il viso e aggrottò la fronte. «Non credo di aver capito la domanda.»

«Che cosa sognate di solito?»

«Sogno la *mi abuela*.» Piegò la gamba impedita. Le faceva male ma di tanto in tanto quella posizione l'aiutava ad alleggerire il dolore pulsante. «A dire il vero, la sogno spesso. E anche Hank. Ma con lui c'è sempre rabbia, o meglio *io* sono sempre arrabbiata. Mi comporto da strega. E poi… Saul. Sogni che non mi piacciono e che mi sforzo di non ricordare.»

«Gli Apache credono che i sogni siano molto più di semplici fantasie notturne» disse Cale. «E non sono gli unici. Ho incontrato molti indiani – e qualche *gringo* – che la pensano allo stesso modo. A volte, è più facile far pace nei sogni che da svegli.»

«E come si fa?»

«La prossima volta che rivedrete Miller in sogno, cercate di comportarvi in maniera diversa dal solito. Provate a essere più decisa. Magari, reagite.»

Un'immediata rabbia divampò in Tess. «Lo feci, eccome.»

«Certo, non intendevo… vi chiedo scusa» disse, sollevando una mano. «Non sto insinuando nulla. Volevo solo dire che lentamente, durante il sogno, cercate di cambiare il finale.»

«Ma a cosa mi servirebbe? A tornare indietro nel tempo? A cancellare il fatto?»

«No, certo che no. Ma il vostro spirito guarirebbe.» Fissò lo sguardo nel suo. «Ci vorrà del tempo, ma *può* aiutarvi.»

«E con voi ha funzionato?»

«Sì.» Cale si strofinò la parte posteriore del collo e posò un braccio sul ginocchio piegato, liberando un sospiro di frustrazione. «Alcune ferite, però, sono profonde. Vanno trattate uno strato alla volta, pressappoco come una cipolla. Io sto ancora curando le mie e, lo ammetto, il rimorso e la vergogna non spariscono mai del tutto. Ma il ricordo non punge più come una vespa.

«Per quanto ancora intendete soffrire, Tess?» proseguì in tono comprensivo. «Mesi? Anni? Ne avete diciotto. Siete una donna giovane e bella con una gamba malandata, che pensa di entrare in convento per far sì che nessun uomo possa più toccarla. Se questo è ciò che volete davvero, bene. Diversamente, non dovreste lasciare che quel bastardo vi porti via una *vita intera* prima ancora che abbiate avuto modo di scegliere. E per bastardo non intendo solo Saul, ma anche Hank.»

«Ne parlate come se fosse la cosa più semplice al mondo.»

«Certo che no. La vita è un vero schifo, a volte.» Scosse la testa. «Perdonate il linguaggio, ma vedervi indietreggiare come un animale impaurito non mi piace.»

Al ricordo del fremito scatenato prima dalla sua vicinanza, Tess provò vergogna.

«*Potete* superare» disse lui, avvicinandosi e afferrandole le spalle. «Non tutti gli uomini vogliono farvi del male.» Sollevò le mani e le prese le guance.

Tess sapeva che l'avrebbe baciata.

Lo voleva anche lei, ma al tempo stesso il corpo si ribellava, così chiuse gli occhi.

«Fa' pure» sussurrò.

Il tocco leggerissimo delle sue labbra sulle proprie la sorprese. Piano, Cale prese a baciarla, con delicatezza ma cercando un contatto sempre più profondo, e scatenando in lei una sensazione tanto dolce da commuoverla, ancor più dolce di quanto avesse mai immaginato. Il corpo, però, era scosso da capo a piedi, e il respiro affannoso le rendeva difficile rilassarsi e godere del suo primo, *vero* bacio.

Inginocchiandosi davanti a lei, Cale si fece più vicino e le strofinò il naso contro la guancia, mentre con il pollice le accarezzava il labbro inferiore.

«Guardami, Tess» le ordinò in tono gentile ma fermo.

Lei sollevò le palpebre, fino a quel momento abbassate, e Cale avvicinò il viso al suo, con un accenno di sorriso sulle labbra. Si radeva regolarmente, ciò nonostante la ricrescita le punzecchiava la pelle.

Lo guardò. C'era desiderio nei suoi occhi azzurri, ma lui non sembrava avere fretta di accelerare i tempi. Il suo tocco si limitava al volto, null'altro.

La bocca scese ancora sulla sua e questa volta, a dispetto di Cale e del suo controllo, la baciò con famelica avidità, scatenandole un crescente desiderio nell'addome. Sapeva di caffè e dello stufato che avevano appena mangiato, e le piaceva.

Non volendo che quel contatto si interrompesse, quando Cale si staccò fu *lei* a spingersi in avanti e baciarlo. Lui rispose, plasmando le labbra sulle sue, e Tess gli afferrò i polsi, desiderosa di toccarlo ma timorosa di prendere l'iniziativa.

Il bacio si fece più urgente, costringendola a schiudere le labbra, ma quando la lingua di Cale scivolò tra loro, Tess si immobilizzò, sorpresa.

Lui si ritrasse senza però allontanare il viso, ancora a pochi centimetri dal suo.

«Non devi preoccuparti» disse. «Stabilisci tu il passo. Puoi sempre dirmi di fermarmi.»

Tess voleva credergli. «Perché proprio io quando ci sono altre donne con molti meno problemi?»

Cale fece un largo sorriso e spinse indietro il busto. «Perché nessuna di loro è te.»

Tess non seppe cosa rispondere.

Diceva sul serio? E in caso contrario che importanza aveva?

Forse era *davvero* possibile imparare di nuovo a fidarsi; decidere se la vita in un convento fosse la soluzione migliore oppure no.

Cale l'attirava come la magia in una storia, infondendole la stessa speranza delle parole *non* dette. Aveva ancora il suo sapore sulle labbra e sentiva il corpo vibrare di una sensazione ben diversa dal panico.

«Ho qualcosa che potrebbe alleviare il dolore alla gamba» disse lui. Tess lo guardò servirsi di un ramoscello per allontanare dalle fiamme due pietre della grandezza di un pugno e poi metterle in un sacco da granaglie vuoto.

Andò da lei e si accovacciò. Chissà se l'avrebbe baciata ancora, si chiese Tess.

«Adesso te le sistemo intorno al ginocchio e poi dovresti cercare di dormire un po'» spiegò lui. «Il calore aiuterà i muscoli a rilassarsi.»

Esitò, in attesa del suo permesso, e quando lei fece un cenno di assenso le sollevò di nuovo la gonna e avvolse il sacco con le pietre calde intorno alla gamba danneggiata. Tess si distese sul giaciglio, così da facilitargli il compito, e una volta finito Cale le abbassò l'orlo della gonna e la coprì con una coperta.

Andò a cercare tra le proprie cose un semplice sacchetto di pelle di daino, lo aprì e immerse il dito nella sostanza gialla che conteneva.

«Apri la bocca» ordinò.

«Che cos'è?»

«*Ha-dintin*. Polline di *tule*, e molto sacro per gli Apache. Sembra aiuti anche a guarire.»

Tess lasciò che le depositasse sulla lingua quella sostanza, densa e dal sapore vagamente dolce, e quando lui si chinò a baciarle la fronte gli prese la mano e l'attirò a sé, sollevando d'istinto la testa per avvicinare le labbra alle sue.

Nonostante il terrore che la attanagliava, teneva molto a dimostrargli che il suo tocco era gradito.

«Avrei dovuto scaldarle molto prima, quelle pietre» le mormorò Cale contro le labbra.

«*Gracias*» sussurrò lei.

«Dormi bene, Tess. Lascia che sia io a sorvegliare le ombre, per una volta.»

Si distese a qualche passo di distanza, e lei apprezzò la sua compagnia.

CAPITOLO QUATTORDICI

C ale si svegliò prima dell'alba e andò a controllare i cavalli e Mosè, quindi avviò di nuovo il fuoco e mise a bollire il caffè. Cercava di non fare rumore per non svegliare Tess, che ben avvolta nella coperta dormiva pacifica. Via via che il cielo si rischiarava e riusciva a vederla meglio, era sempre più contento che fossero di nuovo loro due e basta.

Se solo fosse stato possibile rinunciare a cercare Hank e dirigersi verso i monti del Colorado, magari trascorrere l'autunno in una casetta, lontani da tutti. Una vita semplice con Tess – il fascino di quell'idea – lo colse di sorpresa.

Aspettando che i resti dello stufato fossero ben caldi, prese l'*hadintin* e ne soffiò un pizzico verso il sole nascente.

Sottovoce, poi, pregò. «*Gun-ju-le, chigo-na-ay, si-chi-zi, gun-ju-le, inzayu, ijanale.*»

Contemplò l'inizio di un nuovo giorno, quindi si appese il sacchetto intorno al collo, lo sistemò sotto la camicia e si abbottonò il gilè.

«Che significa?» chiese Tess.

Cale si girò. Si era svegliata da poco.

«Sii buono, o Sole, sii buono.»

«Fai così ogni mattina?»

Lui annuì. Versò del caffè e le portò una tazza, posandogliela accanto mentre lei si metteva seduta.

«*Gracias.*» Ne bevve un sorso.

«Dormito bene?»

«*Sì.* E mi meraviglio di averlo appena detto.»

«Dev'essere stata la magia dei miei baci.»

Le labbra di Tess si curvarono in un sorriso. Gli piaceva vederla così: calma, ancora mezzo addormentata, libera dalle timorose ombre che solitamente lo fissavano dalla profondità dei suoi occhi.

«Forse ci sono davvero dei baci speciali in questo mondo» ammise lei.

«Sei molto carina alla luce di un nuovo giorno» mormorò Cale.

«Merito dell'*ha-dintin.* La mattina la mia *abuela* diceva sempre: *gracias, Papito Dios, por el milagro de un otro dia de la vida.*»

«Grazie, Dio Padre, per il miracolo di un altro giorno di vita» tradusse lui.

«*Muy bien.*»

«Mi sto sforzando di migliorare il mio spagnolo.»

«Infatti va molto meglio.»

La sua voce roca lo avvolse come in un abbraccio, scatenando in lui una fame che non aveva nulla a che fare con il cibo.

La baciò, e vedendo che non si sottraeva al contatto le mise una mano dietro la testa per approfondirlo. Gli sarebbe piaciuto spingerla dolcemente indietro ed esplorare il suo corpo con gesti lenti e deliberati, ma non era tanto sciocco da pensare che non si sarebbe ribellata.

Tess rispose in maniera meno timida della sera prima, e ciò gli diede speranza. Le baciò le guance e si dissetò alla sua bocca come a un ruscello in una lussureggiante oasi. Poi, le dita si mossero tra i capelli e scesero ad accarezzarle il collo.

Lei s'irrigidì.

«Va tutto bene, Tess.» Riportò la mano sul suo viso e le fece scorrere piano il pollice sulle labbra. «Forse è ora di mangiare quello stufato, e tu faresti bene a bere il caffè prima che si raffreddi.»

La guardò. Nei suoi occhi erano tornate a muoversi le ombre.

«Se continui a distrarmi così spesso con i tuoi baci non riuscirò a levare il campo» scherzò lui, sentendola rilassarsi di poco contro il suo corpo.

Dopo la colazione, caricarono gli animali e condussero i cavalli sul sentiero che portava tra i monti.

«Cale?»

In sella a Bo, lui si girò a guardarla.

«Visto che sei una specie di *chamán*, come pensi che andrà a finire tutto questo?»

«Ti riferisci ad Hank, oppure a noi?»

«Tutti e due.»

Lo sguardo di Cale si spostò sulle montagne tra cui stavano per inoltrarsi. «Penso che la curiosità finirà con l'uccidere il gatto, nel senso che inseguire Hank non porterà necessariamente pace.» Accostò Bo a Gideon. «In quanto a noi, spero che vorrai darci una possibilità.» Si tolse il cappello e si chinò a darle un bacio veloce, ricevendo in cambio un lievissimo sorriso; una ricompensa che sospettava Tess non elargisse a qualsiasi uomo e che a lui fece enormemente piacere.

«Fino a che punto sai essere paziente?» chiese lei.

«Dico solo che sono disposto a provare, Tess.»

«E allora ti do un altro bacio.»

Cale fece un largo sorriso e accettò il suo slancio, chino sulla sua bocca finché Bo non si spostò e li costrinse a interrompere il contatto.

«Meglio andare, adesso.»

Si avviarono tra le Dragoon, seguendo un sentiero polveroso che passava accanto alle rovine della Dragoon Spring Station. Le scorrerie degli Apache dovevano aver reso difficile mantenere attiva la fermata delle diligenze, pensò Cale mentre superavano la prima altura. Dopo quella, il terreno scendeva in un canyon fitto di vegetazione e querce, su cui si ergevano cupole di granito e scogliere.

Non visitava quelle colline dai giorni dell'esercito, e in lui si fecero strada ricordi dolceamari di inseguimenti estenuanti sotto il peso costante della paura. Chissà quanti Apache erano rimasti in quella zona, si chiese, pur sapendo che oltre a loro c'erano anche esploratori militari, minatori e persino coloni mormoni che si spingevano verso sud. A differenza di quanto era spesso accaduto in passato, le viscere non erano contratte a indicargli un problema imminente, ma teneva comunque gli occhi aperti in cerca di segni che indicassero un passaggio recente. E a giudicare da una buca colma di cenere e impronte di zoccoli, era chiaro che più avanti ci fossero uomini a cavallo.

A Tess non disse nulla, ma a metà pomeriggio la lasciò addormentata all'ombra di un cipresso e andò a controllare.

Aveva percorso un quarto di miglio, quando la sua intuizione si rivelò corretta.

In lontananza c'erano due uomini – uno bianco e uno apache – che abbeveravano i cavalli a un ruscello. E il *gringo* altri non era che il vecchio compagno di Hank, Walt Lange.

CAPITOLO QUINDICI

Cale estrasse il Winchester dal fodero e se lo sistemò di traverso sulle cosce. Non aveva alcuna intenzione di usare l'arma, soprattutto a distanza ravvicinata, ma pensò che il messaggio sarebbe stato sufficiente. Guidò Bo verso di loro.

Nel notarlo, Walt tirò fuori una pistola dalla fondina sul fianco.

«Vacci piano, Walt» disse Cale, fermando il cavallo davanti ai due uomini.

«Cale Walker?» Walt sgranò gli occhi. «Che mi venga un accidente. Che ci fai qui?»

«Potrei farti la stessa domanda.»

Walt rinfoderò la pistola. Non era cambiato granché. Alto e smilzo, al suo sorriso falso mancava ancora un incisivo, e la massa castana e brizzolata, a capo scoperto, formava un tutt'uno con barba e baffi folti e grigi. «Quanto tempo è passato?»

«Più o meno quattro anni.»

Walt lanciò un'occhiata all'Apache che aveva di fianco. «Questo è Un Orecchio.»

L'indiano fece un cenno in direzione di Cale. I capelli neri e lisci erano tagliati corti, come nel caso di molti Apache, sicuramente in segno di lutto per la perdita di un familiare.

«Ha un orecchio solo» aggiunse Walt.

Gli occhi scuri di Un Orecchio si posarono su Cale. «Ho sentito parlare di te. Eri con i Nednai. Ti chiamano Cambia Il Suo Cuore.»

«Proprio così rispose Cale. «Li conosci?»

L'Apache si limitò ad annuire.

«Perché non vieni a sederti un po', così ci aggiorniamo?» propose Walt.

«Perché no?» Cale mise il fucile nel fodero, smontò e portò Bo nei pressi di una macchia erbosa.

Walt gli strinse la mano, mentre Un Orecchio andava a occuparsi degli altri cavalli.

«Dov'è Hank?» chiese Cale, arrivando subito al dunque.

Walt andò a sedersi su un terrapieno e prese una striscia di carne essiccata. Ne offrì un'altra a Cale ma lui, in piedi e con le Colt ai fianchi, la rifiutò.

«Non lo so» rispose Walt. «Non lo vedo da un pezzo, anche se di recente mi ha scritto invitandomi qui per aiutarlo a cercare oro.» Strappò una porzione di carne con i denti e prese a masticare. «Che incontro fortunato. Forse puoi portarmici tu, da lui. Sai dove si trova?»

«No.»

«Davvero hai vissuto con gli Apache?»

«Sì.»

«Accidenti, e com'è andata? Ti hanno torturato? Non sei impazzito di paura?»

«Ne hai uno con te adesso, dimmelo tu.»

«Un Orecchio è un animale, come la maggior parte di loro.»

«Dubito che apprezzi la tua opinione.»

Walt rise. «Possibile. Mi sta aiutando a seguire le tracce. Gli salvai la moglie quando dei minatori imbecilli l'agguantarono. È in debito con me.»

«Non sapevo fossi capace di gesti tanto eroici, soprattutto verso una donna indiana.»

«Si può sempre cambiare.»

Forse.

Chiedendosi se Lange avesse un'idea più precisa su dove trovare Hank, Cale considerò l'idea di unirsi a lui nella ricerca. Ma c'era Tess e non sapeva come avrebbe reagito nel vederlo.

La risposta non si fece attendere.

«Donna in arrivo» annunciò Un Orecchio.

Cale si lanciò un'occhiata alle spalle e la vide in sella a Gideon, con al seguito Mosè legato a una corda. Non dubitava che avesse riconosciuto il vecchio socio di suo padre, ciò nonostante il viso era privo di espressione. Tenendo d'occhio Walt e Un Orecchio, si alzò a incontrarla. Non gli era sfuggita la mano del primo che correva alla pistola sul fianco, se l'avesse anche solo mossa lo avrebbe inchiodato al suolo.

«È con te?» chiese quello.

«Sì.»

«Ha un aspetto decisamente familiare.»

Cale aspettò che lei si avvicinasse e arrestasse Gideon.

Fu allora che Walt si lasciò sfuggire uno sbuffo incredulo. «Tess?»

Lei lo fissò.

«Davo per scontato che fossi morta.» Visibilmente stupito, Walt le si avvicinò.

«E perché mai?» Il tono di Tess era piatto e privo di emozione.

Walt si fermò di scatto, ammutolito.

«Forse perché eri presente quando Saul mi aggredì?» lo accusò lei senza mai staccargli gli occhi di dosso.

«No, non c'ero» si affrettò a rispondere lui.

«Eri fuori, non è così?» insistette Tess, trafiggendolo con uno sguardo letale. «E non muovesti un dito per fermarlo.»

Walt si guardò intorno, come a cercare una via di fuga.

«È vero?» Cale non riuscì a controllare un'occhiata omicida.

«Senti, quel che è stato è stato. Saul è morto. Possiamo lasciarci tutto alle spalle.»

Viva sorpresa attraversò il viso di Tess.

«Quando è morto?» volle sapere Cale.

Walt si mosse, chiaramente nervoso. «Dopo l'aggressione.»

Quelle parole non avevano senso. Fitz gli aveva detto di aver visto Saul. «Fosti tu ad ucciderlo?»

Walt scosse la testa. «Non so bene che cosa successe. Non mi trattenni abbastanza da scoprirlo. Ma tu puoi metterti l'anima in pace, Tess. Saul ebbe quel che si meritava.»

Ebbene sì, pensò Cale tutt'altro che convinto, avrebbero dovuto fermarsi ancora un po' con Walt Lange.

TESS SEDETTE sulla riva del torrente con Cale di fianco e Walter Lange di fronte. Era stato un brutto colpo cavalcare fin lì e vedere i due conversare. Dio sapeva quanto le fosse costato mascherare le proprie emozioni. Walt Lange non l'aveva mai aggredita, né le aveva mai fatto del male, a parte rivolgerle qualche commento disgustosamente volgare, ma pur trovandosi lì la notte in cui Saul l'aveva aggredita, non aveva fatto niente per impedirlo.

E adesso sosteneva che quello fosse morto.

Avrebbe dovuto provare sollievo, invece le sue emozioni erano come smorzate.

«Non riesco ancora a credere che tu sia viva» disse Walt.

«Mai stata sul punto di morire» ribatté lei, consapevole di mentire se non del tutto almeno in parte. Quando Hank l'aveva portata da Tom e Mary, infatti, dove aveva trascorso il primo periodo a letto – in una condizione così malandata da non riuscire neanche a occuparsi delle proprie esigenze personali – si era chiusa in se stessa a tal punto da desiderare il trapasso per poter essere con sua madre e la sua *abuela*. Ma le due l'avevano respinta, costringendola a tornare nel mondo dei vivi.

«Dov'è Hank?» chiese.

«Non lo so. Come dicevo a Cale, lo sto cercando anch'io.»

Notando l'indiano nelle vicinanze, Tess si chiese se lei e Cale fossero al sicuro.

«Se volete» proseguì Walt «potete unirvi e cercare Hank con noi.»

Possibile che anche il padre la credesse morta? Era quella la ragione per cui non era mai tornato?

Pur conoscendo già il suo pensiero, Tess guardò Cale con una domanda muta negli occhi, e lui rispose con un lieve cenno di assenso. Sì, era il caso di seguire Lange. Con tutta probabilità, avrebbero avuto maggiore fortuna. Non c'era bisogno di sprecare quell'occasione. E Lange, quasi sicuramente, non gli avrebbe fatto del male. O sì?

«D'accordo» disse Cale. «Lo cercheremo con voi.»

«Bene. Il tempo di finire di abbeverare i cavalli e ci muoviamo.» Walt si alzò e andò verso l'indiano e gli animali.

«Pensi che sia una buona idea?» sussurrò Tess a Cale.

«Probabilmente no, ma potrebbe anche finire col portarci davvero da Hank. E se cambi idea possiamo andarcene in qualsiasi momento.»

«Non mi fido di lui. Ma hai ragione, potrebbe aiutarci. Pensi che la presenza di quell'Apache potrebbe rivelarsi utile se incontrassimo altri indiani?»

«Difficile dirlo, ma tu cavalca sempre dietro di me, mi raccomando.»

Tess annuì.

CAPITOLO SEDICI

Giunta la notte si accamparono, e Cale fu contento di avere Tess vicina. L'assenza di uno spazio privato significava niente effusioni tanto che, per un istante, rifletté sulla possibilità di rispedire gli altri due nel deserto.

Seduto di fronte a loro, accanto allo scoppiettante fuoco del campo, Walt fece un gesto all'indirizzo di Tess. «Che ti è successo alla gamba?»

«È una vecchia ferita» rispose lei, portandosi alle labbra un cucchiaio di avena bollita. Per cena non avevano altro.

«Quando eri con Hank non ce l'avevi. Ti sei imbattuta in qualche Apache?» insistette Walt con un'occhiata maliziosa in direzione di Un Orecchio. L'indiano sollevò lo sguardo su di lei.

«I *gringos* sanno essere brutali quanto gli Apache» rispose Tess.

Un Orecchio fece un cenno con la testa e riprese a mangiare.

«Sapessi cosa ti sei perso dopo averci lasciati, Cale» proseguì Walt. «Hank iniziò a portare la piccola Tess a caccia con noi. Ti ha fatta crescere in fretta, eh?»

«*Sì*» rispose lei, ma a Cale non sfuggì la nota di riluttanza nella sua voce.

«Saul non può averti fatto poi tanto male. Sei ancora viva, no?» Rise, e il vuoto tra i denti apparve ben più visibile.

Vedendo Tess immobilizzarsi, Cale provò un imperioso istinto di prendere Walt a pugni.

«A essere onesto» disse con la mascella serrata «mi sorprende che *tu* sia ancora vivo.»

Un Orecchio emise un suono divertito.

«Ah beh, si vede che ho un angelo custode.»

«O un demonio» mormorò Tess, spingendo qua e là il cibo con il cucchiaio.

Un Orecchio la guardò con un luccichio negli occhi che a Cale non piacque. Walt gli aveva parlato di una sola moglie, ma gli Apache ne avevano spesso più d'una. E Cale non aveva alcuna intenzione di lasciargli avanzare pretese su Tess.

«Raccontami degli ultimi tempi, Walt.» Cale mantenne un tono di voce leggero, ma Lange si fece serio: sapeva riconoscere una minaccia.

«Che dire, dopo che ti mettesti la coda tra le gambe e ci piantasti in Messico, Hank si sobbarcò Tess e passammo da un territorio all'altro… Arizona, Nuovo Messico e qualche parte del Texas.»

Aveva senso che Walt si tenesse alla larga dal lavoretto nella Sierra Madre. Non era saggio raccontare di una strage di Apache in presenza di uno di loro.

Ed ecco che la vergogna tornava a mostrare il suo brutto muso. Cale non dubitava che gli Apache messi con le spalle al muro fossero colpevoli di indicibili razzie, tuttavia non provava alcun senso di vittoria per averli uccisi. Sì, si era astenuto dal colpire donne e bambini, ma non aveva impedito ad Hank, Walt e Saul di farlo. E invece avrebbe dovuto. Benché non fosse tipo da indugiare sulle ingiustizie della vita terrena, sapeva che nella prossima avrebbe dovuto rispondere di quella macchia nera sulla coscienza.

Mise un altro ceppo sul fuoco. «Cosa accadde la notte in cui Saul attaccò Tess?»

La tensione che emanava da lei era palpabile.

«Andiamo, su» Walt si grattò la barba «meglio dimenticarla, quella notte.»

«No» insistette Cale «ho bisogno di sapere.»

Walt sbuffò, seccato. «D'accordo, ma non va oltre questo fuoco, intesi?»

Cale lanciò un'occhiata a Un Orecchio.

«Non parla bene l'inglese» rispose Walt.

Cale non ne era tanto sicuro, ma sbarazzarsi dell'Apache era fuori discussione.

«Dovevate uccidere Jim Bennett» iniziò Cale.

Sul viso di Walt passò un'espressione di resa. «Immagino che Tess ti abbia raccontato tutto. Jim voleva tradirci. Non era giusto.»

«Forse aveva le sue ragioni.»

«Forse.»

«Chi ebbe l'idea di ucciderlo?»

«Cerchi il colpevole? Beh, in quel caso fu per lo più Saul. Mi pare ovvio, no?»

«Ovvio» concordò Cale.

Walt fece una risata scaltra. «Per la cronaca, Hank non voleva.»

«Ma chi gli sparò?»

Walt si strinse nelle spalle. «Ancora non l'ho capito. Si beccò un bel po' di pallottole.»

«Perché lasciasti che Saul punisse Tess?»

Lo sguardo di quello si spostò su di lei. «Beh, di fatto, mia cara, quando arrivammo noi tu eri lì. Alquanto sospettoso, non trovi? E pensai che Saul volesse semplicemente spaventarla, chiarirle un po' le idee.»

«Dov'eri quando successe?»

«Nel granaio. Avevo bevuto troppo. E quando mi svegliai, la mattina dopo, trovai Saul in casa con un colpo nella testa. C'era anche il corpo di Jim.»

«E Tess?»

«Non c'era più.»

«Quindi Saul chi lo uccise?»

Walt esitò. «Non lo so. Ma adesso inizio a pensare che fosti proprio tu, Tess» disse, fissandola.

«Figlio di puttana» fu la fredda risposta di Cale.

«Sicuro? Chiediglielo.»

«Non l'ho ucciso io, Saul Miller» si difese lei. «Sei davvero certo che sia morto?»

«Beh, qualcuno l'ha fatto» ribatté Walt. «D'essere morto era morto, e non per colpa mia.»

«Quanto avevi bevuto?» chiese Cale.

«So che cosa stai pensando, non ero ubriaco fino a quel punto. Me ne ricorderei.»

«Dicesti a qualcuno delle morti?»

Walt si leccò le labbra, quindi le fece schioccare. «Naa, me ne andai e basta. Non sono scemo, Cale. Avrebbero finito con l'incolpare me per due omicidi con cui non avevo niente a che fare.»

«Questo lo dici tu. E comunque, da allora Hank non l'hai più visto?»

«No. Me ne sono rimasto nascosto. Poi, circa due mesi fa, si è fatto vivo. Mi ha detto di venire qui, che avrebbe diviso qualsiasi tesoro trovava. Voleva ricucire lo strappo, tornare ai vecchi tempi.»

«Hank ti ha detto di venire qui?» ripeté Tess. «Dunque sai dove si trova.»

«Non di preciso. Ma adesso che ci sei tu, potrebbe essere più facile. Sono sicuro che sarà contento di rivedere la sua bambina.» Walt si mise un legnetto in bocca e prese a stuzzicarsi i denti. «Si sta facendo tardi. Meglio coricarsi.»

«Perché non sgranchisci un po' la gamba?» disse Cale a Tess. «Ti accompagno.»

Si alzò e la aiutò a mettersi in piedi, quindi prese la fondina e se la mise su una spalla, con le pistole a portata di mano.

«Vedete di non perdervi, voi due» disse Walt alle loro spalle.

Nonostante ci fosse il bastone a sorreggerla, Cale prese Tess per il gomito. Sentiva il bisogno di toccarla. Aspettò che fossero abbastanza distanti dal campo, quindi si fermò.

«Gli credi?» chiese lei. «Pensi che Saul sia morto?»

«Non lo so.»

«Fitz ha detto di averlo visto a Bowie. Potrebbe essersi sbagliato?»

«È possibile. Tu non vedesti nessuno sparargli, dopo l'aggressione?»

«No. Ricordo soltanto che l'indomani Hank mi portò da Tom e Mary.»

«E allora dev'essere stato lui.»

Un lampo di comprensione le attraversò il viso. «Pensi che, alla fine, abbia provato a proteggermi?»

Gli indizi puntavano in quella direzione, ma Cale non voleva che le speranze di Tess andassero nuovamente in frantumi. «Forse. O forse no. Non bastano le parole di Walt Lange.»

Le spalle di Tess si accasciarono.

Cale si avvicinò, esitante, e vedendo che lei non lo respingeva, le fece scorrere le mani lungo le braccia e posò le labbra contro la sua fronte, poi, stringendola a sé in un abbraccio, godette della sua vicinanza.

Sarebbe bastata una mossa sbagliata perché lei si allontanasse.

«Voglio che dormi accanto a me» disse. «Non mi piace come ti guarda Un Orecchio.»

Tess spinse indietro il busto. «Non era la mia immaginazione, allora.»

«No.» Le accarezzò la mandibola con un pollice. La tentazione di baciarla era forte, ma quello non era il posto giusto. E il fatto che le brache stessero diventando sempre più scomode non aiutava. Se avesse ceduto al desiderio di assaporare le sue labbra, non se ne sarebbe voluto staccare. Sapeva che doveva procedere piano con lei, alleviare le sue ansie, mostrarle con calma quanto sarebbe potuto accadere tra loro. La fretta avrebbe rovinato tutto.

«Ti disturba» sussurrò lei, fissandogli la camicia per non incrociare il suo sguardo «che non sia pura?»

Cale le mise un dito sotto il mento e lo sollevò con dolcezza, costringendola a guardarlo. «No. Neanche un po'.» E alle parole fece seguire un bacio lieve e casto.

«Non sei come la maggior parte degli uomini, tu.»

«Lieto te ne sia accorta» scherzò lui, quindi tornando serio aggiunse: «Non abbassare la guardia con Walt nei paraggi. Non mi fido di lui.»

IL GIORNO DOPO, con Walt e Un Orecchio in testa lasciarono la valle e si avviarono su per un crinale. Il sole picchiava, e benché pini piñon e ginepri offrissero protezione e a tratti dell'ombra, Tess seguiva Cale cedendo di tanto in tanto al sonno.

Il suono di uno sparo improvviso squarciò l'aria. Imbizzarrendosi, Gideon la scaraventò al suolo e si girò così in fretta che Tess fece appena in tempo a evitare lo zoccolo che colpì la terra proprio accanto alla sua testa. Rotolando ancora una volta per sottrarsi al calpestio incontrollabile dell'animale, finì inaspettatamente oltre il bordo e ruzzolò giù per il pendio. Disperata, cercava di arrestare la discesa, ma il fianco era troppo ripido.

Così, scivolò e rotolò, urtando contro massi e fasci di rami. La polvere le riempiva la bocca e gli occhi. Le mani si aggrappavano nel tentativo di fermare la caduta, ma invano, finché non rimbalzò contro un affioramento naturale, volò in aria e atterrò con un doloroso tonfo. Intontita, ci mise un po' a comprendere di essersi fermata.

Era distesa sul fianco e non vedeva che ramoscelli e pigne, mentre le labbra esalavano respiri tremuli e frequenti. La mente cercava di formulare pensieri coerenti, ma senza successo.

Infine, sembrò riaversi.

Devo alzarmi.

Era consumata dalla paura. Nessuno sarebbe mai sopravvissuto a quella caduta senza riportare chissà quali orribili danni. Chiuse gli occhi.

Non lo voglio sapere.

La mente ricordò rapida una circostanza simile a quella, quando Saul l'aveva lasciata, massacrata di botte e sanguinante, sul pavimento della capanna.

Sono più forte, adesso. Posso affrontare tutto.

Si costrinse a sedere, mugugnando per il dolore. Le faceva male anche il solo respirare. Con una smorfia, si toccò piano lo sterno. Forse qualche costola era rotta. Facendosi coraggio, sollevò la gonna e represse l'impulso di svuotare il contenuto dello stomaco. Il tessuto dei mutandoni sulla gamba offesa era chiazzato di sangue fresco. Disperata, notò che l'arto era ancor più contorto del solito.

Un dolore lancinante le strappò un urlo. Quasi non aveva dubbi che la gamba fosse spezzata.

E se non potessi più camminare?

Un singhiozzo si liberò con impeto dalla gola.

No. Non si sarebbe arresa. Era sopravvissuta a ben peggio. Ci sarebbe riuscita di nuovo.

Al suono secco di un ramo spezzato s'immobilizzò, ammutolendosi all'istante, mentre con la coda dell'occhio coglieva un movimento tra gli alberi.

«Ti dico che ho visto qualcosa.» La mente di Tess ebbe un sussulto.

Chi?

«È una donna» diceva intanto la voce di un uomo.

Henry e Mariah Worthington.

In preda al panico, Tess provò ad alzarsi facendo forza sulla gamba destra, ma nello stesso istante in cui vide la coppia avvicinarsi un dolore lancinante la fece crollare.

«Naa» disse Mariah, contemplandola con occhi freddi «e chi se lo sarebbe mai aspettato.»

«Non fatemi del male» li supplicò.

La donna scosse la testa. «Direi che sei già in pessime condizioni.»

Tess lottava contro l'oscurità che le restringeva la vista. Era terrorizzata. Se fosse svenuta, con tutta probabilità Henry e Mariah l'avrebbero uccisa.

Ma per quanto si sforzasse di tenerli aperti, i suoi occhi si ribellavano.

TESS SI SVEGLIÒ. Era in un letto, in una stanza dallo spazio appena sufficiente per una brandina e un comodino. Aveva mal di testa e la gamba offesa pulsava. Provò a muoverla e avvertì la presenza di una stecca contro il ginocchio, rigido e immobile. Fece per leccarsi le labbra ma la lingua era così secca da non riuscire a umettarle.

Con la coda dell'occhio notò un bicchiere d'acqua sul comodino. Tese il braccio e riuscì a berne un sorso, asciugando poi quella che colava giù per le guance.

«Voglio vederla.»

Cale.

Era nella stanza accanto.

«Cale.» La sua voce era roca. Riprovò. «Cale.»

La porta si aprì, e lui le fu accanto. «Grazie a Dio ti ho trovata» disse, afferrandole una mano.

«Dove sono?»

«A casa di Vern Blight.»

«Chi?»

«Vive qui, tra le Dragoon.»

«Ho visto i Worthington.» Provò ad alzarsi dal letto ma Cale la spinse delicatamente indietro.

«Tranquilla» disse. «Sono stati loro a portarti qui.»

«Ero certa che mi avrebbero fatta fuori.»

«A quanta pare Mariah la pensava come te, ma Henry è

riuscito a dissuaderla. Sapevano della capanna di Vern e sono venuti qui. Per fortuna eri svenuta. Non credo abbiano avuto particolare cura nel caricarti sul cavallo.»

«Chi mi ha immobilizzato la gamba?»

«Immagino sia stato Vern. Almeno così mi ha detto.»

Attraverso la porta aperta, i raggi di sole illuminavano la parete sopra la testa di Tess. «Cos'è successo?»

«Un'imboscata. Gideon si è spaventato e ti ha sbalzata di sella.»

«Tu stai bene, vero?» volle sapere lei cercando di nuovo la sua mano.

Lo sguardo di Cale si addolcì. «Sì» rispose. Si chinò a posarle un bacio sulla fronte e tornò a guardarla.

«I cavalli e Mosè?» chiese ancora lei, concedendosi di toccargli la guancia.

«Li ho recuperati a valle. Stanno bene anche loro.»

Lei sospirò, sollevata. «Sono contenta. E Lange e Un Orecchio?»

Cale si puntellò sul braccio sinistro con espressione seria. «Non saprei. Li ho persi di vista. Sono rimasto bloccato dagli spari per un po', ma appena possibile sono tornato indietro a cercare te. A quel punto i Worthington ti avevano già portata qui e ho seguito le loro tracce.»

«Siamo al sicuro?» chiese Tess pervasa da un moto d'ansia.

«Spero proprio di sì. Vern vive qui dai tempi in cui le diligenze si fermavano ancora a Dragoon Springs. Pare che gli indiani lo lascino stare. Infatti, nei paraggi vive anche una coppia di Apache che si prende cura della sua proprietà.»

«E di Henry e Mariah che mi dici? Sono ancora qui?»

Cale fece una smorfia. «Purtroppo, sì.»

«La mia gamba…» disse lei, fissando le assi di legno del soffitto.

«Mi permetti di darle un'occhiata?»

Tess lo guardò, e annuì.

Allora Cale scoprì la gamba ed esaminò la stecca, quindi rimise la coperta a posto.

«È conciata male, vero?» chiese lei. Non era sicura di voler sapere cosa ne pensasse.

«Al contrario, credo che forse guarirà meglio, adesso. Per come l'ha immobilizzata Blight è più dritta di prima.»

«Davvero? È un dottore?»

«No, ma Henry diceva che ha salvato le zampe di parecchi animali, che ha un tocco quasi magico. Pare non gli piaccia l'idea di abbattere le creature ferite.»

«Insomma, finirò col camminare come un cavallo?» Avrebbe riso della propria battuta, ma il petto le faceva troppo male.

«Forse. Posso dare uno sguardo alle costole, adesso?»

Esitante, lei si costrinse ad acconsentire con un cenno della testa.

Cale spinse da parte la coperta e tastò con molta cura il lato sinistro del torace, sotto una leggera camicia da notte che qualcuno – Vern Blight, immaginò Tess – le aveva infilato.

«Ti ha fasciato le costole» disse lui riposizionando la coperta sul suo corpo «il che dovrebbe favorire la guarigione. Mi spiace di non essere stato io ad aiutarti, ma sebbene non sia tipo da riporre particolare fiducia in Dio, ieri c'era sicuramente qualche forma di Divina Provvidenza a proteggerti. Senza Vern, le cose sarebbero potute andare in maniera ben diversa per te.»

Quelle parole la sorpresero. «Sono qui da un giorno intero?»

«Già.»

«Che cos'hai intenzione di fare?»

Cale le strinse di nuovo la mano. «Beh, tu non puoi andare da nessuna parte, perciò direi che siamo bloccati per un po'.»

Tess rifletté sulle conseguenze. «Andrai a cercare Hank senza di me?»

«Potrei.» La osservò. «Ma non lo farò.»

Sollevata dalla consapevolezza che non l'avrebbe lasciata indietro, disse: «Farò del mio meglio per ristabilirmi quanto prima. Te lo prometto.»

Questa volta, Cale la baciò sulle labbra, e in Tess si fece strada un senso di profonda gratitudine e felicità immensa: era sano e salvo e non l'aveva abbandonata. Rispose, sollevando il viso verso il suo e trattenendolo con entrambe le mani.

«Grazie per non avermi lasciata» sussurrò.

«Sono quasi morto di spavento quando dopo l'attacco ho visto che non c'eri più.» La baciò ancora. «Vado a preparare qualcosa da mangiare» disse, uscendo.

Tess si portò le dita alle labbra che sapevano ancora di Cale. Per il momento si accontentava di questo, ma a un certo punto avrebbe preteso di più. E lei era sempre più a suo agio, ma lo sarebbe mai stata abbastanza da voler esplorare lui e quello che c'era tra loro due senza soccombere al terrore sul quale non sembrava avere alcun controllo?

Voleva credere di sì.

Perché, poco ma sicuro, voleva Cale, e giacere al suo fianco come una donna accanto al suo uomo. Ma fino a che punto l'aveva danneggiata Saul? E se non fosse mai più stata in grado di separare qualsiasi uomo dalla paura ormai radicata che lui, colpo dopo colpo, aveva inflitto al suo corpo e alla sua anima?

CAPITOLO DICIASSETTE

C ale uscì sullo stretto portico. La dimora di Vern Blight pur non essendo grande era sorprendentemente ben tenuta e immersa in un boschetto di alte querce. Vicino erano un ruscello con acqua corrente e un solido fienile con accanto un recinto largo all'incirca trenta piedi. Blight possedeva una varietà di animali: qualche cavallo, capre, pecore e un gran numero di maiali. E i suoni che giungevano dal fienile suggerivano la presenza di altre specie. Di fianco alla casa c'era anche un giardino di dimensioni discrete, mentre la coppia apache viveva più in basso, in un *wickiup* vicino all'acqua.

Il fatto che Blight avesse scelto di restare lì nonostante la stazione delle diligenze fosse stata abbandonata era ammirevole. All'inizio si era procurato da vivere fornendo cibo e cavalli alla Butterfield Stage Company e successivamente aveva deciso che il posto gli piaceva abbastanza da volerci restare pur senza la fonte costante di guadagno. Aveva continuato a fare affari con gli Apache, mantenendo con loro un rapporto di amicizia.

Quando Cale si guardò intorno alla ricerca dei Worthington, Vern disse che erano partiti per accamparsi più avanti nel canyon. Era il caso di assicurarsi che stessero bene, soprattutto dopo l'attacco degli Apache? si chiese Cale, subito decidendo che i due se la sarebbero cavata da soli. Non aveva alcuna intenzione di lasciare Tess indifesa.

Con la gamba in quella condizione, non avrebbe potuto muoversi per un pezzo. Aveva anche il viso coperto di lividi e un brutto taglio sulla fronte.

Ciò nonostante, lui si sentiva sollevato.

Era viva.

Quando era riuscito a mettersi al sicuro dagli spari e aveva avuto la certezza che Tess fosse caduta e che lui non l'avrebbe trovata, l'ansia si era presto trasformata in disperazione, finché non aveva scoperto quell'oasi, nascosta sotto un manto di alberi come un rifugio segreto, dove Vern Blight gli aveva aperto la propria casa. La situazione era strana ma l'uomo non gli era sembrato un tipo cattivo.

Vern uscì dal fienile e gli andò incontro. Il sole splendeva alto nel cielo e un velo di sudore copriva il viso dell'uomo con qualche anno in più di lui. Si tolse il cappello floscio e si asciugò la fronte con il dorso del braccio. Basso e con le gambe arcuate, in passato doveva essere stato un postiglione. «Come sta?»

«Bene, grazie. Vi sono davvero riconoscente. Credo le ci vorrà del tempo per recuperare.»

«Nessun problema. Ma non ho altri letti. Siete sposati?»

«No, ma posso dormire sul pavimento. Andrà benissimo. Voglio starle vicino in caso le serva qualcosa.»

«E *volete* sposarvi?» le labbra di Vern si allargarono in un sorriso tutto denti.

Cale rise. «Forse. Voi avete una moglie?»

«No. Ne avevo una molto tempo fa, ma scappò via. Vivere in collina tutta sola la faceva impazzire, disse. Immagino che alcuni non vi siano tagliati. In quanto a me, ho i miei animali, e mi piacciono molto più di lei, perciò me ne sto nel fienile con loro che, a parte morire di tanto in tanto, non scappano.»

«Vi sono debitore. E se posso essere d'aiuto in qualche modo, fatemelo sapere.»

Vern sollevò un sopracciglio. «Mm… ci penserò. Siete molto più alto e ben più forte di me.»

«Com'è la situazione con gli Apache qui intorno?»

Blight sbuffò. «Allora, le cose stanno così.» Spostò il pezzo di tabacco da un lato all'altro della bocca e si girò a sputare. «Io non do fastidio a loro e loro non ne danno a me. Mi fa piacere aiutare voi e la ragazza, ma non andrò in giro a spifferarlo, mi spiego?»

«Sì. La lealtà è una caratteristica ammirevole, e probabilmente quella che vi ha tenuto in vita in tutti questi anni. Posso chiedervi se sapete dove si trova un irlandese di nome Hank Carlisle?»

Blight fece una risata simile a un latrato. «Quel vecchio merlo è un pazzo» disse, stringendosi nelle spalle. «Ma non saprei dirvi dove si trovi. Siete mai stato tra le Dragoon prima d'ora?»

Cale annuì.

«E allora saprete che le ombre sono lunghe, e il vento vi sussurra alle spalle dandovi l'impressione di sentire delle voci. Era la fortezza di Cochise. Dicono che quando morì, i suoi guerrieri gli dipinsero il corpo di giallo, nero e vermiglio e lo seppellirono in una fessura tra le rocce. Quasi nessuno sa dove si trovi, e quelli che lo sanno non parlano. È pieno di fantasmi che vagano per i canyon, qui. Così facile perdere la strada.» Sputò un'altra volta. «Avete in mente di portarci la ragazza quando starà meglio?»

Cale fece un altro cenno di assenso.

«Avete sangue apache nelle vene?» chiese Vern.

«In un certo senso.»

L'uomo sorrise. «E allora sarete al sicuro.»

TESS SI SVEGLIÒ e subito desiderò di potersi riaddormentare. La gamba pulsava di dolore. Con in mano una lanterna, Cale entrò nella stanza.

«Mi fa troppo male» disse lei.

«Come temevo. Ho rimedi per altro, ma in questo caso penso ti serva del laudano.»

Tess non aveva neanche la forza di discutere. Lo guardò posare la lanterna sul comodino e uscire per andare a prendere la medicina. Con il cucchiaio di liquido amaro le diede anche una tazza di acqua, che per via di un altro bisogno impellente lei sorseggiò appena.

«Cale» lo chiamò, distogliendo lo sguardo per l'imbarazzo. «Ho bisogno di aiuto con... una faccenda personale.»

«C'è un gabinetto all'esterno, ma dubito te la senta di andarci.» Si inginocchiò e trascinò un vaso da notte da sotto il letto.

Umiliata, Tess chiuse gli occhi. «Temo che dovrai aiutarmi.»

Cale si alzò e mise le mani sui fianchi. «D'accordo» disse, sollevandola così in fretta da procurarle un senso di vertigine.

«Scusa» le mormorò all'orecchio.

Tess strinse i denti, tanto per il dolore che il movimento le causava quanto per il forte imbarazzo. Aggrappata a Cale, abbassò lo sguardo su quel poco che indossava e sui seni in bella vista attraverso la scollatura aperta del sottile indumento.

Peggio di così non potrebbe andare.

Un'occhiata sfuggente al viso di Cale, vicinissimo al suo, le assicurò che aveva visto tanto quanto lei.

«Tranquilla, Tess, non ti salterò addosso. Se ti siedi sul bordo del letto, sistemo il vaso sotto di te.»

Incapace di parlare, lei si limitò a un su e giù con la testa.

Sbrigati e falla finita, disse tra sé.

Seguendo il suggerimento di Cale, fece quel doveva e con il suo aiuto si rimise a letto, sforzandosi poi di calmare almeno il respiro, se non il battito del cuore, prima che lui tornasse con il vaso vuoto e lo rimettesse al proprio posto sotto il letto.

«Non hai più dolore, vero?»

«No.» Proprio non riusciva a guardarlo negli occhi. «Vorrei solo che non fossi costretto a vedermi in questo stato.»

«Sei un essere umano, Tess. Non vedo altro.»

«Ma… immagino che… tu preferisca una donna in una condizione più… attraente.»

«Se ti preoccupa che le tue funzioni corporali mi mettano in fuga, allora non hai davvero idea della persona che sei.»

Gli occhi di Tess sfrecciarono verso i suoi. Se ne stava ai piedi del letto, nella luce soffusa della lanterna, con una mano su una delle quattro colonne e lo sguardo fisso su di lei.

«Tess Carlisle, sei la donna più affascinante che abbia mai incontrato. Sei forte e intelligente, appassionata e incantevole. So che non mi credi per via della tua gamba, ma sei aggraziata e bella in tutto ciò che fai. Ti nascondi, eppure la parte essenziale di te, quella radiosa e naturale, risplende comunque.

«So che ti senti insicura, ma vorrei davvero potessi vederti con i miei occhi. Ne ho conosciute di donne − non molte nel senso che forse intendi tu − ma non ne ho mai incontrata *nessuna* come te. Non dubito minimamente che quando riuscirai, finalmente, ad avere fiducia in te stessa e a trovare una sorta di equilibrio in questa vita, attirerai molti uomini. Non riusciranno a tenersi lontani.

«E in caso dubitassi di quello che *io* penso di te, vedrò di essere esplicito: sono davvero rapito. Sei la donna più squisita che abbia mai incontrato.»

Si staccò dal letto. «Non intendo metterti a disagio, ma voglio tu sappia che ti desidero. È stato così sin dall'istante in cui ti vista. Non insisterò, naturalmente, perché hai tutto il diritto di scegliere il corso della tua vita, e a chi affiancarti.» Fece un largo sorriso. «Ma spero che i tuoi piani includano me» concluse, chiudendosi piano la porta alle spalle.

Allibita, Tess fissò l'uscio.

Nessuno le aveva mai parlato a quel modo, come fosse stata quanto di più importante al mondo, un tesoro senza prezzo da maneggiare con la massima cura.

Pensava sul serio quello che le aveva appena detto? Davvero teneva a lei fino a quel punto?

Le parole di Cale non si limitavano ad accenderle nel ventre il desiderio di unire il proprio corpo al suo, restituivano vita alla sua anima, scongelando la morsa del freddo inverno che le aveva spento il cuore.

Via via che il laudano faceva effetto, una sensazione di sonnolenza e contentezza s'impadronì di lei. E per la prima volta dopo molto tempo, grazie all'energia di Cale, calda e luminosa come il sole dell'Arizona, si sentì felice.

A SVEGLIARLA FU la presenza di Vern Blight nella piccola cucina. La porta della camera da letto era socchiusa. Tess si schiarì la gola.

«Ah, bene» disse lui, spingendo ulteriormente l'uscio. «Siete sveglia.»

«Sì. Grazie per avermi fatta restare in casa vostra, signor Blight.»

Raggi di sole illuminavano la bassa statura dell'uomo e le sue spalle quadrate. «Nessun disturbo. Mi fa piacere avere compagnia. Come va la vostra gamba?»

«Mi fa abbastanza male.»

I suoi tratti brizzolati si fecero pensosi. «Beh, per quello ho dell'acquavite. Ne volete un po'? O forse preferite del *tiswin*…»

«Il liquore apache? No. Magari più tardi.»

Blight annuì. «Quella vostra gamba… la prima volta è stata immobilizzata male. Un'altra ferita?»

«*Sì*. Cale dice che grazie a voi forse camminerò meglio di prima.»

«Beh, sono stato un po' brusco nel raddrizzarla, ma mi è sembrato ne avesse bisogno. Per fortuna, eravate completamente priva di sensi, altrimenti non ci avrei neanche provato. Siete una donna forte.»

«Non ne sono troppo sicura» rispose lei, subito distratta da un battito d'ali. «C'è un uccello bloccato in casa?»

«No. Un attimo solo, vi faccio vedere.» Blight scomparve dietro l'angolo per tornare poco dopo con una gabbia di metallo improvvisata. Dentro si agitava un uccello scuro.

Tess sollevò il busto e sedette a schiena dritta, trasalendo per il dolore ma decisa a non rimanere sdraiata tutto il giorno. Si strinse la coperta al petto per celare le nudità e sbirciò nella gabbia.

«È bellissimo» disse. «È ferito?»

«Sì.» Vern posò la gabbia sul bordo del letto e Tess la tenne ferma. «È una femmina di merlo. L'ho trovata qualche giorno fa. Non riusciva a volare.»

«Come fate a sapere che è femmina?»

«Lo so e basta. Ho sempre avuto un rapporto speciale con gli animali.»

«Che cosa ne farete?» L'uccello si calmò, e Tess fissò meravigliata i suoi occhi neri e incredibilmente intelligenti.

«Ma tu guarda un po'.» Vern ridacchiò. «Penso che le piacciate. Lo sapevo, io, che sareste andate d'accordo. In quanto al futuro, ha un'ala spezzata, proprio come voi con la vostra gamba. Ma se la tengo d'occhio, forse si riprenderà. Potreste aiutarmi, che ne dite?»

Tess sorrise al merlo dalle piume nere e lucenti e una visibile chiazza rossa vicino al collo. «Sì, vi aiuterò come meglio posso.»

«E allora, la cosa migliore per lei sarebbe trascorrere del tempo all'aria aperta. Il che vale anche per voi. Perciò, quando vi sentirete pronta, dovreste uscire a sedervi sul portico.»

«Preferisco aspettare che torni Cale.» Avrebbe potuto sollevarla e portarla fuori evitandole, almeno per ora, la fatica del bastone. Gli sforzi riacutizzavano il dolore.

Si chiese se la creatura temesse il tocco di un essere umano e si sarebbe dimenata per evitarlo. In un certo senso, Tess la comprendeva, anche se adesso iniziava ad accettare la vicinanza di Cale e non la considerava più insopportabile né pensava che celasse qualcosa di terribile.

«Bene, la lascio qui con voi.» Vern prese uno sgabello, lo

avvicinò al letto e vi posò sopra la gabbia, abbastanza vicina da permettere a Tess di osservare la creaturina. «La lascerò andare appena starà meglio, ma se nel frattempo voleste darle un nome per me va bene. Di solito non lo raccomando perché così ci si affeziona troppo, ma non so...» Vern scosse la testa «mi sembra che tra voi due ci sia qualcosa di speciale. Una sorta di legame.» E uscì.

Tess la guardò. Era bellissima, con penne e piume scintillanti e nere come la notte. Da quanto riusciva a vedere, una delle ali non si piegava come avrebbe dovuto, e sebbene non del tutto immobile avrebbe lasciato la poverina alla mercé dei predatori.

Forse siamo davvero uguali.

Ricambiando lo sguardo attraverso le sbarre, la merla non si rannicchiava né si ritirava per la paura. Ma con il tempo, quelle stesse sbarre che adesso la proteggevano sarebbero diventate la sua prigione.

E noi due non possiamo restare ingabbiate per sempre, giusto?

L'intrinseca forza d'animo dell'uccellino era sorprendente, pensò.

O merlo! Cantami qualcosa di bello.

Hank amava citare Tennyson.

Loro non si chiesero perché, loro non fecero altro che farlo e morire.

Guardando ancora la merla serenamente seduta nella sua gabbia dorata, Tess si disse che doveva smettere di preoccuparsi del perché e iniziare a vivere la propria vita. Non si sarebbe più commiserata per via della gamba o per il trauma del passato, né avrebbe più tenuto Cale a distanza.

«Ti chiamerò A*mada*.»

Diletta.

CAPITOLO DICIOTTO

Cale trascorse la mattinata a esplorare l'area. Le tracce trovate sul luogo dell'imboscata erano così confuse da rendergli difficile stabilire cosa fosse accaduto a Lange e Un Orecchio, anche se l'assenza di cadaveri indicava la probabilità che i due fossero ancora vivi. Ciò nonostante, date le circostanze, non poteva correre il rischio di cercarli oltre; sarebbe rimasto con Tess finché non fosse guarita, quindi avrebbero deciso insieme come procedere con Hank. Quanto più si legava a lei, tanto più avrebbe preferito continuare la ricerca da solo.

Tornando verso casa di Blight, raccolse un mazzo di fiori selvatici. Non si era mai considerato un tipo eccessivamente romantico, tuttavia l'impulso di fare qualcosa di carino per Tess era stato troppo forte. La trovò ancora a letto che fissava un merlo in gabbia.

«E quello da dove salta fuori?» chiese.

«È ferita, e Vern se ne sta prendendo cura. Mi ha chiesto di aiutarlo.»

Mentre Cale si avvicinava, l'uccello gracchiò e si mosse.

«Ssh, Amada» disse dolcemente Tess. «*El no te hará daño.* Non ti farà del male.»

Il fatto che lei non lo vedesse più come un uomo capace di nuocerle era un sintomo di miglioramento, pensò Cale portando davanti a sé i fiori fino a quel momento nascosti dietro la schiena. A giudicare dall'espressione di meraviglia sul viso di Tess, era chiaro che non avesse mai ricevuto un simile dono.

«Sono bellissimi» disse lei, accettando il mazzo. «*Gracias*.»

«Ho pensato che potessero farti piacere.»

Lei annusò la varietà di fiori gialli e rossi e gli rivolse un luminoso sorriso. Che fine aveva fatto la Tess di sempre? si chiese Cale, fissandola.

«Non vedevo l'ora che tornassi» disse lei. «Mi porteresti fuori a sedere sul portico?»

«Ma certo.»

Tess spinse via la coperta e Cale notò che indossava ancora la camicia da notte che Blight aveva scovato per lei. Il sottile tessuto contribuiva ben poco a celare i seni tondi e seducenti che… Ehi, l'uomo l'aveva anche spogliata! Ricordando a se stesso che in fondo voleva aiutarla, e che magari le aveva persino salvato la vita, allontanò dalla mente quel pensiero, così com'era stato per ben due volte con il ricordo delle nudità che lui stesso aveva spiato nel corso dei due giorni da quando si prendeva cura di lei.

Niente lussuria fintanto che Tess è ancora sofferente, si era detto, solo che adesso le cose stavano cambiando.

La sollevò sulle braccia e uscì sul portico.

«Hai un buon profumo» mormorò.

«Vern mi ha portato dell'acqua di rose e sono riuscita a darmi una ripulita. Non mi era mai capitato di incontrare un uomo tanto ben organizzato.»

Sforzandosi di placare l'improvviso impulso di farle scorrere le labbra sul collo, Cale la posò su una sedia a dondolo levigata dall'uso.

E che diamine, però, pensò intravedendo il solco tra i seni.

Esitò, con il viso vicinissimo al suo. «Per essere un'invalida, sei davvero attraente.»

Una delle mani di Tess, ancora sulle sue spalle, salì ad accarezzargli la guancia e la barba di un giorno. «Mi metti in difficoltà.»

«A me sembra sia il contrario.»

«Che cosa ti piace di una donna, Cale?»

«Non provarci neanche. Ti voglio esattamente come sei. E per la cronaca, di te mi piace tutto.»

«Perché?»

«Che sia dannato se lo so» scherzò lui. «Al momento, non riesci neanche a muoverti e devo portarti dappertutto in braccio.»

Accigliandosi, Tess lo allontanò da sé, ma lui le rubò un bacio e, sorridendo, continuò a baciarla finché lei non rise.

«Aspetta qui» le disse.

Quando tornò, aveva con sé una coperta e una lattina vuota. Raccolse i fiori che le erano caduti sul portico e li sistemò nel contenitore, quindi aggiunse dell'acqua da un barile lì vicino. Lo posò accanto a lei e avvicinò di fianco una sedia di legno.

Tess sollevò la coperta che le aveva sistemato in grembo. «Ho troppo caldo per questa.»

Lui sedette e si lasciò andare contro lo schienale. «Sarai la mia morte. Se non copri le tue grazie, presto non ricorderò neanche il mio nome.»

Un sorriso compiaciuto si insinuò sulle labbra di Tess, e Cale provò un senso di soddisfazione ben più appagante che se l'avesse portata a letto.

Oddio, anche portarmela a letto non sarebbe male.

Era pur sempre un uomo.

«E Amada?» chiese lei.

«Giusto.» Andò in camera da letto e tornò con l'uccellino in gabbia, che posò sul lato opposto a Tess, quindi riprese il suo posto.

«Potrei raccontarti una storia» propose lei.

«Buona idea.» Cercò una pagliuzza di fieno e se la infilò in bocca.

«Ce n'è una in particolare che ti piacerebbe ascoltare?»

«Accetti richieste?» Ci pensò su un istante. «Da bambino, in Virginia, capitava che mia madre mi raccontasse degli animali che vivono nell'Ovest. Il mio preferito era il coyote. Trovava sempre la maniera di sopravvivere, ed era anche un gran furbo. Immagino fosse questo ad attrarmi.»

«Mi sembra logico.» Con il viso ancora arrossato per il recente scambio di effusioni, Tess si sistemò la treccia arruffata sulla spalla.

A Cale piaceva guardarla. «Forse» disse, cercando di mantenere un tono discreto «dovresti raccontarmi una storia che parla di merli. Chissà se ascoltandola da vicino, Amada vorrà suggerirtene una.»

«A volte mi chiedo da che mondo arrivi, Cale.»

Quel commento colpì nel segno. Vagava ormai da molto tempo. Sua madre gli aveva detto che quasi sicuramente entro i trent'anni avrebbe visto il mondo, e sebbene non fosse andata proprio così, la donna era stata una delle poche persone ad avere quella straordinaria intuizione su di lui.

«Potrei dire altrettanto di te» ribatté, beandosi della sua vista mentre il sole le illuminava gli occhi verdi e le labbra rosee.

«Conosco una storia che pare sia attribuita ai Navajo e racconta di un coyote e delle lucertole.» Fece una pausa, quindi si calò nel ruolo di narratrice. «C'era un coyote che amava spiare le altre creature. Era piuttosto curioso. Un giorno, scorgendo un gruppo di lucertole che giocavano, si avvicinò a guardarle, ma quelle finsero di non vederlo. Essendo lui un tipo a cui piaceva essere notato, la loro indifferenza lo infastidì, così si fece ancor più vicino. 'A che gioco state giocando?' chiese.»

Cale si mise comodo sulla sedia. Gli piaceva il ritmo cangiante della sua voce, come se aprisse un portale verso un tempo e un luogo diversi.

«Noi lo chiamiamo 'scivolo'» rispose una delle lucertole» continuò Tess. «Infatti, a turno, scivolavano lungo il pendio di una collina su un sasso piatto e, una volta arrivate, lo riportavano in cima.

«'Beh, vorrei giocare anch'io', disse il coyote.

«'Oh no' rispose la lucertola. 'Tu non puoi. Moriresti.'

«Il coyote non ci credeva, anzi, era abbastanza sicuro che avrebbe scivolato meglio di chiunque altro. E insistette così tanto che, infine, le lucertole decisero di lasciarlo provare a condizione che usasse solo il sasso piccolo e non il più grande. Pensando di fare l'esatto contrario, il coyote accettò le condizioni.

«Le lucertole spinsero il sasso piccolo verso il limite, tenendolo in equilibrio mentre il coyote vi si arrampicava, e lo spinsero verso il basso. Scivolando, il coyote arrivò sul fondo, piuttosto soddisfatto di esserci riuscito, e persino meglio di loro. Riportò il piccolo sasso in cima e pretese di arrampicarsi su quello più grande.

«Dopo una lunga discussione, le lucertole decisero di accontentarlo, dopotutto se proprio voleva uccidersi ne aveva il diritto. Sistemarono il masso più grande e il coyote scivolò. Ma quello urtò contro uno più piccolo e si ribaltò, facendo volare in aria il coyote. 'Sono nei guai' si disse spaventatissimo 'le lucertole avevano ragione. Morirò.'

«Atterrando con forza, pensò di essersi salvato, quando d'improvviso vide il grosso sasso dirigersi verso di lui e, disperato, seppe che non ci sarebbe stato scampo.

«Dall'alto della collina, le lucertole osservarono il grosso sasso abbattersi sul coyote, schiacciandolo a morte. Sin dall'inizio lo avevano avvertito del destino che lo attendeva, perciò non provavano alcun dispiacere per lui. Tuttavia, si chiedevano cosa fare. Era pesante e spostarlo sarebbe stato difficile. Lasciarlo lì, però, avrebbe intralciato il loro divertente gioco. Così, decisero di riportarlo in vita, e servendosi di una certa magia che conoscevano soltanto loro, formarono un cerchio intorno al corpo morto del coyote e lo rianimarono.

«'Adesso vai' disse la più anziana delle lucertole 'e non provare più a giocare con noi, non ti vogliamo di nuovo morto.' E il coyote, felice di essere vivo, scappò via.»

Tess smise di parlare e, insieme, rimasero a crogiolarsi nel silenzio del pomeriggio.

«Dopotutto il coyote voleva solo divertirsi un po' con loro» disse Cale, masticando ancora la pagliuzza di fieno.

«Ma forse avrebbe dovuto farlo con la propria razza.»

«Beh, per fortuna i miracoli accadono e le lucertole gli hanno salvato la vita.»

Tess gli sorrise, dondolando piano la sedia. «Ci credi?»

Lui si fermò a riflettere. «Penso che a volte l'aiuto arriva quando meno ce lo aspettiamo.»

«E tua sorella Molly? Ha vissuto con i Comanche. Dev'essere stato molto difficile per lei. Qualcuno potrebbe considerare il suo ritorno un miracolo.»

«È una donna forte, e in un certo senso mi ricorda te. Penso che ti piacerebbe.»

«Spero d'incontrarla, un giorno.»

Cale allungò il braccio e le prese una mano. «Se mi stai chiedendo se ti porterei in Texas, la risposta è sì.»

Tess rilassò la testa contro lo schienale. «Non dire cose che forse non pensi.» Non vi era condanna nella sua voce, solo un'eco di promesse infrante.

«Le penso.»

Intrecciò le dita alle sue e sedettero in un amichevole silenzio, rotto solo dal ruscello che gorgogliava poco più in là, Amada che becchettava la gabbia e gli alberi che giocavano con un vento appena accennato.

CAPITOLO DICIANNOVE

T ess trascorse le due settimane successive a riposare, leggere
Tennyson e prendersi cura di Amada. Vern Blight
controllava i suoi progressi e Cale non la lasciava mai. Pur
rubandole un bacio quando poteva – e lei aspettava quei momenti
con impazienza – era chiaro che si sforzasse al meglio di tenere a
bada la passione tra loro. La sera, dopo cena, si sedevano sul
portico a guardare le stelle mentre Tess raccontava una storia.

Accadeva spesso che Vern si unisse a loro, ma degli indiani e
degli uomini che conosceva tra le Dragoon non diceva mai
granché, preferendo invece parlare degli animali che aveva salvato
nel corso degli anni. E Tess, silenziosa, cercava di ricordare il più
possibile per poterlo poi raccontare a sua volta.

La coppia di Apache che viveva poco più in là, invece, si teneva
a distanza. Vern, che non glieli aveva mai presentati, chiamava
l'uomo Nitis e la donna Smita. Fu solo quando Cale le disse che
probabilmente i due non si fidavano di loro che Tess smise di fare
altre domande. Di tanto in tanto li intravedeva occuparsi del
giardino e degli animali nel fienile, ma stava sempre attenta a non
incrociarli.

Infine, il dolore iniziò a farsi più sopportabile e, con suo grande sollievo, Tess poté ridurre anche la quantità di laudano. La stecca aveva lasciato dei segni rossi, e la pelle le prudeva tantissimo, ma Tess era sempre più convinta che la gamba stesse guarendo. Giorno dopo giorno la sentiva più salda e più sana.

Grazie alle stampelle che Cale le aveva costruito, godeva di una maggiore mobilità ed era in grado di spostarsi da sola. A volte, mentre aspettava che lui tornasse dalla caccia o da un'escursione, riusciva persino a prendere la gabbia di Amada e andare a sedersi con lei accanto al ruscello. Era sempre impaziente di rivederlo.

E lo sognava, spesso, che la baciava e… faceva altro. Il desiderio di lui, addormentato come ogni notte sul pavimento della stanza accanto, la svegliava, e Tess pensava che le sarebbe bastato chiamarlo perché andasse da lei, la prendesse tra le braccia e la amasse.

Cale si era mostrato molto rispettoso, ma di giorno non capitava spesso che fossero da soli.

La prima mossa toccava a lei, lo sapeva, eppure nell'abbraccio delle ore notturne che precedevano l'alba, Tess finiva sempre con l'esitare.

E se si fosse bloccata o, peggio, fosse impazzita come un animale selvatico in preda al terrore?

Non riusciva proprio a liberarsi di quel pensiero. E non voleva deludere Cale né sentirsi in imbarazzo.

Servendosi di una sola stampella, si spostò verso il lato della casa. Vern era sparito tra i monti due giorni prima. Non le aveva detto il perché, ma Cale pensava che cercasse oro. Incredibile come l'uomo si fidasse tanto di loro due dopo così poco tempo, pensò Tess.

«Il mio animale vi somiglia» le aveva detto in tono schietto. «E quel tanto mi basta. Se non date fastidio a Nitis e Smita, loro non ne daranno a voi.»

Diede un'occhiata al piccolo giardino che l'indiana si premurava di curare ogni giorno – mais, zucca, carote, patate e altro ancora – quindi si chinò a estrarre delle radici di rapa per lo stufato che intendeva preparare. Con un pizzico di fortuna, Cale sarebbe tornato di lì a poco con della carne di coniglio.

Amada gracchiò da dietro l'angolo. La gabbia era sul portico e Tess, con una ciocca nera che le ondeggiava davanti al viso, si girò a guardare. Niente. Riprese a scavare con una paletta ma la merla gridò ancora una volta.

Rigida, si alzò, afferrò la stampella e zoppicò fino al portico.

Un coyote.

Per forza Amada era quasi impazzita, sapeva che era lì per lei.

Come impietrita, osservò l'animale a una ventina di piedi dalla poverina. Il suo corpo scarno dal pelo arruffato marrone chiaro e bianco indicava il bisogno di cibo, e gli occhi ingialliti non vacillavano mai. La paura, una vecchia amica che Tess conosceva bene, s'insinuò fin dentro le ossa. Ma lei rimase dov'era, finché il coyote, stanco di quel confronto diretto, si girò e se ne andò.

Che buon sapore aveva la vittoria, pensò Tess, rinvigorita. Prese la gabbia e si avviò con passo malfermo verso la capanna. Se il coyote cambiava idea, Amada sarebbe stata al sicuro.

Era appena entrata, quando percepì un rumore di zoccoli che si avvicinavano, il che le sembrò strano. Chiuse in fretta la porta e spiò dalla finestra.

L'uomo a cavallo non era Cale.

Rallentò l'animale e si fermò davanti all'abitazione.

Paura e incredulità pervasero Tess.

Saul Miller.

Si staccò in fretta dalla finestra.

Con gli occhi serrati, cercava frenetica una spiegazione. Era possibile che si sbagliasse. Lange aveva detto che era morto. Forse aveva semplicemente immaginato di vederlo.

Attenta a non farsi notare, guardò ancora. E in un attimo riconobbe la sua corporatura massiccia, gli occhietti vispi e il viso butterato.

È lui.

Spingendo la schiena contro la porta e appoggiandosi pesantemente alla stampella, pregò che non l'avesse vista.

Un rumore di passi sul portico. Un pugno impaziente e una serie di colpi. I denti di Tess presero a battere per la paura.

«Vern, sei lì dentro?»

Tess trattenne il fiato, desiderando solo di potersi rendere invisibile.

Un'altra serie di colpi. Una lunga pausa. Le imprecazioni a denti stretti di Miller, il suo passo pesante che si allontanava e, finalmente, nel rumore di zoccoli sempre più distanti, i propri respiri avidi d'aria.

Con la mente arrovellata e il corpo tremante, Tess rimase parecchio tempo senza muoversi.

E quando, infine, ne fu capace, si lasciò andare sul pavimento e diede libero sfogo ai singhiozzi, che sgorgavano disperati dal suo petto.

Cale la trovò addormentata sotto il letto. Era quasi impazzito nel cercarla, soprattutto dopo aver notato una delle stampelle di traverso sul pavimento della stanza ma nessun segno di *lei*.

Benché pervaso da un senso di sollievo, però, si rese subito conto che il progresso delle ultime due settimane trascorse nella quiete della capanna di Vern aveva subito un brutto colpo. Tess si era spinta quanto più possibile sotto il basso telaio di legno e corda, dietro il vaso da notte con il suo odore pungente… il viso gonfio e rigato di lacrime.

«Tess.» la chiamò, scuotendola con dolcezza. Lei si mosse. «Tesoro, che ci fai qui sotto?» Spinse da parte il vaso da notte e, attento alla sua gamba steccata, la tirò fuori, quindi la fece sedere sul bordo del letto. La camicetta marrone e la gonna a quadri erano striate di polvere, e i capelli neri, ormai sfuggiti alla treccia, ricadevano sulle spalle.

Stordita, Tess si passò una mano sul viso e si guardò intorno.

«Perché eri sotto il letto?»

Gli occhi di lei, colmi di nuove lacrime, incontrarono i suoi. «Ho visto Saul.»

«Che vuoi dire?»

«Che è vivo e vegeto. L'ho visto. Qui.»

«Ne sei sicura?»

Tess annuì. «All'inizio ho pensato di essermi sbagliata, invece no. Ho guardato di nuovo. Era lui.» Si fermò a riprendere fiato. «Mi credi?»

«Certo che ti credo. Devo ammettere di non essermi fidato ciecamente della parola di Lange. Ma perché Saul sarebbe venuto proprio *qui*?»

«Cercava Vern. E quando non ha ricevuto risposta se n'è andato.»

Cale usciva a caccia ed esplorava i dintorni ogni giorno, ma senza allontanarsi. Aveva notato segni di Apache, ma nessuno di Hank o Lange. E adesso, sembrava che ci si aggirasse anche Saul. Strano che si trovassero tutti nella stessa zona allo stesso tempo ma, apparentemente, non insieme. Possibile che anche Miller stesse cercando Hank?

«Sicura che non ti ha vista?» chiese.

«*Sì.*»

Attirandola a sé con il braccio destro, Cale le affondò le dita nei capelli e le baciò la fronte, mentre Tess gli si stringeva contro.

«Quando è successo?»

«Prima.»

Se partiva subito faceva ancora in tempo a rintracciarlo, catturarlo e riportarlo a Tucson, così che fosse processato per l'omicidio di Jim Bennett e l'aggressione di Tess. Ma sapendo che, con tutta probabilità, lei sarebbe stata costretta a descriverne i dettagli, Cale accarezzò il pensiero di ammazzarlo e lasciare la sua carcassa agli avvoltoi, liberando così Tess dal suo doloroso passato una volta per tutte. Risolvere la faccenda a quel modo, però, non lo avrebbe reso migliore di quel che Saul Miller era diventato: un violento *vigilante*.

Tess sollevò il viso a guardarlo. «Che c'è? Vuoi inseguirlo?»

«Ci sto pensando.»

«E allora vengo con te.»

«Non puoi. La gamba non è ancora guarita del tutto.»

«Va sempre meglio. Penso che potremmo togliere la stecca.»

Cale la baciò, dominandosi così come aveva fatto nelle ultime due settimane. Bocca contro bocca, aveva imparato ad apprezzare l'attesa ed esplorare il proprio bisogno di lei.

«Vuoi che resti qui, vero?» disse Tess.

«No» rispose lui, avvicinando la fronte alla sua. «Non penso saresti più al sicuro che con me. Non ci sono Apache nei dintorni, e ho l'impressione che l'imboscata a cui siamo sfuggiti fosse più contro Un Orecchio che noi. Ma non voglio tu debba soffrire ancora, Tess.»

«Allora aiutami a togliere la stecca e vediamo come va.»

CAPITOLO VENTI

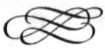

Tess provò un gran sollievo nel liberarsi della stecca, grattando e strofinando la pelle che non aveva potuto toccare da quando Vern le aveva fissato quel pezzo di legno alla gamba. Cale andò a lasciarlo fuori e quando tornò la trovò seduta sul letto, con la gonna alzata, a osservare il risultato nella luce della lanterna.

«Non grattarti troppo» disse, fermandosi ai piedi del letto.

Frustrata, Tess piantò i palmi accanto a sé sulle coperte e lasciò che Cale le posasse una mano sul ginocchio e l'altra sulla parte superiore della coscia.

In risposta al suo tocco, il respiro si fece corto e un brivido le percorse il corpo, non solo la gamba, coprendolo di pelle d'oca.

Era notte ed erano soli, più del solito. Vern non c'era, né lo aspettavano da un momento all'altro, e la coppia di Apache non si avvicinava *mai* alla capanna.

Con la bocca secca, Tess preferì concentrare l'attenzione sulla gamba, che sperava guarisse meglio di prima, piuttosto che sull'irresistibile, e decisamente virile, presenza di Cale.

Stava inspirando per darsi forza, quando lo sguardo di lui si sollevò sul suo, scuro di desiderio, e le troncò il respiro a metà.

«Non ha un brutto aspetto» disse piano. «Ti dà fastidio?»

«Non mi dà nessun fastidio» rispose lei, ritrovando il fiato.

E certa che Cale ne comprendesse il significato, sostenne il suo sguardo.

«Sei sicura di volerlo?»

Il cuore era un martello nel petto. «Spero di non deluderti.»

«Non ci riusciresti.» Si fece più vicino. «Vuoi prima provare a camminare?»

«Posso farlo dopo.»

Con un sorriso a sollevargli gli angoli della bocca, Cale le scostò delicatamente delle ciocche dal viso e le catturò le labbra tra le sue. Tess lo strinse tra le braccia.

Attirandolo più vicino a sé, gli si aggrappò e cedette all'assalto della sua lingua. Baciarlo era un fatto ormai naturale per lei, ma non per questo meno eccitante. Sentiva il suo bisogno premerle contro, il desiderio che lui aveva tenuto a freno e che adesso accendeva anche il suo.

Non voleva avere paura. Dopo il terrore scatenato dalla vista di Saul, e il conseguente sfinimento, non voleva altro che provare piacere e sentirsi viva. E lo voleva con Cale.

In un attimo il bacio si fece febbrile. Cale la spinse di nuovo sul letto e le si sdraiò accanto. Le labbra divoravano le sue, così fameliche da indurla a inarcarsi. Le premette la propria erezione contro il fianco e fece scivolare la mano più in basso a sfiorarle un seno, poi lo coprì del tutto e il corpo di Tess prese a vibrare di desiderio.

Spostandosi su di lei, le baciò il collo, e più in giù, mentre Tess gli strattonava la camicia e sbottonava la propria. Se la sfilò dalla testa e aiutò lei a togliersi la sua, quindi si alzò. Le tolse impaziente la gonna e si sbarazzò anche della camiciola. Ormai non le restavano che i mutandoni.

Ancora in piedi, si tolse gli stivali, in equilibrio prima su una gamba poi sull'altra, e si liberò dei pantaloni. La lanterna era ancora accesa e, per un istante, Tess si chiese se una donna quasi del tutto nuda e distesa davanti all'uomo che stava per amare apparisse come lei.

Provò a non fissare i muscoli e i contorni del corpo asciutto di Cale, o le ferite che gli segnavano la carne. Ai suoi occhi lo rendevano solo più bello, e sperava che anche i suoi vedessero lei allo stesso modo. Cale s'inginocchiò sul letto, infilò le dita nel bordo dei mutandoni all'altezza dei fianchi e li fece scivolare in basso, lentamente, lasciandola completamente nuda.

Poi si chinò in avanti e, senza esitare di fronte ai punti ormai per sempre privi di carne, disegnò una scia di baci lungo la gamba ferita,. Le mani accarezzarono i fianchi e la bocca risalì verso l'addome, e più su, a coprirle un seno.

Tess chiuse gli occhi, persa nell'impeto crescente di sensazioni che mai aveva immaginato di poter provare e che la spingevano a desiderare di più.

Ricongiungendo le labbra alle sue, Cale le coprì il corpo con il proprio, posizionandosi contro di lei. Si sollevò sulle braccia piantate su ciascun lato della sua testa e le baciò il collo, il mento, la guancia. Con dolcezza, poi, prese a dondolarsi su di lei, che spostò le gambe per consentirgli un più facile accesso. Cale sollevò un poco i fianchi e spinse, ma esitava e Tess, in un tacito permesso a continuare, gli si aprì del tutto. D'improvviso, però, i ricordi del passato, di un atto privo di affetto o desiderio, le invasero la mente, e quando lui fu sul punto di penetrarla s'immobilizzò.

«Va tutto bene, Tess» disse Cale, sollevando la testa a guardarla.

Lei si morse il labbro inferiore e chiuse gli occhi. «*Lo siento.*»

Il bacio che seguì fu una lieve carezza. Cale non insistette, ma neanche si staccò. «Ci sono altri modi per farlo.»

«Che vuoi dire?» chiese lei, azzardando uno sguardo. Se solo fosse stata capace di trovare profonda e assoluta soddisfazione tra le braccia di Cale. Non dubitava che altre prima di lei avessero risposto con abbandono al suo tocco.

«Posso darti piacere anche senza penetrarti.»

«E tu?»

Dal petto di Cale salì una risatina bassa. «Non si tratta solo di me.» Si spostò di fianco e allungò il braccio verso il comodino a spegnere la lanterna.

Le labbra presero a strofinarsi contro la guancia e l'orecchio, mentre la mano sinistra scendeva dal seno allo stomaco e più in basso, dove le dita si fermarono ad accarezzare la sua femminilità. Tess trattenne il fiato. Il buio la rendeva meno inibita e le svuotava la mente, lasciando spazio solo alle risposte che ogni carezza le strappava. Sentendola cedere alle proprie attenzioni, Cale le coprì di nuovo la bocca con la sua, e Tess, aggrappata al suo collo e alle spalle, prese a dimenarsi.

Ansimante e incredula per le reazioni del proprio corpo, iniziò la discesa dal culmine del piacere.

«*Maravilloso*» sussurrò quando Cale staccò le labbra dalle sue. «Ma… tu?»

«Non preoccuparti per me. Devo solo concentrarmi su qualcosa che non sia il tuo *maravilloso* corpo.» Disteso al suo fianco, si strinse a lei.

Tess lo baciò con selvaggio abbandono, voleva restituirgli quanto lui le aveva appena dato.

«Tess» le sussurrò Cale contro la bocca «posso trattenermi fino a un certo punto.»

«Allora smetti e riprova. Ti prego.» Senza dargli il tempo di rispondere, lo baciò ancora, attirandolo sopra di sé. E questa volta allargò le gambe per accoglierlo.

Cale le scivolò dentro con una sola spinta, in tutta la sua lunghezza, suscitando in lei un'altra ondata di piacere, e una connessione ben più profonda del semplice appagamento fisico. Non unendosi a lui prima si era persa qualcosa d'importante, pensò Tess.

Lui iniziò a muoversi contro il suo corpo, coprendolo di carezze del tutto diverse rispetto alle precedenti, e Tess ebbe l'impressione che si trattenesse. In preda a una disperata brama di ciò che ogni parte di lui le offriva, gli strinse le gambe intorno alla vita e si abbandonò all'oscurità, al crudo bisogno del momento. Cale schiacciò la bocca sulla sua e la strinse forte, con una fame che la lasciò stordita e le fece raggiungere di nuovo l'apice del piacere.

Con gli occhi colmi di lacrime, si aggrappò a lui mentre la tensione che lo aveva attanagliato abbandonava piano il suo corpo. Cale assaporò le sue labbra, lentamente, e le asciugò le guance con il pollice.

«Non immaginavo che potesse essere così» disse lei.

«Neanch'io.»

TESS SI SVEGLIÒ durante la notte, ancora nuda e con il sedere contro il corpo alle sue spalle. Era avvolta nell'abbraccio di Cale, che le stuzzicava il collo con le labbra. Gli strinse il braccio, mentre la mano libera le esplorava i seni, lo stomaco e i fianchi per poi fermarsi tra le gambe e tornare ad accenderle dentro un fuoco che la faceva impazzire, che scatenava in lei un bisogno frenetico fino ad allora sconosciuto.

Questa volta non la penetrò, servendosi invece delle mani per venerare il suo corpo. Era uno scambio selvaggio, il loro, e Tess si sentiva dissoluta, sensuale e decisamente sollevata che Cale la desiderasse non in maniera accennata, bensì alquanto manifesta: ogni suo tocco, ogni carezza e ogni gemito che sfuggiva alle sue labbra era carico di un implacabile bisogno. Non riusciva a staccarle le mani di dosso e risvegliava in lei una risposta profondamente femminile.

Determinata a restituirgli il piacere, Tess rotolò sul fianco e lo baciò senza troppi convenevoli, assetata. L'intimità delle tenebre la rendeva audace, al punto da spingerla a toccarlo allo stesso modo in cui l'aveva toccata lui. Sentì i muscoli delle sue spalle irrigidirsi e lo guidò verso il calore del proprio corpo. Coprendola, Cale affondò in lei con una spinta e prese a muoversi seguendo l'antico ritmo della passione. Non restava che un'unica sensazione: si desideravano a vicenda. Tutto il resto non importava.

Si addormentarono di nuovo e quando Tess riaprì gli occhi le prime deboli luci dell'alba rischiaravano la capanna. Era distesa sul dorso e Cale le dormiva accanto, con la mano posata sul fianco. Soddisfatta e avvolta dall'odore muschiato del loro amplesso, Tess assaporò quel momento, fiduciosa che le terribili paure del passato sarebbero scivolate via per sempre.

Un'ultima cosa, però, doveva ancora appurare.

La mia gamba.

Cale l'aveva distratta a tal punto che una volta nuda non era più riuscita a lasciare né lui né il letto, ma a parte qualche fitta non aveva avvertito un vero e proprio dolore.

Si sottrasse piano al tocco di Cale e sedette sul bordo del letto. Il ginocchio sinistro era ancora gonfio, tuttavia riusciva a piegarlo.

Bueno.

Lo sguardo si posò sulla propria nudità, appena celata dalla cascata di capelli scuri che ricadeva sulle braccia, e un senso di profonda soddisfazione le pervase il corpo ancora arrossato dalla notte d'amore. Si chinò a raccogliere la camiciola sul pavimento e la indossò, quindi si preparò mentalmente a quanto sarebbe seguito.

Facendo forza sulla gamba destra, mandò fuori un respiro e si alzò con un movimento fluido. Doveva stare attenta a spostare piano il peso sulla sinistra e così fece. L'arto era rigido e indolenzito, ma resse. Nessuna fitta lancinante, solo una sensazione di dolore diffuso nei muscoli, nelle ossa e nei tendini intorno al ginocchio.

Aprì gli occhi e uscì dalla camera da letto. Nella stanza accanto lo sguardo si posò sulla gabbia di Amada, che la osservava.

Nel corso delle ultime due settimane, anche l'ala della merla era migliorata. Tess sapeva che non sarebbe mai più tornata perfetta, ciò nonostante era ora di lasciarla andare e verificarne la guarigione. Si avvicinò alla struttura metallica, la sollevò e la portò piano sul portico anteriore. La posò sulla sedia su cui era solito sedere Cale, sganciò lo sportellino e lo spalancò, quindi fece un passo indietro.

«Buona fortuna, Amada.»

La merla saltellò fino al bordo e si fermò. Tess la comprese. Il desiderio di libertà era sempre presente, eppure al momento del rilascio si accompagnava una certa titubanza. Era davvero libera? Poteva fidarsi?

«*Vamos, ahora*» la esortò Tess nella soffice foschia del primo mattino.

Amada spiegò le ali e volò. Atterrando sul bordo del recinto, piegò la testa avanti e indietro, come se la stesse guardando.

Sorridente, Tess si diresse verso la staccionata di legno, muovendosi a piedi nudi sulla *Madre Tierra*. Era quasi arrivata, quando d'improvviso vide Smita, la donna apache, che si avvicinava seguendo la direzione del torrente con una cesta di panni bagnati. Le labbra erano distese in un largo sorriso che le increspava il viso tondo.

Non la temeva. Presumendo il peggio, suo marito doveva averle ordinato di tenersi lontana dai *gringos* che si trovavano nella capanna di Vern. E come dargli torto, con tutte le atrocità subite dagli Apache nel corso degli anni?

Ma Smita sapeva che con Tess non aveva nulla da temere, lo scintillio nel suo sguardo era ovvio.

«*Se baila con la muerte*» disse, parlando deliberatamente in spagnolo. «*Pero ahora usted es un ángel.*»

Avete ballato con la morte, ma adesso siete un angelo.

«*Sí*» rispose Tess.

E mentre tra le due donne si stabiliva un tacito accordo, una sorta di comprensione del dolore sepolto, delle sue cicatrici e della nuova vita, Amada spiccò il volo e si librò in alto, lasciando la sicurezza della casa verso lande selvagge.

CAPITOLO VENTUNO

C ale guidò Bo lungo un percorso diverso ma quasi parallelo a quello sul quale lui, Tess, Lange e Un Orecchio avevano subito l'agguato settimane prima. A giudicare dalle tracce ancora visibili, lasciate dal suo cavallo, Saul Miller viaggiava da solo, anche se Cale sospettava che fosse lì per incontrare qualcuno. Magari proprio Lange.

Sotto il sole brillante, abbandonarono un sentiero fitto di vegetazione e iniziarono a salire. Cupole di granito si presentavano alla loro vista, e alti alberi di yucca con foglie acuminate punteggiavano il paesaggio. Mosè seguiva Bo a briglia corta e Tess, in sella a Gideon, era in coda. Nonostante la ragione di quel viaggio, Cale era più felice di quanto non gli capitasse da tempo. E colmo di una soddisfazione mai provata prima con una donna.

Il che era tutto merito di Tess.

Durante la sua convalescenza, aveva deciso di tenere a freno il sempre presente desiderio di lei, concentrandosi sulla sua intelligenza, compassione e bellezza. Il suo sorriso lo affascinava, al suono della sua risata si fermava di scatto, deliziato.

La notte prima, però, quando la diga tra di loro si era rotta, non era riuscito a trattenersi. Tess si era insinuata in lui e aveva preso a scorrergli nelle vene, come il sangue di cui non poteva fare a meno. Gli si era offerta con una fiducia tale da toccargli l'anima e aveva acceso in lui una smodata brama.

Non era stata sua intenzione affondare in lei e prenderla del tutto. Non voleva certo che restasse incinta... non ancora, almeno. Ma i suoi propositi erano svaniti in una nuvola di fumo, e non una bensì due volte.

Da quel momento in poi avrebbe dovuto impegnarsi di più.

Sempre che ci riuscisse.

L'immagine di Tess in piedi accanto al recinto, avvolta dall'incandescenza dell'alba nel deserto, si era impressa nella sua mente, come pure i capelli neri contro il sottile tessuto della camiciola, sciolti in seducenti onde ad accarezzarle curve che lui stesso aveva apprezzato durante la notte. Quando con un forte battito d'ali la merla aveva spiccato il volo verso la libertà, Tess, dritta su *entrambe* le gambe, l'aveva guardata con espressione carica di meraviglia. Nelle vicinanze si era trovata Smita, e Cale aveva avuto l'impressione che tra le due ci fosse un'intesa.

In quell'istante, Tess gli era apparsa la donna che aveva sempre saputo sarebbe diventata.

E lui aveva provato orgoglio, insieme al bisogno di starle accanto.

Sì, l'avrebbe tenuta con sé per tutto il tempo che lei desiderava, e se dalla loro unione fosse nato un figlio, l'avrebbe sposata.

Con il suo consenso, naturalmente.

Non le avrebbe tarpato di nuovo le ali, come altri avevano fatto prima di lui.

L'immagine di sua madre si presentò spontanea alla mente. Era morta di parto quando Cale aveva sei anni. E lui ne soffriva ancora. Quanto gli sarebbe piaciuto farle conoscere Tess, pensò, rammaricandosi che non ci fosse più. Si era mai curato di lei, suo padre? Così come una donna dovrebbe aspettarsi dal proprio marito? O era morta di crepacuore oltre che di parto? Il pensiero che non si fosse mai preoccupato di quello che provava lo colpì.

Durante l'infanzia di Cale, suo padre – Davis Walker – era stato spesso infelice, e lui e i suoi fratelli quanto più possibile sfrenati. Andarsene gli era sembrata la cosa più facile. E arruolarsi appena diciottenne era stata una vera benedizione.

Ma nel corso degli anni, non era tornato che una manciata di volte.

Il cuore di Loretta avrebbe finito con lo spezzarsi comunque sapendo che la sua famiglia si era divisa?

Di recente ci era stato, a casa, quando Molly Hart si era rifatta viva, ma poi era arrivata la lettera di Mary che gli chiedeva a nome di Tess di andare lì ad aiutarla e lui era subito saltato in sella.

La strada da prendere ormai era chiara: doveva tornare in Texas.

E sperava che Tess lo accompagnasse.

Scesi a valle, trovarono per caso un ruscelletto e si fermarono ad abbeverare gli animali.

Cale smontò, quindi aiutò Tess. «Vuoi le stampelle?» Le aveva caricate in groppa a Mosè nel caso lei ne avesse avuto bisogno.

«No, solo il bastone.»

Giocherellando con la sua treccia, mentre l'altra mano le stringeva la vita, Cale accarezzò l'idea di distendersi con lei all'ombra e amarla fino a dimenticare e farle dimenticare persino che giorno fosse. Le spinse indietro il cappello e lei restituì il gesto, quindi lo baciò.

«Forse dovremmo restare nella capanna di Vern per l'eternità» disse lui, riprendendo fiato.

Tess lo ignorò e continuò a giocare con i bottoni della sua camicia.

«Non provocarmi» l'ammonì lui, ridendo e muovendo un passo indietro. «Staremmo qui tutto il giorno.»

La frustrazione sul viso arrossato di Tess lo lasciò ampiamente soddisfatto, e fin troppo eccitato per il proprio bene. Sfilò il bastone dal gancio sulla sella e glielo porse, quindi la prese per mano e la guidò verso il margine dell'acqua.

Un fruscio di foglie nelle vicinanze attirò la sua attenzione, smorzando all'istante ogni ardore. Se ne avesse parlato con Tess si sarebbe preoccupata, pertanto con la scusa di andare da Mosè a prendere il cibo, tornò indietro sul sentiero e tagliò per il torrente.

Estrasse la Colt che pendeva sul fianco e avanzò cautamente verso un gruppo di cespugli. Una sagoma accovacciata spiava Tess e i cavalli.

L'uomo indossava una camicia scura coperta dal gilè e un gonnellino sui gambali. Portava i lunghi capelli neri legati in cima alla testa con una pezza rossa e reggeva arco e frecce.

Apache.

Cale esitò. Spaventandolo avrebbe messo in pericolo Tess. E poi non aveva alcuna voglia di far del male gratuito a un Apache. Con tutta probabilità l'uomo era un esploratore. E magari si sarebbe allontanato senza neanche importunarli.

Passarono alcuni istanti, poi il guerriero si girò e Cale lo riconobbe.

Bipin.

Consapevole che l'Apache avrebbe potuto scambiarlo per un nemico, si mosse in fretta, afferrandolo alle spalle, ma il giovane si liberò con uno scatto e lo colpì alla mascella. Il pugno lo lasciò intontito e Bipin ne approfittò per spingerlo a terra e sovrastarlo, nuovamente pronto a colpire.

«*Dah! Dah!* Bipin, sono Cale. *Anáyidle'i bijíí.* Sono Cambia Il Suo Cuore.»

Il giovane si fermò di scatto.

«Non muoverti!» esclamò Tess a pochi piedi da loro, con il Winchester di Cale puntato contro l'Apache.

«Tranquilla, Tess. Lo conosco.»

«Ti ha colpito.»

Bipin si alzò, e Cale fece altrettanto.

178

«L'ho spaventato» disse lui, guardandolo.

Piano, Tess abbassò l'arma e Bipin sorrise.

«Mi dispiace, Cambia Il Suo Cuore. Non sapevo che eri tu.»

«Sei diventato forte.» Cale gli afferrò la mano. «Mi fa piacere sapere che stai bene.»

«Anche a me di te. Cocheta sarà contenta di vederti.»

«Questa è Tess Carlisle.»

Leggermente zoppicante, con gli stivali e l'orlo della gonna inzuppati per aver attraversato il torrente, Tess si fece avanti a stringere la mano di Bipin.

Lo sguardo dell'indiano andò subito alla gamba. «Sei ferita?»

«Non più.»

Bipin guardò Cale. «È tua?»

«*Ha'aa*» rispose lui.

Irritata, Tess gli lanciò un'occhiataccia. «Ridi di me?»

«No. Forse dovrei insegnarti la lingua apache.»

Bipin fece un largo sorriso. «Vieni con me?»

«*Ha'aa*» rispose Cale.

E vedendo Tess sollevare un sopracciglio, si affrettò a baciarle la guancia.

«Cocheta racconta ancora di te» disse Bipin. «Sarà felice di vederti, ma si chiederà della ragazza.»

«Tess non è una ragazza, e a Cocheta piacerà. Anche lei ha delle storie da raccontare.»

«Per fare felice Cocheta dovrà raccontare una storia importante.» La guardò. «Conosci qualche storia importante?»

Tess considerò le parole di Bipin. «Sì» rispose. «Ma lei dovrà darmi prova dei suoi poteri magici.»

L'Apache esplose in una risata. «Cambia Il Suo Cuore ha una donna in gamba.»

Era quasi buio quando Bipin li guidò nel campo apache, dove Tess temeva un'accoglienza meno felice di quella che Cale si aspettava. Pur concludendosi bene, l'incontro con l'indiano l'aveva messa in guardia. Quando si era accorta che Cale era in pericolo, aveva afferrato il fucile ed era accorsa in suo aiuto.

Accorsa.

La consapevolezza di quell'azione la lasciava ancora intontita. Le occasionali fitte alla gamba erano ancora presenti, ma non le avevano impedito di *scattare*, il che non accadeva da quando Saul l'aveva aggredita.

E Cale era sano e salvo.

Due fatti che le sollevarono il morale, subito smorzato dalla crescente preoccupazione via via che si addentravano in un boschetto accanto a un torrente gremito di indiani.

Più di una dozzina di *wickiup* − rami a forma di U rovesciata ricoperti con pelli di animali −

circondavano la *rancheria* apache, tra donne che si occupavano dei fuochi, uomini che si affannavano qua e là e bambini che correvano davanti a loro tagliandogli la strada.

A un certo punto, qualcuno notò la presenza di estranei e le attività cessarono: fu allora che Bipin chiamò stentoreo in apache e un'anziana apparve. Era bassa e leggermente curva ma con uno sguardo luminoso. I capelli brizzolati, tagliati dritti, erano lunghi fino alle spalle, e i vivaci colori degli abiti indicavano origini messicane. Cale smontò, andò incontro alla donna e l'abbracciò con dolcezza, in un gesto che l'indiana ricambiò con maggiore intensità. Doveva essere Cocheta.

Sotto gli sguardi interessati di molti della tribù, i due conversarono in apache, e a Tess fu chiaro che nessuno considerasse Cale una minaccia.

Poi, lui si avvicinò e l'aiutò a smontare da Gideon, quindi la portò a incontrare l'anziana.

«Tess, questa è Cocheta. Non parla bene l'inglese, ma capisce un po' lo spagnolo.»

«*Es un placer conocerte*» disse Tess, a disagio per via della propria altezza che superava quella della donna.

Cocheta rispose con un sorriso effimero, mentre gli occhi scaltri la passavano palesemente in rassegna, facendola sentire come una bambina in cerca di approvazione.

Poi le prese la mano, ma parlò in apache e Tess si girò verso Cale perché traducesse.

«Dice che sei bella come il cielo di notte, e che lei aveva già visto il giorno in cui una donna toccata da un merlo le avrebbe riportato Cambia Il Suo Cuore.»

Quel riferimento ad Amada la sorprese, visto che la creatura era ormai lontana. Ma lo sguardo di Cocheta che scrutava il suo le ricordò l'*abuela* e la saggezza di cui era stata capace. Sua nonna le aveva insegnato che il mondo aveva due facce: una visibile alla maggior parte e l'altra solo a una manciata di persone. Cocheta le vedeva entrambe.

La donna tornò a parlare, con una cadenza ritmica che evocava un recesso nell'animo di Tess, un posto vicino al suolo e alle radici che crescevano profonde nella terra. In quel punto sospeso tra la vita e la morte esisteva un pozzo di conoscenza più vasto di quanto si potesse immaginare.

Tess guardò di nuovo Cale, la luce riflessa nei suoi occhi le accelerò il polso. «Dice che sei come i cicli della luna, adesso luminosa e splendente, adesso oscura e misteriosa» tradusse. «E lei approva.» Il suo desiderio accese quello di Tess, cogliendola di sorpresa.

Se solo fossero stati soli.

Un gruppo di donne la sospinse via da lui. Tess si girò a guardare oltre la spalla e incontrò gli occhi di Cale che la osservavano allontanarsi. Chissà quando lo avrebbe rivisto.

CALE SEDETTE CON MOHAN, capo della banda Nednai degli Apache Chiricahua, e Tyee, il vecchio stregone che lo aveva istruito durante il periodo di vita con loro. C'erano anche diversi altri giovani, compreso Bipin, il che era un bene perché il suo inglese era migliore di quello della maggior parte degli altri. Cale conosceva l'apache abbastanza bene da riuscire a cavarsela, ma avere un traduttore sarebbe stato d'aiuto. Molti degli Apache parlavano spagnolo, eppure, nonostante il tempo trascorso con Tess – o forse proprio per via di questo – la sua padronanza della lingua lasciava chiaramente a desiderare.

Con l'aiuto di Bipin, conversarono.

«Cocheta insisteva che saresti tornato, ma non sapevamo quando» disse Mohan, con il viso in cui si contavano più rughe di quante Cale ne ricordasse. L'uomo non era vecchio, ma la stanchezza riflessa nei suoi occhi tradiva le difficoltà legate a una vita nomade come la loro.

«Purtroppo ho scoperto che sarei venuto da queste parti solo di recente» rispose Cale. «Com'è la situazione qui?»

«Lepre ci ha lasciati, portando molti con sé. Dice che non affrontiamo gli Occhi Bianchi in maniera decisiva e sceglie di attaccare. Noi non vogliamo guai. Moriranno in troppi. Ma nell'esercito dei *pindah* ci sono problemi.»

Cale annuì.

«Tu cosa sai, Cambia Il Suo Cuore?» chiese Mohan.

«Vorrei potervi portare buone notizie, ma l'esercito ha ricevuto il permesso di attaccare gli Apache che uccidono e saccheggiano. Perché non andate nella riserva?»

Mohan s'incurvò, come se un peso gravasse sulle sue spalle. «Sentiamo dire molte cose brutte. La terra è secca, e non cresce niente. L'acqua fa ammalare la gente.»

Cale comprendeva e si rammaricava di non avere risposte. «Perché avete scelto le Dragoon? Non sareste più al sicuro in Messico?»

Mohan scosse la testa. «Il Messico è altrettanto pericoloso.

Siamo venuti qui a trascorrere i mesi caldi. E tu? Perché sei qui, Cambia Il Suo Cuore? Possiamo fidarci di te?»

«Sì. Sto cercando un uomo di nome Hank Carlisle, e ho saputo che forse si trova tra questi monti.» L'assenza di una reazione lo indusse ad aggiungere «l'irlandese.»

«C'è uno che si chiama così. Vive lassù, oltre quel passo a est. È da evitare. Non ha la testa a posto.»

Cale riflettè sulle parole di Mohan. Confermavano il suo sospetto, nonché la decisione di cercare Hank senza Tess. Voleva sapere in che condizione fosse prima di lasciargliela vedere, perché se avesse avuto anche la minima intenzione di far di nuovo male a sua figlia, Cale si sarebbe assicurato che stesse lontana da lui.

«Devo vederlo» disse. «Qualcuno di voi può accompagnarmi all'alba?»

Mohan acconsentì. «Porta Bipin con te. Lui sa.»

«Ma devo lasciare qui Tess» aggiunse Cale. «E non deve sapere dove sono andato.»

Mohan annuì.

Al suo fianco Tyee si mosse, e Cale gli diede una leggera stretta alla spalla. «Sono contento di vederti.»

Il vecchio Apache fece un largo sorriso, mentre la mano nodosa ricambiava la stretta al braccio di Cale, quindi parlò.

«Dice che stai bene» tradusse per lui Bipin «e che ha pensato spesso a te. Il marchio del puma non ti ha lasciato e tu continui a camminare nelle ombre della notte.»

Cale abbassò lo sguardo su Tyee e gli sorrise. «Sì, sono davvero contento di rivederti, vecchio mio.»

Tyee parlò ancora.

«Dice» continuò Bipin «che la donna che hai portato con te è un'indovina. Riesce a vedere il mondo così com'è, piuttosto che come vuol essere visto.»

Cale era abituato alle solenni dichiarazioni di Tyee – gliene aveva fatte molte nel corso della convalescenza dall'attacco del puma, e in seguito, durante gli insegnamenti su come governare le energie curative. Sapeva che Tess era speciale, ma che lui lo avesse colto in così poco tempo era sorprendente. E dire che non gliel'aveva ancora presentata in maniera ufficiale.

«Ha sicuramente un suo modo di fare» rispose Cale.

Bipin riferì il messaggio e Tyee ridacchiò.

«E allora sistemati.»

«Già, ci sto pensando.»

CAPITOLO VENTIDUE

Q uando Tess si svegliò, il mattino dopo, a salutarla trovò Lenna, una giovane apache con occhi color del caffè e lunghi capelli neri. Doveva avere all'incirca quattordici anni e indossava una camicia di cotone, una gonna di calicò e mocassini fino al ginocchio. Aveva trascorso la sera prima con lei e conoscendo un po' d'inglese le era stata di grande aiuto.

Dopo la separazione da Cale, infatti, Tess aveva suo malgrado dormito in un rifugio con la ragazza e quella che presumeva fosse la sua famiglia, mentre lui, che si era affacciato giusto a controllare e darle un bacio, era andato a coricarsi altrove.

Tess uscì dal *wickiup* e si appoggiò al bastone – la gamba le faceva male più del solito quella mattina – osservando l'accampamento che lentamente tornava ad animarsi. Robuste donne apache accendevano fuochi per cucinare, altri trasportavano zucche e secchi colmi di acqua dal torrente vicino e il brusio delle chiacchiere accompagnava la preparazione del cibo.

«Dov'è Cale?» chiese.

Lenna scappò via per tornare poco dopo. «Non c'è. Mi dicono che è andato a cacciare cervi con Bipin.»

«Oh.» La delusione la colpì come uno schiaffo. Avrebbe potuto salutare, pensò, subito rimproverandosi d'essere troppo sensibile. Questa gente era a detta di tutti molta cara a Cale, pertanto era naturale che volesse trascorrere del tempo con i suoi amici, aggiornarsi sulle novità e persino dare una mano.

«Cocheta vorrà parlare con te più tardi» disse Lenna.

La sera prima l'anziana l'aveva scrutata e vedendola stanca l'aveva lasciata andare, ma Tess sapeva che un qualche interrogatorio sarebbe stato inevitabile.

Lenna sorrise, e lei non poté fare a meno di trovarla simpatica. «Prima, però, mangiamo» aggiunse la ragazza, offrendole del *chigustei* – una specie di pane spesso e piatto che a Tess piacque molto – e polenta di farina di granturco.

A CAVALLO, Bipin guidò Cale tra i monti e a metà mattinata si fermò a indicare un campo poco distante.

«Io non andare» disse. «L'irlandese non ci piace.»

«Capisco. Tornerò da solo.»

Bipin fece un cenno con la testa. «A stasera.»

«Di' a Tess…» Ma non sapeva bene cosa farle riferire.

«Io dire lei che tu ancora a caccia.»

Cale si accigliò: avrebbe dovuto catturare un animale e non pensava di farcela. «Dille semplicemente che sto esplorando l'area.»

Bipin acconsentì e se ne andò.

Cale estrasse il Winchester dal fodero e incitò Bo ad attraversare il sottobosco, quindi si fermò, smontò e ordinò al cavallo di non muoversi. Cauto, si avvicinò poi ai resti di un fuoco e a una tenda di tela circondata da pentole, bisacce, barattoli e qualche cesto indiano.

Il suono di una pistola che veniva armata perforò il silenzio, e Cale s'immobilizzò, dalla sinistra qualcuno gli puntò l'arma contro la testa.

«Non ti muovere.»

«Sono io, Hank. Cale.»

Sentì la pistola tremare e ne approfittò per lanciare un'occhiata di lato. L'uomo era sudicio e spettinato, ma gli occhi verdi sotto la tesa di un logoro Stetson erano inconfondibili. Gli stessi di Tess.

Il viso di Hank era una maschera di sorpresa. «Cale?» Abbassò l'arma. «Beh, che io sia dannato! Per la verde terra di Dio, che ci fai qui?»

«Cercavo *te*» rispose Cale. «E, lo ammetto, è stata una caccia fantastica.»

Hank esplose nella sua fragorosa risata, che Cale ricordava bene, e lo abbracciò. «Ragazzo mio, è un vero piacere rivederti.»

Colto alla sprovvista, Cale ricambiò l'abbraccio. Avrebbe preferito ritrovare l'amico di un tempo in circostanze più felici, ma era stata la rabbia a portarlo lì ed era contento di esserci arrivato senza Tess.

Quando Hank indietreggiò, Cale si accorse che era molto cambiato. La sua alta figura un tempo sempre magra e agile, adesso appariva scarna. Il bianco di barba e baffi che gli copriva il viso e il grigio che aveva trionfato sul rosso dei capelli gli conferivano un'aria quasi spettrale.

«Questi monti sussurrano troppo» continuò Hank «Non so quant'altro riuscirò a resistere qui. Andiamo.» Lo sospinse verso le ceneri. «Sediamoci e raccontami tutto. Io faccio il caffè.»

Cale prese posto su una cassetta rovesciata mentre Hank avviava un fuoco con della legna di mesquite e metteva tra le fiamme un bricco ammaccato di caffè.

«Dove sei stato?» chiese. «Non mi è mai piaciuto il modo in cui ci siamo lasciati.»

Cale decise di mostrarsi amichevole, almeno finché non fosse riuscito a determinare il suo stato d'animo. «Vengo dal Texas.»

«So che hai vissuto con quei pellerossa.» Hank scosse la testa. «Ti chiamano il Puma. È qui, sai? La tua famiglia apache.»

«Sì, lo so.»

«È per questo che sei venuto? Per vedere loro?»

Una folata di vento rianimava i pini piñon tutt'intorno; Cale lanciò uno sguardo al cielo. «No. Sono venuto a cercare te. Tess è preoccupata per suo padre.»

«Tessie? Ti ha mandato lei?»

Cale fece cenno di sì, ancora restio a rivelare il posto in cui l'aveva lasciata. «Saresti mai tornato a prenderla?»

Hank afferrò il bricco con una pezza e versò il denso infuso in due tazze di latta malridotte, quindi ne porse una a Cale. «Sta meglio senza di me.»

«Ma lei non la vede allo stesso modo. Perché sei tra le Dragoon?»

«Mi è sempre piaciuto qui.»

«Raccontala a qualcun altro. Gli Apache non ti sono mai andati a genio.»

Hank rise, con una scaltrezza negli occhi che innervosì Cale. L'uomo poteva anche sembrare un pazzo che vagava per i monti, ma lui sapeva che non lo era affatto.

«Stai cercando oro, Hank? È per questo che sei qui?»

Esitante, Hank mise i gomiti sulle ginocchia e si sporse in avanti, facendo scricchiolare la cassa sulla quale sedeva. «E se così fosse?»

«Non cacci più taglie?»

«Non sto certo ringiovanendo, ragazzo mio. E sai che questi monti promettono bene.»

Il vento soffiava nei boschi che li circondavano. «Forse» rispose, sistemandosi il cappello. «Perché hai mandato a chiamare Lange?»

«Walt? Non l'ho fatto chiamare io.»

Cale bevve un sorso dell'orribile liquido nella sua tazza. «È qui, e dice che gliel'hai chiesto tu.»

Hank scosse la testa. «Non vedo Walt da più di due anni. Si è sfasciato del tutto, quel nostro gruppo. Faccenda vecchia, che non ti riguarda. C'entrava la mia bambina.» Guardò Cale. «L'hai vista?»

«Sì.»

«Come sta?»

È la donna più bella che conosca. Selvaggia, tormentata e impaurita, e cerca ancora l'amore del suo babbino.

«È forte, Hank.»

Lui annuì, apparentemente distratto. «Non si è ancora sposata?»

«No.»

«Dovrebbe, e al più presto.»

«Perché?»

«Meglio trovare marito prima che la bellezza sfiorisca.»

«Dubito che accadrà mai.»

«Che sfiorisca o che trovi marito?» Hank sollevò il sopracciglio, ma un lampo di consapevolezza attraversò il suo sguardo. «L'hai vista, eh? È davvero tanto bella?»

Cale non rispose.

«Non dovrebbe sorprendermi. Di sua madre fu proprio la bellezza provocante a conquistarmi.» La sua voce si affievolì. «A volte la sogno ancora, Isabelle. Dice che devo badare alla nostra Teresa, ed è quello che sto cercando di fare.»

«E poi? Ti prenderai cura di Tess con l'oro?»

«Più o meno.»

«Dimmi una cosa. Perché hai permesso a Saul di farle del male?»

Hank impallidì e si fece indietro. «Te l'ha raccontato?» La voce così bassa che Cale stentava a sentirlo.

«Sei un gran bastardo» disse. «Dopo quella faccenda con gli Apache in Messico, persi ogni fiducia in te. Pensavo fossi un uomo da ammirare, da rispettare. Anche dopo, una parte di me continuava a illudersi che ci fosse qualcosa di buono, di giusto e motivato nella tua indole. Una piccola parte di me ha sempre creduto in te. Ma quando Tess mi ha confidato ciò che successe quella notte, ho smesso del tutto.»

Hank fissò il fuoco. «Perché te l'avrebbe detto? Neanche la conosci.»

«E invece sì. E Dio solo sa perché, ma vuole rivederti.»

Gli occhi di Hank sfrecciarono verso i suoi. «È qui?»

Cale rispose con un lieve cenno di assenso.

«Dove?»

«Al momento, con la banda di Mohan. Pensavi fosse morta?»

Hank scosse la testa. «No. Ma lo feci credere a tutti. Era più sicuro per lei.»

«Perché Saul le avrebbe dato la caccia?»

«Immagino di sì. Ma l'ho sistemato io.»

Cale aveva già un'idea di quello che gli avrebbe risposto, ma chiese comunque. «Che vuoi dire?»

«Che Saul non cammina più su questa terra, non dopo ciò che fece alla mia Tessie. Gli sparai in testa.»

Cale si spinse il cappello indietro, riuscendo appena a contenere la rabbia e la frustrazione. «Saul è vivo.»

Hank sgranò gli occhi, incredulo. «Non è possibile..»

«L'ha visto Tess due giorni fa, a nord di qui.»

«Impossibile.»

«Sei sicuro di non aver mancato?» chiese Cale.

«Sicurissimo, ragazzo.» Posò il caffè, prese una brocca, tolse il tappo di sughero e bevve un sorso. «Ne vuoi?»

«No.» L'idea di bere liquore di scarsa qualità con Hank non lo invogliava più di tanto. «Che successe quella notte?»

Le spalle di Hank si curvarono. «Ci fu una brutta storia con Jim Bennett. Voleva tradirci tutti quanti per aver involontariamente ucciso qualche puttana durante una caccia all'uomo.» Ingollò un altro sorso del liquore dall'odore acre e scosse la testa. «Sono cose che succedono, no? Ma Bennett non capiva ragioni e Saul insisteva che andava messo a posto. Io non ero d'accordo e decisi che il giorno dopo avrei fatto due chiacchiere con Jim. Ma la sera non riuscii a trovare nessuno di loro... Saul, Walt e nemmeno Tess... e capii che era successo qualcosa.»

«Ma Tess mi ha detto che fosti *tu* a chiedere a Saul di occuparsi della faccenda, compresa lei.»

L'espressione di meraviglia sul viso dell'altro lo indusse quasi a credere che non ne sapesse nulla.

«È questo che pensa?» Hank chinò la testa e sospirò. «Beh, non è vero. Non avevo idea che fosse andata a cercare Jim. Né che Saul e Walt l'avessero seguita. Prima dell'alba, cavalcai fino alla periferia di Tucson e trovai Jim morto e Tess…»

Cale sollevò il cappello e si passò una mano nervosa tra i capelli. «Fu allora che sparasti a Saul?»

«Eccome se gli sparai!» Il suo sguardo era tornato a brillare di furbizia. «Proprio in testa. Poi presi Tessie e la portai nell'unico posto dove sapevo che sarebbe stata ben accudita… da Tom Simms e sua moglie.»

«Ma non hai la certezza che Saul sia morto.»

«Immagino di no, se mi dici che è stato visto.»

Cale guardò quel che restava dell'uomo di fronte a sé. «Perché, Hank? Perché hai portato Tess tra quegli individui?»

Ombre di tristezza riempirono gli occhi verdi di Hank. «Dopo l'incendio non sapevo come fare con lei, ed era mia figlia. Volevo tenerla con me. Non ho mai voluto farle del male.»

«Perché sei rimasto lontano da lei?»

«Non meritava la mia stessa vita. Appena la trovai, appena mi accorsi di ciò che Saul le aveva fatto… capii che sarebbe stata meglio senza di me.»

Cale gettò il resto del caffè per terra e si alzò. Che cosa pensare della versione di Hank? «Non so perché, ma Tess vuole vederti.»

Hank si fece silenzioso.

«Tu, però, non ti avvicinerai a lei a meno che non sia io a dirtelo.» Cale fece una pausa e osservò quello che un tempo era stato il grande J. Howard Carlisle: astuto, implacabile e intelligente. Il peso della delusione tornò a gravare nelle sue viscere. «Se Saul è davvero qui, credo che farai meglio a guardarti le spalle.»

E lasciandolo solo accanto al fuoco se ne tornò dagli Apache.

CAPITOLO VENTITRÉ

Tess trascorse buona parte del giorno ad aiutare Lenna: entrambe accovacciate su un mortaio di pietra pestavano il mais e depositavano il *pinole* su una pelle di cervo. Alla ragazza piaceva chiacchierare e ben presto Tess apprese che Cale aveva suscitato parecchio interesse tra la popolazione femminile dell'accampamento.

«Non pensavo che alle donne apache piacessero gli uomini bianchi» disse Tess con cautela, ricordando ciò che Cale le aveva detto.

«È vero» rispose Lenna. «Ma Cambia Il Suo Cuore è diverso. Ormai è uno del Popolo. Sei la sua donna? Mi hanno pregato di chiedertelo.»

«Chi?»

«Le altre donne.»

A Tess sarebbe piaciuto poter pensare di essere l'unica per Cale, ma lui non le aveva fatto promesse né particolari dichiarazioni. Sarebbe stato presuntuoso da parte sua rispondere di sì.

Vedendo che lei non parlava, Lenna proseguì: «Non ne sei sicura?»

«Non posso parlare per lui.»

«Dormite insieme?»

La risposta le si bloccò in gola e Lenna fece una risatina.

«Tu *sei* la sua donna. Dirò alle altre di tenersi lontane.»

Tess si sentì sollevata. Avrebbe detestato stare a guardare mentre Cale se la intendeva con un'altra. L'accampamento degli Apache era piccolo e sarebbe stato difficile non venire a conoscenza di certe cose.

Nel pomeriggio, Cocheta andò a sedersi con Tess, e Lenna rimase vicina per tradurre. L'anziana fece un largo sorriso e iniziò a parlare.

«Ti chiama Merlo» riferì Lenna. «Dice che riesci a vedere l'oscurità.»

«Forse» rispose Tess.

«Una volta vista l'oscurità» tradusse Lenna «puoi tornare a vivere nella luce. È stato così anche per Cambia Il Suo Cuore.»

Tess fece un cenno di assenso.

«Cocheta dice che sei molto vispa.»

«No che non lo sono» rispose Tess.

Lenna parlò con Cocheta ed entrambe risero, quindi la prima disse: «Lo eri. E puoi tornare a esserlo.»

Tess ripensò alla sua infanzia. Era stata impulsiva e curiosa, ricordò con una fitta al petto e tanta nostalgia per la bambina di un tempo.

«È vero che è stata colpita da un fulmine?» chiese a Lenna.

La ragazza annuì.

«Che cosa si prova?» volle sapere Tess.

Lenna scambiò alcune parole con Cocheta, quindi fece una smorfia. «Dice che adesso il suo corpo ronza.»

«Dev'essere una sensazione strana.»

Cocheta ridacchiò.

«Il suo cuore a volte rallenta» aggiunse Lenna. «Questo la aiuta a vedere tra un posto e l'altro. E adesso Cocheta vuole che le racconti una storia.»

Tess colse lo sguardo divertito dell'anziana. Era chiaro che volesse farsi un'idea di lei, ciò nonostante si rilassò: aveva la storia giusta da raccontarle. Si lisciò la gonna a quadri e cercò una posizione più comoda. Avrebbe parlato in spagnolo.

«C'era una volta un ricco *hidalgo* che corteggiava una donna bellissima ma povera» iniziò. «Dopo qualche tempo riuscì a farla innamorare e pur senza sposarla ebbe da lei due figli maschi. Un giorno disse che doveva tornare dalla sua famiglia, che aveva scelto per lui una moglie ricca, e che voleva portare con sé i due figli.

«La donna ne fu così addolorata che impazzì. Si graffiò il viso e strillò come una furia. Si avventò anche sull'uomo che amava. Poi, prese i due figli, corse al fiume e li gettò in acqua. Ma quando si accorse che erano annegati iniziò a piangere per il dolore e decise di uccidersi.

«L'uomo tornò a casa sua e sposò la donna ricca mentre l'anima della *Llorona*, così venne chiamata, salì al cielo. Una volta arrivata, però, il guardiano davanti alle porte le disse che se voleva entrare doveva prima recuperare dal fiume le anime dei figli.

«E da allora *La Llorona*, la donna che piange, trascina i lunghi capelli sulle sponde dei fiumi e infila in acqua le sue dita come bastoncini per cercare i figli sul fondo. Ecco perché non bisogna permettere ai bambini di avvicinarsi al fiume di sera: se *La Llorona* li scambiasse per i suoi li porterebbe via per sempre.»

Cocheta la guardò senza parlare, poi le prese la mano tra le sue. E Tess seppe di aver ottenuto la sua approvazione.

QUANDO VERSO L'IMBRUNIRE Cale entrò nell'accampamento, Tess gli andò incontro e lui l'abbracciò.

«Dove sei stato?» chiese. «In perlustrazione tutto il giorno?»

«Sì. Come stai?»

«Meglio, adesso che sei tornato.»

Aveva l'impressione che le nascondesse qualcosa, ma sapeva che non era il momento giusto per indagare.

Ha trovato Hank.

«Siediti con me mentre ceno.» La prese per mano e si diresse verso un fuoco centrale. Chissà se glielo avrebbe detto, pensò Tess seguendolo.

Mohan e sua moglie, Dae, diedero loro il benvenuto, e anche Bipin e Lenna si avvicinarono a salutarli, quindi tutti presero a mangiare stufato di ghiande e pane di mais, mentre Cale, servendosi di un miscuglio di inglese, spagnolo e apache, conversava con il capo e Bipin.

Tess, intanto, masticava cibo e frustrazione. Perché Cale non le diceva semplicemente che aveva trovato Hank? Con suo padre così vicino si sentiva assillata dall'indecisione. Voleva vederlo, aveva trascorso giorni e giorni a preoccuparsi per lui, ma la notte dell'aggressione era saltata fuori dal nulla generando in lei uno sconforto che minacciava di consumarla.

Perché, papá? Perché lo hai permesso?

Dopo un po', la conversazione iniziò a languire e Cale disse che era ora di ritirarsi.

«Hai intenzione di lasciarmi di nuova sola?» Per quanto si fosse sforzata, non era riuscita a mascherare la nota tagliente nella voce.

«Perché?» Il suo sguardo si concentrò su di lei. «Qualcuno ti sta infastidendo?»

«No. Ma perché non posso dormire accanto a te?»

«Cercavo solo di comportarmi in maniera decorosa.»

Tess sbuffò disgustata. «È uno scherzo? Stai cercando di lasciarmi spazio… qui?» ribatté, lanciando un'occhiata enfatica per la *rancheria*.

Gli altri si dileguarono come fossero stati spiriti.

Cale tornò a guardarla e disse piano: «Sei scortese. Gli Apache, a tuo avviso, saranno anche selvaggi e rozzi, ma sanno rispettare i confini tra uomini e donne.»

«Hai un'altra qui?» Sapeva di essere su un terreno scivoloso, ma i suoi nervi avevano ormai raggiunto il limite e lei non sembrava capace di fermarsi.

«No. Sei gelosa?»

«Ci sono donne che ti vogliono tra queste.»

«Non importa, Tess, io non voglio loro. Perché sei così agitata?»

«Perché sei andato via, oggi? So che non eri a caccia né in perlustrazione.»

Cale esitò, non riusciva a guardarla.

«Hai trovato Hank» disse piano Tess.

Lui sollevò gli occhi. «Sì.»

«Perché ci sei andato senza di me?»

«E me lo chiedi pure?» rispose lui, alzando la voce irritato. Si tolse il cappello, sospirò e si massaggiò la nuca.

«Come sta?»

Cale serrò la mascella, era chiaro che si sforzasse di non dire quel che pensava.

«Sa che sono viva?»

«Sì, lo sa.»

«E gliene frega niente di me?»

Cale si accigliò, la censura sul viso una chiara risposta al suo linguaggio scurrile. «Tess, sostiene di non sapere che Saul intendeva vendicarsi di te e Bennett. E quando ti trovò in quello stato, gli sparò in testa.»

«E tu gli credi?»

«Onestamente, non lo so. Ti avrei detto che lo avevo visto, ma non questa sera.»

Mentre gli ultimi raggi di luce scomparivano all'orizzonte, Tess sedette accanto a Cale. Le fiamme lambivano la legna mandando scintille nell'aria. «Perché non ha provato a cercarmi?»

«Sembra pensare che tenersi alla larga fosse meglio per te. E secondo me, era l'unica cosa sensata che avesse da dire. Ma se vuoi vederlo, possiamo andarci all'alba.»

Si era sbagliata su Hank? Davvero Saul e Walt non gli avevano detto che andavano a dare una lezione a Jim Bennett... e a lei?

Tess annuì. «Sì. Mi piacerebbe. Che cosa pensi sia andato a fare tra le Dragoon?»

Cale scrollò le spalle. «Penso sia a caccia di oro.»

«Quindi è pazzo, come dicevano Henry e Mariah?»

«Forse.»

Cale allungò un braccio verso di lei. «Andiamo.» Si alzò, la tirò su e la portò sul lato opposto del campo. Lì, Tess si adagiò su un giaciglio accanto al suo, ma la vicinanza di altri consentiva loro ben poca intimità.

«Vuoi che ti controlli la gamba?» chiese Cale.

«No. Cocheta mi ha dato qualcosa per il dolore.» Tess si slacciò gli stivali e li mise da parte.

«Che pensi di lei?»

«È...» cercò la parola giusta «affidabile. Concreta.» Si sdraiò accanto a Cale.

«In un certo senso, le somigli.»

«Come mai?»

«Siete entrambe una forza della natura.»

La strinse a sé e lei ne fu felice. Nel caos di emozioni legate al padre, Cale era l'ancora che per troppo tempo le era mancata.

E tra le sue braccia, si addormentò.

CAPITOLO VENTIQUATTRO

Tess si svegliò bruscamente all'alba. Di Cale non c'era traccia e il campo era in movimento, quasi frenetico. Qualcosa non andava.

Infilò in tutta fretta gli stivali, si alzò e ravviò le ciocche ribelli sfuggite alla treccia. Un dolore lancinante le trafisse il ginocchio sinistro, strappandole una smorfia.

Gli uomini radunavano i cavalli, i cani abbaiavano e le donne ammucchiavano averi fuori dai *wickiup*: coperte, canestri, indumenti e cibo.

Tess si girò e quasi finì contro Cale. «Che succede?»

«C'è stato un attacco in un canyon a est.»

«L'esercito? Il capitano Fitzgerald?»

«No. Sembra siano civili.»

Tess sgranò gli occhi. «Stanno venendo qui?»

«Forse. Mohan pensa sia una punizione per qualcosa che potrebbe aver fatto Lepre.»

«Come posso aiutare?»

«Bisogna allontanare tutti. A sud c'è una gola che porta a un punto riparato.»

«Vado ad aiutare le donne.» Gli afferrò un braccio. «E Hank?»

«Francamente, Tess, penso che possa cavarsela da solo. E poi, non ho tempo di andare da lui.»

Aveva ragione.

Cale le diede un rapido bacio e corse ad aiutare gli uomini.

Tess raccolse le sue cose. Poi, facendosi largo tra la folla, raggiunse Lenna. «Dov'è Cocheta?»

L'indiana indicò un punto.

L'anziana era con parecchie ragazze e parlava in fretta, poco distante c'erano uno zaino e due ceste intrecciate. Accorgendosi di Tess, la spinse verso un'area in cui giacevano mucchi di cibo e fece un cerchio con le braccia. Tess comprese che dovevano raccoglierne e portarne via quanto più possibile.

Posò la borsa e il bastone e si mise al lavoro. Con un gruppo di donne apache sistemarono sacchi di mais, farina, zucchero, fagioli e caffè in grossi recipienti di vimini già in precedenza assicurati a parecchi cavalli.

E poco dopo, la prima carovana partì. Tess si guardò intorno, in cerca di Cale, chiedendosi se restare o andare. A lei gli inseguitori non avrebbero certo fatto alcune male, giusto?

Lo intravide dall'altra parte della radura e, ignorando il dolore che d'improvviso aveva preso a pulsarle nel ginocchio, si avviò da lui. «Hai intenzione di restare? Se sì, resto anch'io.»

Cale le afferrò le spalle. «No, Tess, e non discutere. Hank se la caverà, così come ha fatto in scontri ben peggiori di questo. Tu devi andare con le donne e i bambini. Vi accompagneranno molti degli anziani. Noi restiamo indietro a confondere le tracce.»

«No. Non voglio lasciarti. Perché dovrebbero fare del male a me?»

«Non essere ingenua. Se attaccano ci sarà un putiferio, e il colore della pelle non importerà. Anzi, per te potrebbe essere anche peggio, soprattutto se ti credessero amica degli indiani.»

«Non voglio lasciarti» ripeté lei, afferrandogli le braccia e cercando di stringerlo a sé.

«Non sono ancora morto.» Sorrise. «Ti troverò. Lo prometto. Prendi la Remington e tienila sempre con te.»

Premette le labbra sulle sue e Tess gli si aggrappò, nel disperato rifiuto di lasciarlo andare.

«Sta' attenta» le disse lui sottraendosi alla stretta e allontanandosi. «E tieni gli occhi aperti.»

Montò in sella a Bo, urlò ordini in apache e i guerrieri già a cavallo partirono tutti in direzioni diverse da quella delle donne in fuga. Poi girò Bo, le lanciò un'ultima occhiata e scomparve tra gli alberi.

Tess prese borsa e bastone e andò a cercare il proprio cavallo, già sellato, assicurò la borsa e montò. In sella a Gideon, che scalpitava irrequieto, notò che Lenna era ancora a piedi. Non c'erano cavalli per tutti, si rese conto da una rapida occhiata, e non aveva idea di dove fosse finito Mosè.

«Lenna! Salta su.»

La ragazza obbedì e Tess guidò l'animale in coda alla banda di Mohan che fuggiva nel vento, abbandonando un campo decisamente visibile. La roba lasciata alle spalle era così tanta che se quegli uomini lo avessero trovato avrebbero capito che era appena stato sgombrato.

Le tracce che partivano da lì sarebbero subito saltate all'occhio.

Seguendolo a passo lento, Tess lasciò che il gruppo preceduto dagli uomini di scorta guadagnasse distanza, mentre lei scrutava gli alberi e i cespugli tutt'intorno.

«Dobbiamo avvicinarci» disse Lenna alle sue spalle.

«No, dobbiamo creare una distrazione per proteggere chi ci sta davanti.»

Girò il cavallo e lo guidò nella direzione opposta.

AFFIANCATO da un manipolo di guerrieri apache, Cale cavalcò per due miglia di terreno accidentato. Sul luogo dell'attacco non trovarono che escrementi di cavallo e tracce confuse che portavano in diverse direzioni.

Smontò e fece un giro dell'area alla ricerca di indizi, e corpi.

Un uomo si avvicinava a cavallo e lui sollevò il Winchester, abbassandolo quando lo riconobbe.

«Siete nei guai?» chiese Hank.

«Sembra che qualcuno ce l'abbia con la banda di Mohan.»

«Tess dov'è?»

«Al sicuro.»

«Serve aiuto a stanarli?»

Nonostante il suo aspetto macilento, negli occhi di Hank brillava il brivido della caccia.

Cale fece cenno di sì.

TESS giunse a un punto in cui il sentiero si biforcava. Smontò, legò Gideon, prese un ramo foglioso e iniziò a spazzare via le tracce, indicando a Lenna di fare altrettanto. Andarono avanti così per un po', quindi tirò fuori dalla borsa una delle sue camicie avorio più logore e ne strappò delle strisce che abbandonò qua e là su cespugli che seguivano una direzione diversa dalla loro.

Poi, montarono di nuovo in groppa a Gideon e cavalcarono a passo lento sul nuovo sentiero, lasciando di tanto in tanto altri pezzi di tessuto.

Con l'arrivo del tramonto, però, furono costrette a fermarsi per la notte.

Senza provviste, si rannicchiarono vicine contro un grosso masso. Gideon era agitato, ma Tess gli tolse la sella e infine l'animale si calmò.

«Mi spiace non poterti dare da bere e da mangiare, amico mio» gli mormorò.

La mattina dopo, si svegliò con una pistola puntata in faccia e dietro quella la gioia maligna di Saul Miller.

CAPITOLO VENTICINQUE

«Toh, la piccola Tess» disse. «Ti credevo morta.» Un sorriso gli increspò il volto, comprimendo le guance butterate, ma nei suoi occhi non c'era traccia di umorismo. Come sempre erano neri e calcolatori.

Tess s'irrigidì, avrebbe voluto correre senza mai fermarsi, veloce e lontano. Chiedendosi se ne sarebbe stata capace, cercò una via d'uscita. Non doveva fare altro che scattare.

Ma che ne sarebbe stato di Lenna e Gideon?

La ragazza era seduta al suo fianco, stoica e immobile, addossata al masso contro il quale avevano dormito.

Non poteva lasciarla lì. Dio solo sapeva che cosa le avrebbe fatto Saul.

«Ti ho detto che l'avevo vista.» Walt Lange sbucò dal nulla.

«E allora avrei dovuto crederti» rispose Saul. «È bella cresciutella, non c'è dubbio.» Il suo ghigno libidinoso le provocò un conato di vomito.

«Walt ha detto che eri morto.» Il terrore scivolò nelle membra di Tess come liquore nella gola di un ubriaco.

«Grazie ad Hank ci sono andato molto vicino.» Spostò il cappello con la mano libera e Tess intravide una vecchia ferita vicino alla fronte. Davvero Hank gli aveva sparato? «Perché sei qui?»

«Te l'ho detto» s'intromise Walt «lei e Cale stanno cercando Hank.»

«Dunque Walker sarebbe davvero nei dintorni?» Saul fece un largo sorriso, rivelando denti anneriti. «Sembra che ci aspetti una bella rimpatriata.»

«Come mai sei qui?» si costrinse a chiedergli Tess.

«Una questione in sospeso. Allora, dimmi, dov'è Hank?» Sollevò più in alto la pistola.

«Non lo so» rispose lei di getto. «C'è stato un attacco e gli Apache si sono sparpagliati.»

«Ti ho detto anche questo» belò Walt. «Stammi a sentire, Saul, quell'Haverly ha aggredito me e Un Orecchio, il mio Apache, che per colpa sua ha preso e se n'è andato. È un pazzo. Non siete amici?»

«Non da quando ci siamo divisi quella puttana a Tucson.»

Un brivido serpeggiò lungo la schiena di Tess, incalzata dai ricordi di quando lei stessa aveva conosciuto la lussuria di Saul. Il nodo di paura nello stomaco gravava come un presagio. Quella conversazione non era altro che il preludio di ciò che le avrebbe fatto dopo. Una certezza che attanagliava ogni fibra del suo corpo.

Come avrebbe fatto a rivivere quell'esperienza?

Sentiva il cuore battere forte e la testa leggera. In preda a un senso di oppressione, cominciò a tremare.

«È un vero miracolo averti trovato» disse Walt a Saul.

«Piantala! Quel giorno mi hai lasciato lì a morire. Sei colpevole quanto Hank.»

«Te l'ho detto, pensavo sul serio che fossi spacciato. Mi dispiace davvero, Saul. Tutti possiamo sbagliare. Mi farò perdonare. Te lo prometto.»

«Lo vedremo.»

«Intanto, abbiamo Tess» continuò Walt. «Se ce ne stiamo

buoni, sono sicuro che sarà Hank stesso a venire da noi. E anche Walker. Sembrava molto protettivo nei suoi confronti.»

Saul la guardò con occhi sottili come lame. «State tramando qualcosa, tu e Cale?»

«No» rispose lei.

Afferrandola per un braccio, la tirò su con forza e le spinse la canna della pistola nella guancia. «E pensi che ti creda?» Il suo sguardo era carico di diffidenza e l'alito cattivo le impregnava le narici. «Quando viaggiavi con noi era una piccola bugiarda e imbrogliona. Immagino che tu non sia cambiata.» Le dita scavavano nella carne e Tess, disgustata dal suo tocco, trasalì per il dolore. «Adesso ci aiuterai, capito, tesoro?» Si avvicinò al suo viso e il panico tornò a sollevare la testa. Dimenandosi, Tess lottò per liberarsi dalla stretta. «Calmati. Ci hai provato anche in passato, se non ricordo male.» Rise e la spinse per terra. «Meglio che le leghi, Lange. Queste due streghe scapperebbero alla prima occasione.»

Lange tirò fuori una corda e s'inginocchiò davanti a Tess per legarle le mani.

«Avevi detto che era morto» sussurrò lei.

«Così pensavo.» Di fronte al lampo di timore nei suoi occhi fu quasi tentata di credergli.

Lo guardò legare le mani di Lenna, e la rabbia gelida che lesse nello sguardo marrone della ragazza la paralizzò: non aveva paura di morire.

Al colmo della vergogna, rifletté che Lenna era in quella situazione per colpa sua. E che lei doveva assolutamente fare qualcosa.

Gli occhi corsero a Saul, in piedi poco più in là. Le aveva tolto la Remington, ma nella fondina al fianco aveva una pistola. Considerò le possibilità di afferrarla se si fosse avvicinato.

Poteva farcela? Era capace di uccidere Saul, e Lange?

Nel suo animo si fece strada la determinazione.

Sì.

INTORNO A MEZZOGIORNO, Saul e Lange mangiarono e poi accudirono i cavalli, compreso Gideon che era avido di avena e acqua. Tess fu contenta che non lo avessero trascurato. Se lei e Lenna fossero riuscite a liberarsi, Gideon sarebbe stato abbastanza in forze da portarle via.

D'improvviso, Saul le si avvicinò con un pugnale in mano e Tess cercò affannosamente di sottrarsi alla sua portata.

«Che ti prende?» la blandì lui. «Siamo vecchi amici, no?»

«Aspetta» s'intromise Lange alle sue spalle. «Se la strapazzi troppo, non otterremo niente da lei. Andiamo, Saul, non ti ricordi come l'hai conciata l'altra volta?»

Saul si fermò e la guardò con rabbia trattenuta a stento, oltre a qualcos'altro… una sorta di eccitazione alimentata dalla violenza.

«Non posso mica ricordarmele tutte, le puttane che mi sono scopato.» Fece un respiro per calmarsi. «Ti ho forse fatto male?»

Tess sapeva che la stava canzonando, ma non voleva che si accorgesse della gran paura che le incuteva.

«Sei una donna, adesso» proseguì lui «e sono sicuro che hai aperto le gambe per altri uomini. Stavolta non farà così male.»

«No» insistette Lange «non è per quello. È che l'ultima volta l'hai ridotta a brandelli. Se lo fai di nuovo non potremo portarcela dietro. Puzzerà e tutto il resto.» Arricciò il naso. «E il sangue proprio non mi piace.»

«Da quando in qua sei tanto delicatuccio?»

«Semplicemente non ce n'è motivo» ribatté Walt.

Lo sguardo di Saul si spostò rapido su Lenna. «E lei?»

«No» eruppe la voce di Tess.

«È solo una squaw. Nient'altro.»

«Andiamo, Saul» lo implorò Lange. «Non possiamo semplicemente lasciar perdere le donne, per il momento? Finirà in sangue dappertutto, e non voglio essere io a pulire.»

«Quand'è che sei diventato tu stesso una femminuccia?» chiese irritato Saul. «Frigni allo stesso modo.»

«Sono stanco.» Lange spostò la propria attenzione su Tess. «Senti, digli ciò che vuole sapere e basta. Dov'è Hank?»

«E se ve lo dico che succede? Mi liberate?»

Lange rimase a bocca aperta. «Beh... questo non lo so. Ma se ti garantissi che Saul ti lascerà in pace?»

Tess non gli credeva.

«D'accordo, Tessuccia» intervenne Saul. «Dicci dov'è Hank e ti lascio andare.»

Tess sapeva di avere ben poca scelta. «Si trova dov'eravamo prima. Aveva messo su campo» disse, sperando in due cose. Uno, che Hank fosse già andato via. E due, che tornando su quel sentiero si sarebbe avvicinata alla posizione di Cale. A ripensarci, ce n'era anche una terza, e cioè che quegli uomini guidati da un tipo di nome Haverly si occupassero di Saul e Lange.

Doveva semplicemente prendere abbastanza tempo perché una di quelle circostanze si verificasse.

«Puoi portarci in questo posto?» chiese Saul.

Tess annuì.

«Allora ci andiamo adesso. E ti sconsiglio di provare di nuovo a ingannarci. Per quanto dolce sia stata la nostra piccola avventura, mi è quasi costata la vita. Perciò, per come la vedo io, sei in debito con me.»

Quale fosse quel debito, Tess non osava immaginarlo.

CAPITOLO VENTISEI

Tess afferrò il pomello della sella di Gideon, e Lenna, per evitare di cadere, le strinse forte la vita della gonna. Con le mani ancora legate era difficile tenersi in equilibrio mentre il cavallo, che Saul si tirava dietro, procedeva al passo.

Era metà pomeriggio quando, ormai prossimi al campo abbandonato di Mohan, del fumo in lontananza mise Tess in agitazione.

Saul estrasse il revolver dalla fondina, e da qualche parte alle loro spalle Tess sentì Lange caricare il fucile.

Ancora al riparo della vegetazione circostante, si fermarono. Poco oltre erano visibili i resti della *rancheria* apache dove qualcuno aveva allestito un fuoco su cui bruciavano i resti degli averi della tribù.

Al suono secco di grilletti che venivano armati Saul s'immobilizzò.

«Non vi muovete.» Tess trattenne il fiato.

«Siamo solo di passaggio» disse Saul. «Niente cattive intenzioni.» Il suo cavallo si girò, inducendo Gideon a fare altrettanto.

«Sei tu, Saul?»

L'uomo doveva essere Haverly. Con naso e guance dalle linee dure sembrava più una vecchia zitella inviperita che un uomo abituato a frequentare bordelli. Indossava una giacca impolverata e cavalcava un pezzato scarno. Nel complesso, sembrava non curarsi delle apparenze.

Un senso di disagio percorse la schiena di Tess. Era possibile che le cose si fossero appena messe peggio per lei e Lenna.

«Già» rispose Saul. «Le metti giù, quelle pistole, adesso?»

«Naa. Che ci sei venuto a fare fin qui?»

«Stiamo cercando Hank Carlisle. L'hai visto?»

«No. Perché sono legate, le ragazze? Quella sembra un'Apache.»

«Non sono affar tuo.»

Saul teneva ancora la pistola in pugno, e il cuore di Tess accelerò i battiti.

«Invece io penso di sì» rispose Haverly. «Non abbiamo ancora regolato i conti per la donna che mi soffiasti da sotto il naso.»

«Mi dovevi un favore e lo sai, Sid. Ti tolsi dalle costole quello sceriffo intenzionato ad arrestarti per aver venduto whisky agli Apache.»

Haverly non sembrava convinto. «Magari mi tengo le ragazze, così siamo pari.»

«Davvero vuoi farti rallentare da due femmine?»

«Non ti riguarda.»

«Allora prenditi l'Apache e lasciare stare l'altra..»

Il cavallo di Haverly si mosse, tuttavia il fucile rimase puntato su di loro. «In effetti, di tutt'e due non so che farmene, ma me le prenderò lo stesso. Adesso andatevene.» Accompagnò le parole con un lieve movimento dell'arma. «E non provate a fare i furbi o vi ammazzo all'istante.»

A occhio e croce, erano circondati da almeno una decina di uomini, calcolò Tess, e in Saul prevalse l'istinto di conservazione.

Lasciò cadere le redini di Gideon e, con Walt, si allontanò dal gruppo.

«Seguiteli» disse Haverly a due uomini. «E assicuratevi che non ritornino.»

Sconvolta dalla piega che avevano preso gli eventi, Tess non sapeva se sentirsi sollevata o preoccupata.

Gli uomini le condussero al limite della radura, quindi le aiutarono a smontare da Gideon e ordinarono loro di sedersi.

Haverly andò ad inginocchiarglisi di fronte.

«I vostri nomi» disse, fissandole con penetranti occhi azzurri che richiamarono alla mente di Tess un altro sguardo color del cielo. Quanto le mancava Cale. Pregò che non fosse ferito, o peggio.

«Io sono Tess, e questa è Lenna.»

Gli occhi di Haverly andarono subito alla ragazza. «Parli inglese?»

Lenna fece cenno di sì.

«Appartieni alla tribù di Mohan?»

Un brutto presentimento s'insinuò nello stomaco di Tess. Voleva dire a Lenna di non rispondere, ma la ragazza annuì silenziosa.

«Sai dove sono andati?»

Lenna scosse la testa.

Le labbra di Haverly si distesero in un sorriso che non raggiunse gli occhi. Potevano anche essere azzurri come quelli di Cale, ma era l'unica cosa che i due avevano in comune.

«Se ti metto in sella a un cavallo» continuò, guardando Lenna «sai come portarmi da loro?»

«A un certo punto li abbiamo persi e non sappiamo dove siano» intervenne Tess. «E poi quei due uomini ci hanno rapite. Vi siamo grate per averci salvate.»

Haverly si grattò il lato del naso. «Già, vi abbiamo salvate.» Si alzò e si allontanò.

Tess e Lenna trascorsero l'ora successiva a osservare gli uomini di Haverly scavare una buca, trascinare grossi pezzi di legno ed ergere quella che sembrava una gigantesca croce. Il fumo dai vari fuochi adesso sparsi per la *rancheria* continuava a levarsi alto verso il cielo. E quando ai piedi della croce furono sistemati sterpi e rami, i sensi di Tess entrarono in stato di allerta.

D'improvviso, uno degli uomini afferrò Lenna e la trascinò via.

«Che state facendo?» Tess si alzò, con le mani ancora legate, e fece per seguirlo ma un altro la fermò.

«Tess!» urlò Lenna.

Lei si torceva e dimenava, ma l'uomo che la stringeva era ben più forte. «Lasciatemi andare!»

Con occhi colmi di orrore, vide cinque uomini sollevare Lenna sulla croce e legarla in fretta, con le mani sopra la testa.

La ragazza gemeva e provava invano a reagire.

«Che state facendo?» Tess lottò contro l'uomo che la tratteneva e riuscì a sfuggirgli, ma un altro l'afferrò. «Fermatevi. Smettetela immediatamente!»

«Dite di non ricordare dove sono finiti gli Apache» l'aggredì Haverly «ma scommetto che per una dei loro si faranno vivi da soli.»

«No!» Tess provò a lanciarglisi contro, ma l'uomo si fece indietro.

«Specialmente se è nei guai» aggiunse.

No.

La mente di Tess era frenetica.

Devo fare qualcosa.

«Prendete me!» urlò. Con il viso inondato di lacrime, tirava calci agli uomini che la trattenevano.

«Potremmo» rispose Haverly «ma penso che saremmo più fortunati con lei.»

Le urla di Lenna squarciarono l'aria, il fuoco bruciava i rami ai suoi piedi e le fiamme crescevano, piano ma senza tregua.

Memore di quanto Cale le aveva insegnato, Tess sferrò una gomitata al naso dell'uomo che la teneva stretta e un calcio all'inguine dell'altro, riuscendo così a liberarsi.

«Maledizione!» gemette uno dei due.

Correndo verso le fiamme, scalciò sfrenatamente la legna che bruciava, incurante dell'orlo della gonna che prendeva fuoco, ma diversi uomini la tirarono indietro.

«Le urla aiutano» disse Haverly. «Forza, ragazzi, attiriamoli.» Con un cenno d'intesa, parecchi uomini lasciarono la radura e corsero a nascondersi tra gli alberi.

«Vi dirò dove sono!» strillò Tess. «Liberatela. Vi porterò da loro!» La trattenevano in quattro e non riusciva a muoversi, ma doveva assolutamente porre fine a quella situazione.

Haverly si avvicinò, il viso a un palmo dal suo. «Oh, hai cambiato idea, eh?»

Le urla di Lenna continuavano a riempire l'aria intorno a loro.

Tess annuì ripetutamente. «Sì, purché la liberiate. Vi prego.»

«Che non si dica mai che non sono un uomo giusto, soprattutto con le donne.»

Si girò e sparò un colpo alla testa di Lenna.

Tess si sentì mancare la terra sotto i piedi.

Ammutolita e sgomenta com'era, rabbia e dolore la consumarono in un'unica ondata selvaggia.

Graffiò, si dimenò, urlò: grida gutturali che salivano dal profondo del cuore.

No! No! No!

La sua angoscia eruppe in un ruggito simile a un'inondazione e sotto il suo peso cadde in ginocchio.

Vedendola singhiozzare, gli uomini la lasciarono andare, e Tess si accasciò per terra, come se le avessero strappato l'anima dal corpo.

D'improvviso ci furono degli spari e, istintivamente, si coprì la testa.

Gli uomini le caddero intorno.

Finalmente libera, come un serpente, strisciò in avanti su avambracci e fianchi verso il fuoco che continuava a crescere ai piedi di Lenna. Cercando di tenersi bassa, prese della terra e la gettò sulle fiamme, in un gesto che con le mani ancora legate, però, risultò patetico. Frecce che volavano, uomini che urlavano, zoccoli che calpestavano il terreno, tutt'intorno era un vortice di caos, ma Tess si preoccupava solo di come spegnere il fuoco. Lenna era morta, sì, ma non meritava il rogo.

Le fiamme continuavano a respirare. Vide una vecchia coperta poco più in là e a pancia in giù strisciò in quella direzione. Piano, poi, tornò indietro, consapevole di doversi alzare o quantomeno inginocchiare, se voleva riuscire nello sforzo.

Chiuse gli occhi, alzò le braccia e, sperando che non le sparassero, prese a colpire il fuoco con tutta la forza e rapidità di cui era capace, finché le braccia non le fecero male.

Quando quell'inferno fu estinto, giacque al suolo, terrorizzata e del tutto esausta.

Gli spari cessarono e la confusione di voci si smorzò. Tess attese il proprio destino, rassegnata all'idea che Haverly avrebbe piantato un colpo in testa anche a lei. Invece, braccia salde la sollevarono e l'aiutarono a sedersi. Confusa, osò sperare che…

Cale.

Stava forse sognando?

Con un pugnale, lui tagliò la corda e le liberò le mani.

Tess gli si aggrappò singhiozzante, rifugiandosi nel suo abbraccio.

«Lenna» sussurrò. «Non l'ho potuta aiutare.»

CAPITOLO VENTISETTE

Profondamente scosso, Cale se la strinse al petto. Era pervaso dal sollievo.

E se l'avesse persa?

La baciò, grato e avido del suo tocco.

Poi, si costrinse a lasciarla andare, ma solo perché c'era da occuparsi del corpo di Lenna. Bipin e altri due Apache lo aiutarono a tagliare la corda con cui era stata legata e deposero la salma per terra. I gambali e i mocassini erano bruciati e il sangue dalla fronte le copriva il viso, ma guardandola meglio Cale sentì la speranza gonfiargli il petto.

«Tess» chiamò oltre la spalla «è viva.»

Tess si precipitò al suo fianco e si buttò in ginocchio, con il viso sporco di terra e lacrime. «Sei sicuro?»

«Il proiettile dev'essere rimbalzato» disse Cale. «L'ha solo sfiorata. Guarda, respira.»

«Oh, grazie a Dio!» Tess ricominciò a piangere, ma questa volta sorridendo. Afferrò l'orlo della gonna e prese a pulire il viso della ragazza. Dopo un attimo, si guardò intorno. «Cos'è successo?»

Non era un bello spettacolo, Cale e gli Apache che lo

accompagnavano avevano colpito duro. Ma iniziando a torturare Lenna a morte Haverly non gli aveva lasciato scelta.

E sebbene lui e parecchi dei suoi uomini fossero riusciti a scappare, gli altri Apache li inseguivano.

«Abbiamo guadagnato del tempo, ma non molto» rispose.

«E Hank?»

«Era con noi, ma non lo vedo più.»

Bipin s'inginocchiò accanto a loro. «Dobbiamo andare. Possiamo muoverla?»

«Non abbiamo molta scelta» disse Cale.

Recuperarono i cavalli, e benché Gideon fosse stato trovato nelle vicinanze, Cale preferì avere Tess tra le sue braccia in sella a Bo. Sembrava ancora scossa e lui non voleva perderla di vista. Bipin portò Lenna con sé.

Allontanandosi dalla tribù, s'inoltrarono nel cuore delle Dragoon. Le questioni in sospeso erano troppe: Haverly, quale che fosse il numero degli uomini rimastigli, Saul e Lange. Tess gli aveva raccontato di come gli ultimi due avessero rapito lei e Lenna. E adesso non sapeva neanche dove fosse finito Hank.

Ma più di ogni altra cosa, dovevano trovare un posto sicuro affinché Cale potesse prendersi cura di Lenna.

Reggendo le redini, strinse Tess tra le braccia e affondò per un istante il viso tra i suoi capelli. Era accaldata, sudata e coperta di sporcizia, ma a lui non avrebbe potuto interessare meno.

Era viva.

La morsa di paura che gli aveva attanagliato il cuore cominciava finalmente ad allentarsi.

Bipin li guidò in un angolo nascosto. Cale smontò e aiutò Tess a scendere, quindi l'Apache gli tese Lenna. Tess afferrò il rotolo di coperte di Cale e lo distese in una zona ombreggiata, dove lui posò Lenna.

All'imbrunire, Cale andò a sedersi accanto a Tess mentre Bipin faceva la guardia.

«Pensi che vivrà?» chiese Tess.

Lenna non si era ancora svegliata, ma secondo Cale non avrebbe tardato molto. «Sì.»

«Non riuscivo a crederci quando Haverly le ha sparato» disse Tess con un fremito nella voce. Cale la cinse con un braccio e l'attirò a sé, posandole le labbra sulla tempia.

«Come mai non eravate con gli altri?» chiese. «Come hanno fatto a trovarvi?»

«Volevo aiutarli creando una pista falsa, ma durante la notte Saul e Walt ci hanno trovate. Cercavano Hank e pensavano che io sapessi dov'era. Così gli ho mentito dicendo che li avrei portati da lui. È stato allora che abbiamo incontrato Haverly. Voleva gli Apache e ha usato Lenna come esca.» Rabbrividì. «Dove pensi sia andato Hank?»

«Non lo so» mormorò Cale.

«E adesso?» chiese lei in un soffio.

«Adesso andiamo alla capanna di Blight. Penso che ci arriveremo entro domani.»

«*Estoy tan contenta de que estés vivo*» disse Tess.

Sono davvero contenta che tu sia vivo.

Cale la baciò, beandosi di quel contatto, indugiando sul suo sapore e sulla sensazione che la sua pelle gli procurava.

Ormai era chiaro: il percorso della sua vita seguiva una sola direzione, e questa portava dritta a Tess.

———

LA NOTTE FU LUNGA, e Tess dormì poco. Cale e Bipin si alternavano con i turni di guardia e lei si prendeva cura di Lenna. La ragazza si svegliò per qualche istante – il che era un buon segno, pensò Tess – bevve del tè e si riaddormentò.

Piano, gli eventi del giorno iniziarono ad allentare la loro fredda morsa sulle membra di Tess; non restava che la sentita gratitudine per la vicinanza di Cale e il fatto che Lenna fosse sopravvissuta. Scivolando piano in un sonno profondo, fece un sogno chiarissimo.

Un puma sedeva nelle vaghe pieghe della notte, il luccichio dei suoi penetranti occhi ben visibile mentre muoveva la testa, e al suo fianco l'adorata *abuela*.

«*La noche es oscura, pero su luz es fuerte.*»

La notte è buia, ma la tua luce è forte.

Tess si svegliò con la viva sensazione che la sua *abuela* fosse vicina, e magari le sedesse accanto in quel preciso istante. Il dolore le strinse il petto.

«Mi manchi, nonna.»

E come se le parole fossero state pronunciate ad alta voce, sentì: «Ci rivedremo, Teresa, ma non ora. Hai ancora così tanto da fare. Il *léon de montaña* ti protegge.»

Se fossero venuti fuori da quella situazione, pensò Tess, avrebbe raccontato a tutti la storia del puma che vagava tra le Dragoon, che guariva con forza e compassione e che viveva da solo, sempre in bilico tra i due mondi che abitava. Si rannicchiò contro il corpo forte di Cale e sentì la vita che gli scorreva dentro.

Lei stessa era sempre stata a metà tra la vita nelle storie che raccontava e quella del mondo che abitava.

Ripensò ad Amada. Il merlo ferito aveva abbracciato la propria libertà come se non fosse mai stato imprigionato.

E proprio quella era la chiave.

Non era necessario dimenticare, bensì andare avanti.

Tess inspirò l'inconfondibile odore di Cale e si sentì a casa. Tra le sue braccia, imparava il mondo come nessuna storia le aveva mai insegnato prima.

All'alba, quando il sole non era ancora sorto, furono di nuovo in sella. Lenna riusciva a sedere dritta e cavalcò con Bipin fino al limite della proprietà di Blight, che raggiunsero al tramonto. Nella finestra della capanna brillava una luce.

Seduto alle spalle di Tess, Cale fece segno di fermarsi e scivolò giù dalla sella, quindi estrasse la pistola e sgattaiolò tra le ombre per controllare la situazione. Non vedendolo tornare, Tess smontò a sua volta.

Stava avanzando lentamente verso l'abitazione, quando la porta si aprì e sulla soglia apparve il profilo di un uomo che riconobbe all'istante.

Non era Blight.

Era suo padre.

CAPITOLO VENTOTTO

«O h, la mia Tess, sono contento di rivederti, piccola.» Lei si fermò a parecchi piedi dal padre. «Finalmente ti fai vivo, Hank.»

«Cale ha detto che sei venuta a cercarmi. Non ce n'era bisogno.» Si avvicinò di un passo.

«Forse no. Ma sei l'unica *familia* che ho.»

«Sei solo?» Chiese Cale alle sue spalle.

«Sì. Blight non c'è. E quella coppia apache giù al torrente mi conosce.» Tess sentì la familiare cadenza irlandese vibrarle dentro.

Alla luce della lanterna, suo padre sembrava più vecchio. Le rughe gli increspavano il viso e i capelli rossi si erano imbiancati, ma nei suoi occhi verdi brillava ancora il fascino dell'irlandese che era stato, quell'uomo che aveva rubato il cuore di sua madre e che, sempre, durante le brevi visite quand'era bambina, aveva fatto sentire lei speciale.

«Come mai sei qui?» Cale rinfoderò la pistola. «Eri scomparso.»

«Già, mi sono un po' confuso» rispose Hank, ma Tess sapeva che mentiva.

«Adesso dobbiamo occuparci di Lenna» disse. «Ne parliamo dopo.»

CALE ACCESE la stufa a legna per Tess e andò a sedersi al tavolino che Blight teneva nell'ingresso. Con la schiena indolenzita, la osservò preparare la cena. Lenna giaceva nel letto di Blight, nell'altra stanza, e adesso che Cale le aveva pulito di nuovo le ferite e le aveva dato una dose di laudano, dormiva. Alle cure rispondeva bene, come ci si sarebbe aspettati, e Cale ne era lieto.

Tess posò davanti a lui e ad Hank due tazze di caffè bollente e due piatti di fagioli, quindi uscì a portare il resto a Bipin, che si era sistemato nel granaio.

«Perché sei venuto qui, Hank?» chiese Cale.

«Blight mi tiene… alcuni oggetti.»

«Che genere di oggetti?»

Vedendo Tess rientrare, Hank lasciò cadere l'argomento.

Cale si alzò per cederle il posto e lei gli sorrise, subito spostando l'attenzione sul padre.

Si era data una ripulita, aveva raccolto i capelli in una treccia ordinata, che adesso scendeva sulla spalla, e indossato una gonna scura e una camicetta – abbottonata fino al collo – che davano l'impressione si stesse preparando alla vita di convento di cui aveva precedentemente parlato.

E che Cale sperava avesse ormai smesso di considerare.

«Dovresti mangiare» le disse. Prese il proprio piatto e ci diede dentro, più affamato di quanto avesse immaginato.

Tess annuì, limitandosi a spingere il cibo qua e là con il cucchiaio. «Dove sei stato tutto questo tempo?» chiese ad Hank.

«In giro.» Sorseggiò il caffè. «Scotta.»

«Saresti mai tornato a prendermi?»

Appoggiato contro lo stipite della porta della camera da letto,

Cale si sentiva come un intruso in una riunione di famiglia. A disagio, si spostò.

La luce sul viso di Hank si spense. «Pensavo davvero che lontana da me saresti stata meglio. Tom e Mary sono brave persone.»

«Sì, lo so, ma che cosa ti aspettavi? Che trascorressi il resto della mia vita con loro?»

«No. Ascoltami, bambina, era la cosa migliore per te. Avevo detto a tutti che eri morta. Volevo che ti lasciassero in pace.»

«Penso sia meglio che vada nel granaio» intervenne Cale.

«No.» Il tono di Tess fu perentorio e la rapida occhiata oltre la spalla lo implorò di restare.

Lo sguardo astuto di Hank li passò rapidamente in rassegna e tornò neutro. Questo era l'uomo che Cale conosceva. L'altro recitava, o se non aveva ancora perso del tutto la testa era sulla buona strada.

«Perché sei venuta qui?» chiese Hank a sua figlia.

«Perché ero stanca di chiedermi dove *diamine* fossi» ribatté lei con forza. «Non pensi che meritassi di più da te?» Si alzò, con il corpo teso per la rabbia. «Ho passato la vita ad aspettarti, Hank» disse a bassa voce. «Eri sempre via per qualche caccia all'uomo, guidato dal tuo spirito vagabondo, e lasciavi mia madre, e me, con il cuore spezzato. Perché pensi che bevesse tanto?

«Quando mamma e nonna morirono, mi sentii persa ma anche molto, molto felice perché saresti venuto a prendermi. Non desideravo altro che stare con te, per conoscerti meglio. Ma non eri l'uomo che avevo immaginato.» Appoggiò le mani sul tavolo e si chinò in avanti. «Fosti tu a sguinzagliarmi dietro Saul quella sera?»

Un velo di tristezza avvolse il viso di Hank, i suoi occhi erano colmi di dolore. «No, bambina, non fui io a mandare Saul.»

Tess fece un passo indietro e incrociò le braccia sul petto. «Lui dice di sì.»

«Mente. Quando mi accorsi che qualcosa non andava, venni a cercarti, ma… arrivai troppo tardi.»

«Eri fuori a bere?» chiese lei con voce incrinata.

Hank sospirò e scosse la testa. «Non sono mai stato un modello di virtù e rispettabilità. Ho un gran mucchio di debolezze. E se potessi cambiare quanto successe quella notte, non esiterei. Ma da allora ho fatto l'unica cosa giusta che potessi fare, tenermi alla larga da te.»

Tess rispose con un cenno secco della testa, quindi spalancò la porta e lasciò la capanna.

Cale affrontò Hank. «Tua figlia vuole perdonarti e, per il suo bene, spero che tu stia dicendo la verità.»

«Immagino di non avere dei buoni precedenti.»

«Non sei mai riuscito a tenere le fila.»

«Quali fila?»

«Quelle del bene e del male.»

Hank si afflosciò sulla sedia, con aria stanca e sconfitta. «Sai che il nostro lavoro ci costringe ad affrontare situazioni che non riusciamo a digerire. Ma s'impara a conviverci.»

«Forse» concesse Cale. «Tess non avrebbe dovuto, però. Era compito tuo proteggerla.»

«Lo so. Non c'è bisogno che continui a ricordarmi di quel fallimento.»

Cale voleva credere alle parole di Hank, ma durante il tempo trascorso insieme non aveva mai visto un briciolo di rimorso da parte dell'irlandese. Era davvero possibile cambiare? Lui ci era riuscito. E forse anche Hank meritava un'occasione per dimostrare il proprio pentimento.

«Ti ho sempre ammirato, Hank. Per un certo periodo sei stato il padre che avevo sempre desiderato. E credevo che quel tuo lato duro e spregevole fosse giustificato, addirittura necessario. Ma non più. È per questo che dopo la strage degli Apache me ne andai.»

«Pensai semplicemente che fossi debole, figliolo.»

«Massacrare gente non è una dimostrazione di forza.»

«Beh, questo dipende dalle circostanze.»

Nella stanza calò un silenzio pesante. Cale sarebbe andato a cercare Tess, ma rimase. Solo in quel momento vedeva con chiarezza quanto profonda fosse stata la sua adorazione nei confronti di Hank, e quanto deluso ne fosse adesso.

«Il pentimento è una questione tra l'uomo e il suo Creatore» rispose l'irlandese.

«E allora, se ti dispiace dillo a Tess. Resterai sorpreso dalla sua capacità di perdonare. Così come lo sono stato io.»

Lo sguardo di Hank guizzò verso Cale. «Che io sia dannato» cantilenò. «Ti sei innamorato della mia bambina.»

Cale non rispose e, di fronte al suo silenzio, Hank si lasciò sfuggire una lieve risata.

«Ho sempre sperato che trovasse un brav'uomo, uno migliore di me.»

«Ho anch'io i miei rimpianti, Hank, ma se Tess mi vorrà, vivrò ogni giorno da uomo degno di lei. Ai suoi occhi, nonostante tutto quello che è accaduto, il mondo è un luogo di magia e meraviglia.»

«Già.» Lo sguardo di Hank si fece remoto. «La ricordo bene, la mia Tess di un tempo. Che caratterino che aveva, e com'era intelligente, sveglia e curiosa. Sapevo che mia madre e mio padre l'avrebbero adorata.»

«È ancora la stessa» disse Cale. «E merita di vivere una vita piena di amore, calore e bambini.»

«E tu le daresti tutto questo?» C'era una nota di scetticismo nella voce dell'irlandese.

Cale annuì.

«Lode al Signore!» esclamò Hank con gli occhi che brillavano. «Forse, in fondo, non tutto è perduto.»

CAPITOLO VENTINOVE

Incapace di trattenersi oltre, Tess lasciò la capanna. Nel granaio c'era Bipin, perciò recuperò due vecchie coperte per cavalli e andò nel bosco circostante, fermandosi in un'area pianeggiante coperta da aghi di pino. Non avrebbe dovuto allontanarsi – non era sicuro – ma aveva sentito il bisogno di fuggire dallo spazio angusto della capanna di Blight e dalle scuse di Hank.

Aveva pensato a tutto, al modo in cui voleva – anzi, *doveva* – trovare suo padre, a come lo avrebbe perdonato per averla consegnata a Saul e per la sua malvagità, a come lo avrebbe aiutato a diventare una persona migliore. Le era sembrato pio e giusto da parte propria, una causa nobile.

Lo avrebbe salvato.

Ma a quanto pareva, Hank non ne aveva bisogno. Se ciò che aveva detto era vero, non aveva giustificato le azioni di Saul, anzi, non era neanche stato al corrente delle sue intenzioni. E quando se n'era reso conto aveva cercato di aiutarla.

Negli ultimi due anni, Tess aveva indirizzato la propria rabbia verso suo padre, insieme al bisogno di trovare la maniera di riconciliarsi con lui. Era stata l'ancora che l'aveva guidata giorno e notte. Ma adesso, alla luce di quanto era emerso, non era più in grado di contenere l'enorme ferita sepolta nel profondo dell'anima.

Saul Miller l'aveva violentata.

In piedi, immobile, sentì le coperte scivolarle dalle mani e cadere al suolo. In una parte remota di lei, il dolore iniziava a prendere forma, dapprima un puntino, appena percettibile, si allargava fino a diventare una terribile tempesta – carica di nubi nere e venti rabbiosi – che gradualmente acquistava forza, vorticandole dentro con crescente pericolo.

Dal nulla sbucò Cale, nient'altro che una sagoma scura tra le ombre.

«Come faccio?» sussurrò Tess.

«Con Hank?»

Lei annuì, ma era ad altro che si riferiva. Come fare con l'atroce dolore che si era scatenato in lei, o con la bambina che urlava perché nessuno era accorso in suo aiuto quando Saul l'aveva aggredita?

«Non posso dirti io se credergli o meno» rispose Cale.

Gli occhi di Tess cercarono i suoi. «E tu?» Forse Hank aveva mentito. Forse poteva ancora incolparlo. Ma sapeva che era troppo tardi per ricacciare il mostro in gabbia.

Cale le prese la mano. «Nonostante tutto, credo che Hank ti voglia bene.»

«E quindi dovrei perdonarlo?»

«Non sta a me decidere. Ma siccome ti piacciono le storie, te ne racconterò una che ho imparato dagli Apache, quella della mucca e del coyote.» Cale intrecciò le dita alle sue. «Una mucca se ne stava in riva al fiume, quando un coyote si presentò all'improvviso e le disse che aveva troppa paura di attraversare perché l'acqua era molto alta. La mucca rispose che poteva arrampicarsi alle sue corna o alla sua coda, ma il coyote rifiutò sostenendo che anche in quel caso sarebbe potuto annegare, e chiese, invece, di infilarsi nel suo retto. Imbarazzata, la mucca acconsentì. Così, il coyote fece quanto aveva proposto e la mucca attraversò il fiume a nuoto.

Appena arrivata sull'altra sponda, però, il coyote le morse le viscere, uccidendola. Lui si era rivelato un furfante opportunista, ma la mucca non avrebbe dovuto essere tanto stupida da ignorare la differenza tra l'offrire aiuto a qualcuno e il lasciare che quello ne approfittasse.»

La strinse a sé e lei gli si aggrappò. «Quello che sto cercando di dirti, Tess, è che non devi fare *niente* per Hank. Smetti di preoccuparti di lui e bada a te stessa.»

Le lacrime presero a sgorgare, ma Cale non allentò la presa. L'aveva sempre fatta sentire al sicuro e lei era grata della sua presenza, tuttavia la vergogna bisbigliava al suo orecchio. Saul le aveva portato via il passo a testa alta nel mondo, e far sapere a Cale fino a che punto ciò la condizionava era motivo di grande imbarazzo per Tess. Nella storia che gli aveva raccontato, si sentiva più mucca di quanto lui potesse immaginare.

Tirando su col naso e asciugandosi il viso, si staccò da Cale. «Sto bene. Davvero.»

«Aver bisogno di aiuto non è un crimine, Tess.»

Lei si allontanò, rifugiandosi nell'abbraccio della notte. «Non sei costretto a badare a me.»

«Di che parli?»

«M'inventerò qualcosa. Non sono una responsabilità tua.»

«Passi cinque minuti con Hank e già sei pronta a scappare via con la coda tra le gambe?» Il tono duro della sua voce la sorprese.

«Non hai la minima idea di quel che dici.»

«Non osare, Tess.»

«Non osare cosa?»

«Allontanarti da me per le colpe di Hank. All'inizio pensavo che fossi pazza a perdonarlo, ma poi, per la prima volta in vita mia, mi sono reso conto di una cosa, e cioè che sei una donna che vale più di ciò che la vita le ha riservato finora. Se solo mia madre fosse stata più simile a te. Il mondo è più piccolo senza di lei. L'ho persa troppo in fretta e solo perché non era abbastanza forte. Ma non perderò anche te.»

«Di che parli?»

«Ti amo, Tess. Voglio che tu rimanga con me, che mi sposi.»

Quella dichiarazione la fece trasalire.

Non era ciò che desiderava? Essere amata e adorata?»

Cirri di panico iniziarono ad agitarsi nel petto e gelide dita le ghermirono l'anima.

Non sarebbe mai finita?

Abbassò la testa, scuotendola lentamente avanti e indietro mentre lacrime salate colavano dalle labbra. Cale annullò la distanza tra loro e le prese il viso tra le mani.

«Non lo capisci, Tess?» Il naso premuto contro il suo. «Cose *così* non accadono per caso. Finora, in tutti i posti in cui sono stato, non ho mai incontrato una donna come te.»

Scivolando sulla pelle bagnata, le labbra cercarono con foga le sue, quindi Cale spinse la lingua in profondità e le difese di Tess si frantumarono.

L'intenzione di tenerlo a bada svanì nell'istante in cui il suo corpo la tradì con un desiderio così peccaminoso e intenso da far provare vergogna a chiunque.

Ma non a lei.

Voleva Cale.

Nella maniera più completa.

E assoluta.

Così come un uomo e una donna comunicavano solo con i corpi, avvolti dall'unico bisbigliare della notte.

Gli strinse le braccia intorno al collo e si premette a lui, senza mai staccare le labbra dalle sue. Una fame atavica aveva scatenato in lei il disperato bisogno di soddisfare la fremente eccitazione del corpo.

«Spogliati» sussurrò.

Con la smania addosso si liberarono dei vestiti, e Tess poté vedere e sentire la forza nelle spalle e nelle braccia di Cale, i suoi muscoli tesi come corde, il petto ampio, e la potente erezione. Le mise le mani a coppa sulle natiche e la spinse contro di sé, provocandole un brivido. La baciò sul collo e lei s'inarcò per consentirgli maggiore accesso. Le mani risalirono verso i seni e presero a massaggiare e accarezzare, mentre le labbra scendevano a lambire e succhiare un capezzolo rigido. Con le mani affondate tra i suoi capelli per impedirsi di cadere, Tess emise un suono strozzato.

La bocca di Cale prese a esplorarle i seni nudi e a riversare su loro così tante attenzioni che Tess perse quasi il controllo. Mai aveva pensato potessero essere sensibili fino a quel punto.

«Cale, ti prego, mi stai facendo impazzire.»

«Aspetta.» Tenendola ferma per i fianchi, lui allungò un braccio verso una delle coperte per cavalli e la stese per terra. I muscoli che si tendevano e la loro forza virile rianimarono in lei una fame primordiale che la fece arrossire. Quasi ringhiando lo incitò a sbrigarsi.

Cale la fece distendere sulla schiena, si puntellò su un braccio e, saccheggiandole la bocca, le insinuò la mano libera tra le gambe, accarezzandola con un dito. Via via che il cuore di Tess accelerava i battiti, il petto si alzava e abbassava seguendo un ritmo spasmodico.

«Ci sono quasi» ansimò lei. «Vienimi dentro.»

«La mia idea era restare fuori.»

Tess s'immobilizzò, come se lui le avesse gettato addosso dell'acqua fredda, e aprì gli occhi. «Perché?»

«Dobbiamo evitare un bambino, Tess.»

Era così umida di desiderio, così pronta ad accoglierlo che quella pausa faceva quasi male. «Ti voglio dentro di me.»

Con la mano cercò la sua erezione e prese a strofinarla, strappandogli un sibilo di piacere. Poi, ignorando il leggero disagio, lo cinse con la gamba sinistra e, finalmente, sentì il suo corpo arrendersi e coprirla del tutto. Si portò gli avambracci tesi di lui su ciascun lato della testa e fece passare le proprie braccia sotto le sue ascelle mentre, viso a viso, Cale si spingeva lento dentro di lei.

Quando l'ebbe penetrata del tutto, si fermò.

L'uomo era esasperante.

Con le gambe avvolte intorno a lui, Tess serrò i muscoli interni e lo imprigionò dentro di sé, godendo dell'ondata di piacere che li travolse.

«Devi muoverti, Cale.»

«Solo un attimo.»

Tess gli s'inarcò contro e, finalmente, lui le diede quello che il suo corpo bramava. La scalata era allettante e la resa fu immediata. Aggrappata alle spalle di lui, seguì il ritmo primordiale delle sue spinte fino a raggiungere l'appagamento.

Con un movimento rapido, Cale si ritrasse, afferrò l'orlo della coperta e vi riversò il proprio seme. Stupita che lui avesse interrotto il contatto tra di loro in maniera tanto repentina, Tess aspettò che entrambi si fossero ripresi dall'intensità dell'amplesso prima di parlare.

Accanto a lei, con una gamba e un braccio di traverso sul suo corpo, lui strofinò il naso contro il suo collo.

«Perché lo hai fatto?» chiese Tess.

«Non voglio che resti incinta.» La sua mano si chiuse su un seno risvegliando ancora una volta il desiderio, che la sorprendeva con la sua tenacia. Tess chiuse gli occhi, assaporando quel momento di vicinanza tra i loro corpi.

Teneva a bada il panico, ma non sarebbe durato.

CAPITOLO TRENTA

Nelle ore prima dell'alba, Cale fece ancora l'amore con Tess, consumando di nuovo il proprio orgasmo sulla coperta. Appena in tempo. E stringendo i denti. Per quanto ancora avrebbe potuto continuare così proprio non lo sapeva.

Era come se Tess fosse legata al vento e alle montagne, alla luce del sole e all'acqua che scorreva nel torrente. Lo collegava alla vita, bruciandogli dentro, selvaggia quanto lui, e gli accendeva nel petto una speranza che solo da bambino aveva fugacemente conosciuto.

La vita prometteva bene.

Il suo corpo vibrava di felicità.

Era inebriato dalla tenera fiducia che Tess riponeva in lui e non avrebbe desiderato altro che trascorrere tutto il giorno avvinghiato a lei. Inalando il profumo muschiato del loro amplesso, assaporò la sensazione del suo corpo tra le braccia.

Quando i primi raggi di sole infransero il picco a est, Tess si rivestì in tutta fretta: non voleva che Bipin, Nitis o Smita – e specialmente Hank – li sorprendessero in quello stato.

Cale le aveva detto che l'amava. Le aveva detto che voleva sposarla.

D'improvviso, sentì il petto stringersi, e la familiare ondata di panico iniziò a diffondersi. Il suo mondo prese a vorticare fuori controllo.

No.

Alle sue spalle, Cale le cinse la vita con un braccio e le baciò la guancia.

Tess cercò di rilassarsi e accettare il suo tocco, ma fu necessario ogni briciolo di forza per non fuggire.

Come poteva dirgli della sua debolezza? Del tremore incontrollabile e improvviso? O di come, in quei momenti, la vita stessa la terrorizzasse?

Si vergognava, e poteva ben immaginare la delusione di Cale quando avesse compreso fino a che punto era prostrata.

Si staccò da lui e prese la coperta che aveva accompagnato il loro amplesso. «Farò in modo di lavarla oggi» disse, e insieme si avviarono verso la capanna.

Tess posò la coperta sul portico ed entrò. Disteso sul pavimento della prima stanza c'era Hank che russava. Preoccupata per Lenna, lanciò una rapida occhiata alla camera da letto. La ragazza dormiva sonni tranquilli e, a giudicare dall'espressione, stava bene. Tess si mosse silenziosa verso la cucina per preparare la colazione, cercando di fare meno rumore possibile. Tenersi occupata l'avrebbe aiutata a placare l'inquietudine che non sembrava riuscire a scrollarsi di dosso.

Ormai sveglio, Hank si alzò. «'giorno, Tessie.»

Rispondendo al saluto con un cenno brusco della testa, aspettò che uscisse, quindi ammucchiò il suo giaciglio e la coperta in un angolo della stanza e in men che non si dica preparò delle frittelle e le posò in tavola con lo sciroppo.

«Nitis e Smita non vedono Vern da quando siamo andati via, parecchi giorni fa» annunciò Cale, rientrando dal granaio con un secchio di latte fresco e Bipin al seguito.

Anche il padre di Tess tornò nella capanna e sedette a tavola. «È facile che il vecchio si perda tra quei monti. Perciò tiene qui la coppia di Apache, per badare agli animali e a questo posto.»

Tess versò del caffè a ciascuno degli uomini. «Non riesco a credere che sia sopravvissuto qui da solo così a lungo.»

Hank aggiunse dello zucchero all'infuso fumante davanti a sé. «Ad alcuni piace vivere ai confini.»

E sembra che ci sia stato esiliato anch'io.

I tre finirono di mangiare e Tess raccolse i piatti per metterli in un catino colmo d'acqua che Cale aveva versato per lei.

Si accingeva a lavarli, quando Hank disse al giovane che voleva parlargli e uscirono entrambi, lasciandosi dietro Bipin.

Che strano, pensò Tess. Ma seppur desiderosa di sapere qualcosa in più su quello scambio, si trattenne dal seguirli fuori, anche perché nel frattempo Lenna si era svegliata. Le portò una frittella e una tazza di latte fresco e la ragazza li consumò di buon grado.

Cale seguì Hank nel granaio di Vern. Superarono un serraglio di animali – un sauro dall'aspetto triste, una capra che belava e una mucca da latte – e si fermarono nell'angolo più lontano. Hank spostò una cassa di legno e tolse un mucchio di sterpaglie, quindi tirò su il falso pavimento. In una buca di dieci piedi per dieci erano sistemati diversi sacchi di tela.

Cale non ebbe bisogno di controllarne il contenuto per sapere di cosa si trattasse. «Che diamine stai facendo, Hank?»

«Sopravvivo e proteggo ciò che è mio.»

Recuperò un sacco e lo posò per terra, quindi lo slegò. Dentro c'erano almeno dieci lunghe armi da fuoco di svariate marche e modelli.

«Scegli tu, figliolo» disse Hank.

«Vuoi venderle agli Apache?»

«È un buon affare.»

«E del tutto illegale.»

Hank si alzò e lo fronteggiò. «Senti, ragazzino. So dov'è l'oro. Ho trovato una bella vena sulle colline. Perciò ti ho lasciato, ieri. Ho dovuto fare marcia indietro e coprire tutte le tracce. Non voglio certo farla scoprire a Saul Miller. È per via di queste armi che gli Apache mi lasciano stare. Nient'altro che una transazione necessaria per vivere in pace da queste parti.»

«Nessuno vive in pace tra questi monti, tanto meno gli Apache.»

«Gli vuoi proprio bene, eh? Beh, le armi danno loro la possibilità di combattere.»

La frustrazione lo tormentava: parte di quanto Hank diceva era vero.

«Ho già un fucile» ribatté. «Non me ne serve un altro.»

«Come vuoi. Pensavo di prenderne qualcuno di riserva per quando andrò a cercare Saul, e speravo volessi venire ad aiutarmi, in ricordo dei vecchi tempi.»

Cale lo fissò. Lo sguardo limpido del suo mentore esprimeva determinazione a punire senza sconti. Questo era l'Hank che Cale ricordava.

«Pensavo di aver ucciso quel bastardo il mattino dopo che aveva fatto male alla mia Tessie» proseguì Hank «ma, a quanto pare, ho sbagliato mira. Beh, stavolta non farò lo stesso errore: non lascerà le Dragoon da vivo. E considerando quello che provi per la mia bambina, mi aspetto che tu voglia fare la tua parte.»

Cale non avrebbe potuto dissentire, lui stesso nell'apprendere dell'attacco da parte di Saul aveva provato un certo desiderio di vendetta, ma abbattere l'uomo a suon di proiettili non era giustizia. Era semplicemente omicidio.

«Dev'essere preso vivo» disse Cale. «Non sta a noi decidere del suo destino.»

Hank sbuffò e scosse la testa. «Non fare il moralista con me, figliolo. Possiamo accusarlo dell'assassinio di Bennett, ma lui darà la colpa a Lange. E se vuoi inchiodarlo per l'aggressione a Tess, lei sarà costretta a testimoniare. Davvero vuoi esporla a questo?»

Il passato forzò il suo ingresso nel presente e, ancora una volta, Cale si sentì incastrato in una posizione difficile. Questo era il mondo che Hank abitava e che lui, infine, aveva dovuto abbandonare.

«Forse dovrei semplicemente prendere Tess e andarmene» disse. «Tanto tu farai, comunque, ciò che vuoi.»

«Bene. Non ce l'ho mai voluta, qui.»

«Suppongo di non dovermi sorprendere.» Al suono di quella voce, Cale ed Hank girarono di scatto la testa. «Sei stato padre solo quando ti ha fatto comodo» disse Tess. «Ma apprezzo che tu sia disposto a uccidere Saul. Immagino di doverlo prendere come un segno del tuo amore. Cale, però, ha ragione: ammazzarlo è sbagliato.»

«Tessie, io ti voglio bene davvero» rispose Hank. «Volevo soltanto dire che non dovresti trovarti qui perché è pericoloso. Ma Saul lo ucciderò, eccome. Quel bastardo pagherà per quello che ti ha fatto. E quando sarà tutto finito, estrarrò l'oro di queste colline e mi prenderò cura di te.»

A Cale non piacque l'espressione rassegnata sul volto di Tess che, senza una parola, usciva dal granaio. Guardò Hank e in silenzio andò a cercarla.

La trovò nel bosco, in piedi nella radura dove aveva passato la notte ad amarla. Le posò una mano sulle spalle che gli voltava, lasciandola poi scivolare lungo la schiena, e ripensò alla maniera completa in cui gli si era offerta, alla passione sfrenata. Com'era cambiata, com'era diversa dalla ragazza che aveva incontrato diverse settimane prima.

«Tess, che cosa pensi?»

«Penso che Hank abbia fatto del suo meglio con la propria vita. E che abbia commesso degli errori. Ma anch'io ne ho fatti. Se torna a cacciare, non vedo che due esiti. O muore Saul o muore lui. Se a sopravvivere fosse il primo, allora dovrò andarmene lontano, perché non voglio mai più rivederlo.»

Con le mani sulle sue spalle, Cale la girò verso di sé. «Tess, non sei responsabile di Hank. E io mi assicurerò che Saul non si avvicini mai più a te.»

«Non puoi fare una promessa del genere.»

«Posso provarci.»

«È per questo che vuoi sposarmi? Per proteggermi?

Cale si accigliò. «Sì, in parte.»

«Stiamo andando troppo di fretta» rispose lei, distogliendo lo sguardo.

«Di che parli?»

«Di noi.» I suoi occhi schizzarono verso quelli di Cale. «Come puoi anche solo pensare di amarmi? Ci conosciamo appena.»

«Mi basta.» Un nodo indesiderato iniziò a formarsi nel suo stomaco.

«Ho bisogno di tempo per sistemare ogni cosa.»

Cale lasciò cadere le mani. «Non ti sto mettendo alcuna fretta, Tess.»

«No? Potrei già essere incinta.»

«Ti ho detto che d'ora in poi saremo più prudenti. E se anche fosse già successo, non importa. Penserò io a te.»

«Ma adesso non ho più scelta.»

Che succedeva? Aveva pensato che fosse felice. Di averla finalmente convinta.

«Voglio sapere solo una cosa» disse Cale, sconvolto dal fatto che lei gli stesse sfuggendo di mano così rapidamente. «Mi ami?»

Tess esitò. «Non lo so.»

Cale inspirò bruscamente e si posò le mani sui fianchi, appena sopra il cinturone. «E va bene» accettò a denti stretti «ho sempre detto che saresti stata tu a stabilire il passo.» Che accidenti era successo? Si sentiva come se il suo cavallo lo avesse disarcionato, ma invece di toccare terra fosse rimasto penzoloni sul ciglio di un canyon di cui non si vedeva il fondo.

«Facciamo così, allora. Andrò con Hank e sistemeremo Saul, in questo modo non dovrai preoccuparti di nessuno dei due.»

«Non intendevo in quel senso. È pericoloso. E se ti accadesse qualcosa?»

Se non altro mostrava interesse. Meglio che niente.

«A suo tempo» replicò Cale «me la cavavo abbastanza bene.»

«E se Saul o Haverly venissero qui?»

«Li acciufferemo prima ancora che pensino di dirigersi da questa parte. Lenna non è ancora pronta a spostarsi. Lascerò qui Bipin.»

Cale aspettò… che lo toccasse, che cambiasse idea e gli dichiarasse il suo amore, che… insomma qualcosa.

«Sta' attento» gli sussurrò, quindi si girò e andò via.

Lui la guardò allontanarsi, e fu come se qualcuno gli avesse appena strappato il cuore dal petto.

CAPITOLO TRENTUNO

Meno di un'ora dopo, Cale ed Hank lasciavano la capanna di Blight e s'inoltravano tra le Dragoon, muniti di armi di scorta dal nascondiglio di Hank: due Winchester, una carabina Sharps e quattro rivoltelle Colt, oltre a munizioni e due coltelli Bowie.

Una vana fermezza, un sentimento non del tutto sconosciuto, riempiva l'animo di Cale. Cavalcare con Hank, a volte, gli era parso fatalistico. Ma questa volta l'impressione era diversa. I sogni che aveva appena iniziato ad accarezzare s'infrangevano intorno a lui.

Aveva pensato di portare Tess in Texas, di riconciliarsi con il padre e chiedergli una quota nel ranch dei Walker. Con quella terra avrebbe potuto costruire una casa, una proprietà per Tess e i loro figli. Non aveva voluto che restasse incinta troppo presto, o comunque prima che avesse avuto modo di abituarsi a lui, ma adesso si chiedeva se non sarebbe stato meglio lasciare che la natura facesse il suo corso.

Magari la loro prima notte d'amore aveva già dato il suo frutto. Il cuore di Cale si riempì di speranza. *Sarebbe costretta a sposarmi.* Ma l'eccitazione svanì così com'era nata. Non voleva conquistarla a quel modo. Non se ciò significava essere un'ulteriore fonte d'infelicità per lei.

Continuò a cavalcare senza risparmiare il cavallo finché non furono in prossimità dei resti della *rancheria* e del rogo di Lenna.

Rallentando, Hank affiancò a Bo il proprio maltinto coperto di schiuma. «Che intenzioni hai con la mia Tessie?»

Nonostante la tesa dello Stetson gli facesse ombra, Cale affinò lo sguardo. «Speravo di farne una donna onesta.»

«E cosa te lo impedisce?»

Quella domanda fu come un pugno allo stomaco. «Tess.»

«Sa essere un po' testarda quando vuole.»

«L'ho notato.»

«Non è un difetto. Sono tante le cose che possono distruggere una donna in questa vita. Prendi mia madre. Sono arrivato in America nel 1845 con i miei genitori e mio fratello Gilly. Eravamo solo poveri contadini dell'Ulster meridionale che stavano morendo di fame, nel vero senso della parola. Io sedici anni e Gilly diciannove.»

Nonostante il rifiuto di Tess gravasse ancora su Cale, l'improvvisa franchezza con cui Hank gli parlava della propria famiglia catturò la sua attenzione. L'uomo non aveva mai raccontato nulla del proprio passato, se non a grandi linee.

«Molto prima, mamma aveva perso mio fratello, Nels, e qualche tempo dopo mia sorella Glenna. Quando lasciammo l'Irlanda non era che un'ombra. Le volevo un gran bene, ma era difficile raggiungerla. C'imbarcammo su una nave e salpammo per New York City, ma la mamma morì durante il viaggio. Fu un colpo terribile. In qualche modo, però, fui felice per lei. Finalmente era libera. Il dolore era un peso che si era portata dentro giorno dopo giorno, fino a non farcela più.»

«Mi dispiace, Hank. Non sapevo» disse Cale. «Anche mia madre è morta quando ero piccolo.»

«Me lo sentivo, io, che avevamo più di una cosa in comune. L'ho sempre saputo. In un certo senso siamo parenti, ragazzo.»

Guardò davanti a sé e proseguì: «Così mio padre, Gilly e io provammo a sopravvivere a New York City, ma non fu facile. Ti ho detto che cambiammo nome? All'inizio era Carroll, e siccome mio padre voleva una nuova vita diventò Carlisle. Ma di lì a qualche mese lui morì. Le condizioni erano orrende, praticamente vivevamo come ratti nei sotterranei dei palazzi, considerati da tutti al pari di cani. Fu allora che Gilly e io lasciammo quel posto e ci spostammo a ovest. Era il 1850, avevo ventun anni e non sapevo un accidenti di niente, a parte sopravvivere, che facevo ormai da tempo.»

«E Gilly? Che gli successe?» Cale non aveva mai saputo del fratello di Hank.

«Morto. Ci rimase durante una scaramuccia in Messico. E forse fu colpa mia. Me lo sono sempre chiesto. Fu allora che incontrai Isabelle. Bevevo sodo, a quei tempi. Lei mi tirò fuori, per un po'. Nel '59 nacque Tessie e ci trasferimmo a Tucson, portandoci dietro anche la madre di Isabelle, Dolores. In quel modo potevo tenerle d'occhio, dargli una controllata più spesso. Non ero buono a granché ma sapevo sparare e cacciare, ed ero capace di braccare un uomo senza sosta, fino a sfinirlo. La mia reputazione mi aiutò a trovare lavoro, a prendermi cura di Isabelle e della mia bambina.»

«Hank, non sei il primo ad aver superato il limite per sopravvivere.»

«C'è qualcosa dentro di me, Cale, un qualcosa che graffia come un animale in trappola. Non sono mai riuscito a placarlo, e non so se ci riuscirò. L'ho capito vivendo tra queste colline. Che Tess lo voglia o no, in lei c'è una parte di me. Me ne sono accorto ieri sera, quando nei suoi occhi ho visto la feroce determinazione a trovarmi. È stato come guardare me stesso.»

Cale serrò i muscoli delle guance fino a farsi dolere la mascella. Forse Tess era più simile ad Hank di quanto volesse ammettere.

«Avrai un bel daffare con lei» aggiunse Hank.

Infatti, ce l'ho già.

Tess passò la giornata a strofinare pentole e lavare la coperta che lei e Cale avevano usato. Chissà se ci sarebbe mai stata una seconda volta, pensò.

Adesso che Cale era andato via e lei aveva rilassato la propria guardia, riconosceva appieno il dolore per averlo allontanato. Certo che lo amava. Come avrebbe potuto essere altrimenti? Le piaceva tutto di lui: gli occhi azzurri quando la guardava raccontare una storia; il sorrisino quando la canzonava; la delicatezza con cui si occupava della ferita alla gamba; la sua salda presenza fisica che risvegliava la parte oscura e selvaggia di lei; la sua compassione e il suo coraggio.

Sarebbe stata capace di vivere con lui, se fosse riuscita a controllare i propri *demonios*? Voleva credere di sì, ma il panico era sempre in agguato.

Con scarso entusiasmo, raccolse delle verdure e preparò uno stufato, che mise a cuocere a fuoco lento. Nitis e Smita, intanto, badavano agli animali nel granaio e nel recinto. C'era anche un coyote ferito legato a un palo perché non scappasse. Si stava riprendendo e, a gesti, Smita le assicurò che sarebbe stato liberato appena la ferita alla zampa anteriore fosse guarita.

Tess provò un attimo di malinconica nostalgia per il suo merlo, e si chiese se Amada avesse stabilito la propria dimora su un albero vicino. Per gran parte del pomeriggio scrutò i dintorni, ma senza mai vederla.

Sul far della sera, poi, Blight si avvicinò a cavallo. Tess si pulì le mani sul grembiule e uscì; il dolore alla gamba si era molto attenuato ormai, e la postura era migliorata grazie all'intervento di Blight, settimane prima.

Salutò con la mano. L'uomo rispose con un cenno della testa e apparve non essere affatto sorpreso dalla sua presenza. Sembrava non si lavasse da settimane. Alle sue spalle, Cocheta sedeva in groppa a Mosè. Il mulo di Cale stava bene, pensò Tess contenta.

«Señor Blight, sono molto felice di vedervi.»

Sui suoi lineamenti si leggeva la stanchezza.

«Come ci è arrivata, qui?» chiese Tess con un cenno all'indirizzo di Cocheta.

«L'ho trovata che vagava. Ci sono stati dei problemi in montagna. State bene?»

«Sì. C'è anche una giovane apache con me. Spero non vi dispiaccia. Era ferita e non avevamo altro posto in cui andare.»

«E come sta ora?»

«Meglio.»

Vern smontò dal piccolo castrone con un brontolio. «Il vostro uomo dov'è?»

«È andato in montagna.»

Tess offrì il braccio a Cocheta per aiutarla a scendere.

«Ho dello stufato per cena, e dei biscotti freschi. Dovreste entrare entrambi a mangiare.»

«Vi raggiungo tra poco» rispose Blight «fatemi prima sistemare il mio cavallo e il vostro mulo.»

L'incontro tra Cocheta e Lenna fu uno scambio lacrimoso e ripetuto di abbracci. Tess apparecchiò la tavola per due e la cena fu consumata senza troppi complimenti. Per fortuna, la giovane indiana riusciva a muoversi.

«Lenna» la chiamò Tess «puoi chiedere a Cocheta come mai non è con il resto della tribù?»

Le due indiane conversarono per un po'.

«Ha lasciato il campo di mattina presto, tre albe fa. Dice che è vecchia, ma non così tanto. Ha seguito il merlo, e la voce di un puma. C'è uno strano potere in atto e lei voleva aiutare.»

«Ha rischiato la morte.»

«Non ha paura di morire.»

Tess avrebbe voluto poter dire lo stesso di sé. «La tribù è al sicuro?»

«Cocheta dice che sono tutti ben nascosti. Quando se n'è andata, ha disteso su di loro un manto di colori per confonderli.»

Tess non era sicura del significato, ma sperava che gli Apache fossero protetti dal pericolo.

Cocheta si fermò per mangiare qualche cucchiaio di stufato, poi sorrise e la sua mano tremante coprì quella di Lenna. Un'inconfondibile corrente d'amore passò dall'anziana alla ragazza, e Tess provò una stretta al cuore. Guardarle aveva scatenato in lei una feroce nostalgia della sua *abuela*. Ricacciò indietro un'improvvisa ondata di lacrime.

O merlo! Cantami qualcosa di bello.

La poesia di Tennyson echeggiò nella mente.

Ma ancorché la primavera io t'abbia offerto,
Startene lì fermo è il tuo solo diletto.

Osservò Cocheta – il viso rugoso, la massa grigia che lo incorniciava – e percepì la storia che il suo fragile corpo si portava dentro. La donna comprendeva il dolore e la grande tristezza dell'esistenza su questa terra, ma il luccichio nei suoi occhi non si era spento. La vita le procurava ancora gioia.

Chissà se un giorno sarebbe stata come lei, pensò, speranzosa.

———

Le due Apache uscirono a chiacchierare e Tess preparò del cibo per Blight.

«Dove siete stato tutto questo tempo?» chiese, porgendogli il piatto.

«Beh, un po' di qua e un po' di là.» Si ficcò il cibo in bocca. «Delizioso. Siete forse un angelo? Se voleste restare, vi sposerei. Non vi darei alcun disturbo, ma in cambio avreste una casa.»

Sorpresa da quell'altra proposta di matrimonio, Tess pensò all'ironia della propria situazione. Non possedeva i requisiti di una moglie, eppure Dio continuava a offrirle opportunità.

Blight mandò giù un altro cucchiaio di patate. «Oh, lasciate perdere. Credo che quel signor Walker avrebbe qualcosa da ridire. Come va con la gamba?»

«Molto meglio, grazie a voi.»

«Niente di che!»

«Vern, posso chiedervi una cosa?» Tess sedette al tavolo con lui. «Conoscete un uomo di nome Saul Miller?»

«Perché me lo domandate?»

Tess aspettò.

«D'accordo, mi fiderò di voi, signorina Tess.» La guardò serio. «Molti anni fa, mi cacciai in un guaio. Girovagavo e cominciai a frequentare gente sbagliata… un fatto di cui non vado fiero. C'era una taglia sulla mia testa e Saul mi trovò. Ma, non so per quale colpo di fortuna, invece di consegnarmi mi lasciò andare. E dal quel giorno mi sono sforzato di vivere una vita giusta.»

«Quindi, adesso, voi e Saul siete amici?»

«No, non proprio. Ogni tanto si fa vivo, solitamente in cerca di favori.»

Era logico, no? Saul aveva lasciato libero Vern, ma avrebbe usato quel favore a vita per il proprio tornaconto.

«È stato qui qualche giorno fa» disse Tess. «Vi cercava.»

Un'espressione allarmata attraversò il viso di Vern. «Gli avete parlato?»

«No.» Tess provava imbarazzo per il comportamento codardo che l'aveva vista nascondersi in casa a pregare che Saul non la trovasse.

Vern la guardò. «Avete fatto bene a nascondervi.»

Tess liberò il respiro che aveva trattenuto. «È stato lui a danneggiarmi la gamba» disse in un soffio.

«Capisco, signorina Tess.» Vern le diede dei colpetti affettuosi sulla mano.

Del trambusto all'esterno attirò la loro attenzione. Blight aprì la porta e scrutarono nell'oscurità. Appena oltre il portico, Cocheta e Lenna si chinavano su una figura rannicchiata.

«È il ragazzo che è stato rapito» disse Bipin, materializzandosi dalla direzione opposta.

Un giovane con capelli biondissimi e abiti sudici sollevò lo sguardo su di loro.

«Come ti chiami?» chiese Tess.

«Douglas Haverly.»

Cocheta e Lenna lo aiutarono ad alzarsi.

«È lui che Sid Haverly sta cercando?»

«Sì» rispose Bipin.

«Com'è arrivato qui?»

«Lepre lo ha lasciato e poi è fuggito.»

«Devi essere affamato» disse Tess. «Lenna, accompagnalo in casa e dagli i resti dello stufato.»

Tess aspettò che Cocheta, Lenna e Douglas fossero entrati nella capanna, quindi guardò Bipin e Vern. «Sarà bene trovare Sid e dirgli che il ragazzo è salvo, prima che qualcun altro muoia per questa faccenda.»

«Ci vado io» rispose Bipin. «Adesso.»

«Vuoi aspettare fino a domattina?» chiese Tess.

Vern scosse la testa. «Meglio di no. Bisogna sbrigarsi.»

Bipin annuì e Tess lo seguì nel granaio. Andò al nascondiglio in cui Hank teneva la scorta segreta di armi e recuperò una rivoltella e delle cartucce. «Sta' attento» disse, porgendogliele.

L'indiano uscì dal granaio e svanì nella notte.

CAPITOLO TRENTADUE

Il mattino dopo portò con sé una nuova visita quando, apparentemente amico di Nitis, sulla terra di Vern si presentò Un Orecchio.

Per tutto il giorno, mentre sbrigava le faccende domestiche e provava a conciliare le proprie emozioni riguardo a Cale, nonché a controllare la straziante ansia per Hank e la caccia a Saul, Tess si era sentita addosso gli occhi dell'Apache. E al tramonto, Vern confermò il suo disagio.

Nell'ingresso della capanna – dove si erano stipati ad ascoltare anche Cocheta, Lenna e un Douglas dall'aspetto di nuovo sano – le disse a bassa voce: «Quell'Apache là fuori… non lo conosco ma mi sembra fin troppo interessato a voi, Tess.»

«È venuto qui apposta?» chiese lei.

«Pare si sia azzuffato con un certo Haverly, e un altro chiamato Lange. A quest'ultimo doveva un favore, ma siccome il tipo ha salvato la vita all'altro, adesso considera il proprio debito estinto. Dice di avervi già incontrata.»

«*Sì*, è vero. Ma non ha già moglie?»

«Non importa. Gli Apache possono averne più d'una.»

Tess guardò Lenna. «Tu o Cocheta lo conoscete?»

Lenna scambiò qualche parola con l'anziana, poi scosse la testa. «No. Ma sappiamo di un Apache con un orecchio solo. Dicono che lo ha perso perché ha un brutto carattere.»

«Sentite» continuò Vern «io posso distrarlo fino a un certo punto, ma ho il forte presentimento che, vi piaccia o no, vi rapirà. Dovete andarvene alla svelta, meglio ancora se lo fate stanotte stessa.»

«E dove vado?»

«Veniamo con te» disse Lenna. «Conosciamo il territorio e ti saremo d'aiuto. Possiamo nasconderci tra i monti, aspettare che Un Orecchio dimentichi.»

«Ma la tua ferita» replicò Tess.

«Non mi sento più debole. E sono segnata. Lo ha detto Cocheta.»

«Segnata?»

Lenna scostò i capelli che le coprivano la fronte, dove la pallottola con cui Haverly aveva cercato di ucciderla aveva lasciato una crosta di sangue secco. «Sono morta e tornata in vita. È un segno importante per gli Apache.»

Tess era d'accordo sull'importanza del segno, ma questo non dava a Lenna nessuna abilità aggiuntiva.

Cocheta intervenne.

«Tutte noi siamo state segnate dalla morte» tradusse Lenna. «Sa quello che ti è successo. E dice che adesso sei più coraggiosa. Lei è stata colpita da un fulmine molte lune fa e ha attraversato la Grande Terra. Non temere la morte, perché lei non ti teme. Essere donne non ci rende deboli, ma forti.»

Cocheta prese la mano di Tess fra le sue e continuò a parlare.

«Non lasciare che siano gli uomini a decidere del nostro destino» concluse per lei Lenna.

Tess guardò l'anziana, c'era il *río abajo río* nei suoi occhi. Il fiume sotto il fiume.

Raccolsero del cibo, quindi passarono alle armi e, con grande sorpresa di Tess, la scelta di Cocheta cadde proprio sulla sua

Remington. Era chiaro che la donna se ne intendesse, pensò, iniziando a comprendere il significato dell'essere Apache e a riconoscerne il coraggio e la tenacia, a prescindere dal sesso e dall'età. Anche Lenna accolse di buon grado l'idea di armarsi e ascoltò con avidità mentre Tess le mostrava come usare la Colt che Cale le aveva lasciato.

Cale. In lei si risvegliarono i morsi della fame, ma non di cibo.

Le bastava chiudere gli occhi per respirare il profumo della sua pelle, sentire la consistenza dei suoi muscoli sotto le mani, abbandonarsi al desiderio che li travolgeva entrambi senza sforzo. Ma quella brama, per quanto ostinata e irresistibile, non riusciva a placare la paura sepolta nella mente e ancor più in fondo nel corpo.

«Distoglierò Un Orecchio per darvi tempo» disse Vern, porgendole un'altra Colt. «Ma una volta trovato Walker, vi consiglio di andarvene da questo posto.»

Tess annuì e abbracciò il solo uomo che fosse stato capace di guarirle la gamba. «*Gracias*, Señor Vern. La vostra ospitalità è stata una ricchezza che non dimenticherò mai.»

«Il merlo si è ripreso, e anche voi.»

Cocheta e Lenna lo abbracciarono a loro volta, quindi Tess diede una stretta alla spalla di Douglas. «Sarai al sicuro, qui» disse.

Portandosi dietro dei sacchi di tela, le tre si mossero furtive dietro la capanna e fino a un punto distante oltre quella, dove Vern aveva lasciato Gideon e un altro cavallo. Tess aiutò Cocheta e Lenna a montare in sella al secondo e, facendo forza sulla staffa con la gamba ferita, s'issò in groppa a Gideon.

Si sentiva più forte, adesso, molto più di prima, e ciò le infondeva grande determinazione: fosse anche cascato il mondo, non si sarebbe arresa. Aveva trovato suo padre, ma la sua vita non era più con lui. E per quanto la addolorasse, non lo era neanche con Cale. Lei sola avrebbe deciso del proprio destino. Così come era giusto che fosse.

Le parole di Tennyson tornarono a riempirle la mente.

Sforzarsi, cercare, trovare e non cedere.

———

Con Cocheta in testa, a mattino fatto avevano già attraversato diverse valli, ma quando l'indiana indicò le tracce che stavano seguendo, Tess non seppe dire se appartenessero a una sola persona o a molte, né se fossero di Apache o, persino, di Hank e Cale.

Alla vista di un accampamento, rallentarono il passo. Tess si portò davanti all'altro cavallo e osservò con attenzione. Henry e Mariah Worthington. Estrasse dalla fondina di cuoio la Colt – regalo d'addio di Vern – e spronò Gideon in avanti.

Vedendola arrivare, Mariah afferrò un fucile da caccia. Lo teneva di traverso, notò Tess, con il braccio e la pistola lungo il fianco mentre Gideon avanzava piano fino a fermarsi.

«Non vogliamo guai» disse Mariah.

«Neanch'io. Ma credo di dovervi ringraziare per avermi portata alla capanna di Blight parecchie settimane fa.»

Sotto il cappello floscio, gli occhi di Mariah la studiarono con freddezza, quindi si assottigliarono, accentuando le rughe sul viso abbronzato. «Non c'è di che.»

«Perché mi avete aiutata?»

«Dopo che ve ne foste andati, mi misi a pensare alla storia che ci avevate raccontato. E decisi che, forse, avevate ragione. Poi, quando con Henry vi abbiamo trovata, ho capito che spettava a noi aiutarvi.»

«Ve ne sono grata. È svanita la maledizione?»

Gli occhi di Mariah si illuminarono. «Penso di sì.» E lasciando Tess senza parole, sorrise. «Vi andrebbe di farci compagnia?» Si girò verso Henry, seduto accanto al fuoco, e urlò: «Henry, abbiamo ospiti.»

Ma nello scorgere Cocheta e Lenna, l'uomo si accigliò.

Tess smontò da Gideon e, in segno di buona fede, rinfoderò la pistola. «Rimarremo solo per un po'.»

Cocheta e Lenna smontarono a loro volta e, imitate da Tess, legarono il cavallo a un ramo d'albero, quindi si riunirono tutti intorno al fuoco.

«Non abbiamo preparato niente da mangiare» si scusò Mariah.

«Non c'è problema. Queste sono Cocheta e Lenna.»

Mariah rispose con un cenno della testa, ed Henry continuò a guardarle con cipiglio.

«Sono innocue» aggiunse Tess.

Henry si riempì la guancia di tabacco «Cercate anche voi quel Saul Miller?»

«Forse» rispose Tess, cauta. «Lo avete visto?»

«Sì. L'ho mandato al campo di Hank.»

«E perché lo avreste fatto?»

«Perché così volevano Hank e quel vostro amico.»

Tess rifletté sulla situazione. «Mi direste dov'è?»

L'uomo farfugliò qualcosa a proposito del campo, ma Tess non ci capì granché. Così, prese un legnetto con aria seccata e tracciò delle indicazioni nella terra. Cocheta le guardò e fece cenno di aver compreso, quindi con lei a far strada, e Lenna alle spalle di Tess in sella a Gideon, salutarono i Worthington e andarono a cercare la dimora di Hank tra le Dragoon.

Nel tardo pomeriggio, Lenna informò Tess che erano ormai vicine al posto che cercavano. Si fermarono ad abbeverare i cavalli presso una sorgente da cui sgorgava un filo d'acqua e, giacché erano tutti esausti, loro come pure gli animali, Tess suggerì di cercare rifugio. Poi, come avrebbero fatto Hank o Cale, andò di nascosto a perlustrare l'area. Con il cappello a schermarle il viso e il solo fruscio della gonna intorno agli stivali, si mosse piano attraverso un boschetto di pioppi neri.

Un rumore secco.

Tess si girò di scatto e vide Un Orecchio correre verso di lei. L'aveva seguita! Sconvolta, scappò via. La Colt nella fondina legata in vita rimbalzava contro il fianco, ma non voleva perdere tempo fermandosi a estrarla.

La gamba ferita non l'aveva ancora tradita e l'istinto la spingeva avanti.

Con il cappello che adesso pendeva sulla schiena, correva, muovendosi più veloce di quanto avesse mai immaginato possibile. Sollevò la gonna e si arrampicò energicamente in salita, con l'intenzione di distrarre l'indiano o cercare un nascondiglio. Ma nello stesso istante in cui concentrava la propria attenzione su un mucchio di massi, un uomo la sbatté a terra.

Cercando disperatamente di recuperare il fiato che il colpo le aveva mozzato, Tess scalciò e lottò, finché una mano le serrò con forza la bocca.

Saul Miller.

La girò verso di sé, strattonandole il braccio verso la scapola con tanta violenza da farla urlare, e da quella posizione iniziò a sparare contro l'Apache che la seguiva.

Tess continuava a dimenarsi.

«E sta' ferma! Dannazione!»

Rotolando a sufficienza da assestargli una ginocchiata nello stomaco, Tess si contorse per sfuggirgli, ma lui le afferrò prima la gonna e poi la gamba, trascinandola di nuovo a terra. Allora Tess si girò sulla schiena e gli sferrò un potente un calcio in faccia, soddisfatta quando si rese conto di aver colpito *qualcosa*.

Spingendosi indietro, provò a scappare via, mentre la mano destra armeggiava con il gancio di cuoio che assicurava la Colt nella fondina.

Con il naso sanguinante e la furia negli occhi, Saul si alzò, e proprio mentre sollevava la pistola contro di lei, Tess riuscì finalmente a estrarre la propria. Impugnandola con entrambe le mani, abbassò il cane.

Nessuna esitazione.

Lo sparo le rintronò le orecchie e scosse ogni osso del suo corpo.

Ma Saul cadde di lato, il che non aveva senso, pensò Tess cercando di ritrovare l'equilibrio.

Infuriato e deciso, Un Orecchio si lanciò verso di lei.

Tess sollevò di nuovo la Colt e armò il cane. «Non ti avvicinare! Ti ammazzo!»

Era chiaro che lui non le credesse.

Stop!

Deténgase, por favor!

Con rapida precisione, una freccia lo colpì al petto sbalzandolo all'indietro.

Barcollante, Tess si tuffò di lato e cercò riparo accanto alla scarpata rocciosa. Le mani tremavano, ma si calmò e puntò la pistola, cercando con gli occhi il nascondiglio del tiratore. Lo sguardo cadde su Saul e sulla freccia che sporgeva dal collo.

Non gli ho sparato..

In lontananza, una donna si lamentava.

Cocheta.

Il suono si fece più vicino e, terrorizzata, Tess comprese che l'anziana stava salendo su per lo stesso sentiero di Un Orecchio.

No. Torna indietro.

Ma era ormai a vista, e continuava ad avanzare con passo pesante.

Puntando la pistola in direzione dell'invisibile tiratore di frecce, Tess uscì in tutta fretta dal proprio nascondiglio e, prima che la donna venisse uccisa, le corse incontro.

«*Carrera*, Cocheta, *carrera!*»

Cocheta urlò in apache. Tess si fermò e, con entrambe le mani, puntò la Colt verso l'uomo – o gli uomini – che aveva scoccato le frecce. Decisa a combattere, mantenne la posizione.

Infine, respirando affannosamente, l'anziana la raggiunse e

premette sulle sue braccia, nel tentativo di abbassarle. «*Dah. Dah*» disse, scuotendo la testa.

Con lo sguardo dritto davanti a sé, Tess si ribellò. «Smettila!» Ma Cochcta insisteva.

E fu allora che, nello stesso istante, si accorsero di un Apache a torso nudo che impugnando arco e frecce si avvicinava a cavallo. Tess non lo conosceva, ma di fronte all'espressione spietata del suo volto indietreggiò, finendo contro il robusto corpo di Cocheta.

«Lepre» disse con dolcezza la donna.

CAPITOLO TRENTATRÉ

Mentre Hank teneva d'occhio la radura che fino a qualche tempo prima aveva ospitato il suo campo, Cale sedeva in diagonale rispetto a Lange. Erano riusciti a servirsi dei Worthington per farci arrivare lui, in quel posto, ma Saul continuava a sfuggirgli. E Walt non era stato di chissà quale aiuto. Sembrava lieto di trovarsi lontano da Miller e si era offerto di dargli una mano a catturarlo. Ma Cale non sapeva se fidarsi di lui o meno.

Dopo la faccenda di Tess era di pessimo umore con tutti.

Il suono di spari lontani li mise in allarme.

«Ridammi le mie pistole» reclamò Walt.

«No» rispose Cale.

Hank inclinò la testa e Cale annuì, afferrando il fucile e seguendolo a piedi. Lange era ancora legato, il che avrebbe dovuto tenerlo lontano dai guai e alla larga da loro due. E se così non fosse stato, tanto peggio per lui.

Un altro sparo solitario.

Muovendosi silenziosi tra gli alberi, Hank deviò a sinistra e Cale proseguì dritto, fino a trovarsi alle spalle di un Apache a cavallo. Il volto del guerriero era girato, ma lui sapeva che era quello di Lepre.

Nell'istante in cui scorse Cocheta, e Tess al suo fianco con la pistola diretta verso l'indiano, sollevò il fucile e glielo puntò dritto tra le scapole.

«*Da'áízhi!*» urlò.

Lepre s'immobilizzò.

All'improvviso, uno sparo risuonò nell'aria e il corpo dell'Apache si girò sul cavallo. L'animale scattò, imbizzarrito, mandando Lepre al suolo.

Tra le urla di Tess e Cocheta, Cale cercò il colpevole, che di sicuro non era lui. Possibile che a sparare fosse stato Hank?

Cocheta corse nel punto in cui giaceva Lepre e Cale li raggiunse, sempre con il fucile in posizione di tiro e gli occhi fissi sul bosco.

«Via di qui!» urlò alle due donne. «Andate a sinistra. Riparatevi.» In piedi davanti a loro, le copriva, ma sapeva che se si fosse scatenato l'inferno non sarebbe servito a molto. Le due avevano appena iniziato a trascinare Lepre al sicuro che altri proiettili gli sollevarono getti di terra sul viso.

Cale sparò due colpi in successione.

Maledizione.

«Lasciatelo! Andate via! Ora!»

Cocheta e Tess corsero, e con la coda dell'occhio Cale le vide rifugiarsi vicino a un altro corpo che, a quanto pareva, era quello di Saul.

Decidendo come procedere, mantenne la propria posizione davanti a Lepre. Non sapeva se il guerriero fosse morto, ma se non si muoveva subito di lì a poco avrebbero beccato anche lui.

Chi è che sparava?

E dov'era Hank?

Eccolo. Mani in alto e sospinto da un uomo che Cale riconobbe quale membro della banda di Sid Haverly, Hank si fece avanti, mentre altri tre uomini, in compagnia della stesso Haverly si materializzavano al limite del bosco. Le pistole o i fucili da caccia che impugnavano erano tutti puntati contro Cale.

«Adesso ti sposti» disse Said. «L'Apache è nostro.»

Cale non abbassò la pistola. «Penso tu l'abbia già ucciso.»

«Dobbiamo esserne sicuri.»

«Aspettate!» *Tess.*

Un senso d'inquietudine attraversò il corpo di Cale, si sarebbe girato a ordinarle di tornare al suo posto ma resistette all'impulso.

La sentì avanzare alle sue spalle. Doveva assolutamente mollare il fucile e allentare le Colt nella fondina. Era l'unica speranza di farne fuori quanti più possibile.

«Vostro nipote, Douglas, è al sicuro» disse lei.

«E voi come lo sapreste?» chiese Sid.

«L'ho visto.»

A giudicare dalla voce, doveva essere alla sua sinistra, pensò Cale, a circa settanta gradi.

«Lepre non ha colpa» proseguì Tess. «È stato lui a riportarlo indietro. Lo abbiamo lasciato nella capanna di Vern Blight, proprio a nord da qui. Vi sta aspettando.»

Sid assottigliò lo sguardo. «È una gran bella storia, ma non prova che diciate la verità.» Si strinse nelle spalle. «E poi, quello lì con il fucile ha ucciso parecchi dei miei uomini. Per come la vedo io, siete tutti responsabili di molte malefatte, non ultima quella di aver fraternizzato con gli Apache. Sono dei sudici parassiti, e se volete stare dalla loro parte dovete accettare le conseguenze delle vostre scelte.»

Cale lanciò un'occhiata ad Hank. Ne avevano affrontate di brutte cacce all'uomo in passato, ma questa le batteva tutte. Se solo Tess non fo…

Non avrebbe saputo dire da che parte era arrivato il primo colpo. Si lanciò di lato, lasciando andare il fucile nella mano destra, e con un movimento fluido estrasse la pistola sul fianco sinistro. Colpì un uomo e, mentre tutt'intorno esplodeva una cacofonia di spari, si girò verso l'ultimo punto in cui si era trovata Tess. La raggiunse e, facendole da scudo, tirò fuori la Colt sul fianco destro, rispondendo al fuoco e arretrando con lei verso un riparo. Non appena fuori dalla portata dei proiettili, le piombò addosso e la spinse al sicuro verso una parete di roccia contro la quale era rannicchiata Cocheta.

Ruotò il tamburo della pistola nella mano sinistra, espellendone rapidamente i bossoli, e la ricaricò. Intanto, Tess sollevava la propria arma e sparava quattro colpi. Cale la strattonò indietro, le prese la pistola dalle mani e gliene diede una terza vuota. «Ricaricala.» Rispose al fuoco, ma in quella posizione loro erano bloccati e la linea di mira compromessa.

Continuò a passare rivoltelle vuote a Tess perché le ricaricasse, e non provasse neanche a sparare: la sola idea di lei con una pallottola in testa gli gelava il sangue. Ma le munizioni sarebbero finite e lui doveva assolutamente fare qualcosa.

«Indietro e state giù!» urlò a Tess e Cocheta senza neanche sforzarsi di addolcire l'ordine. Fissò Tess per un istante. Sapeva che doveva aver paura, ciò nonostante ricambiava il suo sguardo con ferma risolutezza. Non avrebbe ceduto.

Senza aggiungere altro, si girò e le lasciò.

«CALE!»

Tess allungò il braccio verso di lui ma fu troppo tardi: tra i proiettili che rimbalzavano e l'odore acre della polvere da sparo che riempiva l'aria, era già scomparso.

In mano aveva ancora la propria Colt, o una delle tre che aveva ricaricato per Cale, e sebbene lui avesse portato via la scorta di munizioni, la sua pistola era completamente carica.

Sei colpi.

Raddrizzando le spalle, impugnò l'arma con entrambe le mani e armò il cane.

Uno, dos, tres…

Corse verso un tronco d'albero, si fermò e sparò, rannicchiandosi quando il fuoco di risposta mandò in aria schegge di legno. Brontolò e abbassò di nuovo il cane. Poteva anche non avere una buona mira ma, se non altro, avrebbe dirottato gli spari, magari dando più tempo a Cale.

Del sangue colò sulla mano.

Sono ferita?

Non ricordava di essere stata colpita.

D'improvviso ci fu silenzio. Tess si bloccò. Poi, chiedendosi se fosse sicuro, lanciò un'occhiata oltre il tronco. Con il cuore impazzito, sollevò la Colt e girò intorno all'albero. Dall'altra parte della radura, Haverly le puntava la pistola contro.

Tess era pronta a premere il grilletto della propria, ma le dita si rifiutavano. Accigliata, vide la Colt scivolarle dalle mani e cadde in ginocchio. L'ultimo ricordo fu di Hank che uccideva Sid Haverly.

CAPITOLO TRENTAQUATTRO

Tess aprì gli occhi e vide Cale, la viva preoccupazione nel suo sguardo la trafisse.

Davvero tiene così tanto a me?

«Mi hanno sparato, è così?»

«Non è grave» disse Lenna, anche lei seduta al suo fianco. «Solo un graffio al braccio.»

«Hank…?»

«Sta bene» rispose Cale. «Bipin e alcuni della banda di Mohan ci sono venuti in aiuto.»

Tess sedette, costretta ad aspettare che un'altra ondata di vertigini passasse. «Cocheta?»

Lenna indicò un punto e, nella luce calante del giorno, Tess vide l'anziana donna inginocchiata accanto al corpo di Lepre.

«È morto?»

«No» rispose Lenna. «Vive.»

«Cale, dovresti aiutarlo.» Tess si girò a guardarlo. Si era allontanato e solo adesso si accorgeva che non portava la camicia. «Stai bene?» Il possente torace era fasciato da una benda d'emergenza ormai insanguinata.

«Solo un'altra cicatrice.» Gli occhi azzurri la fissarono. «Ne ho parecchie. E adesso che ti sei svegliata, vado a dare un'occhiata a lui.» Si alzò e se ne andò.

«Perché ti guarda con tanto desiderio ma anche tanta tristezza?» chiese Lenna.

«Perché ho avuto paura» rispose piano Tess.

«Ma ha detto che durante l'attacco sei stata molto coraggiosa.»

Gli occhi di Tess bruciavano di lacrime. «Ma non lo sono in amore.»

«Gli Apache ci mettono molto tempo a trovarsi bene con un compagno, persino dopo il matrimonio. Quello che senti tu è normale. Il coyote è un furfante, ma il puma no.»

Tennyson tornò alla mente.

Loro non si chiesero perché, loro non fecero altro che farlo e morire.

«Tu che faresti, Lenna?»

«Se mi piacesse un uomo come a te piace Cambia Il Suo Cuore, accetterei le sue proposte. Hai una cugina incrociata?»

«Non so che vuol dire.»

«Una figlia della sorella di tuo padre o del fratello di tua madre.»

«No, non ne ho.»

«Che peccato. Se provi imbarazzo prima e durante il matrimonio, una cugina incrociata viene a dormire con te e tuo marito, così non sei costretta a toccarlo o guardarlo.»

Tess si accigliò. «Non è questo il problema, ma grazie per il consiglio.»

A letto con Cale e un'altra donna? L'idea non le piaceva per niente.

Non restava che dirgli la verità. Forse, allora avrebbe capito.

O, più probabilmente, l'avrebbe lasciata.

L'amore è l'unico oro.

Avvolta nella notte, Tess andò a cercare Cale. Aveva appreso che quello era il campo di Hank, la sua casa mentre dava la caccia all'oro, che pareva avesse scoperto. Sapeva che suo padre non se ne sarebbe andato neanche quando tutto fosse finito, e l'acuto desiderio di trovarlo scivolò via come acqua in un torrente. La sua vita apparteneva solo a lei. Era ora di abbracciarla.

Intorno al fuoco erano riuniti gli uomini della banda di Mohan; Cocheta e Lenna si prendevano cura di Lepre, Hank organizzava le sue cose sparse in giro e Walt Lange, ancora lì con gli altri, era adesso libero di muoversi. Un'atmosfera cupa pervadeva l'aria un po' fredda.

Vendetta e castigo potevano aspettare, mentre i morti sarebbero stati sepolti l'indomani.

Non le dispiaceva che la malvagità di Saul si fosse finalmente dileguata, pensò Tess, ma lui non era che uno solo dei tanti demoni che si aggiravano sulla terra sotto il manto dell'umanità. Un Orecchio, Sid Haverly... sarebbe mai finita?

No.

Persino Hank, in bilico tra il bene e il male, faticava a restare sulla retta via.

E poi c'era Cale. Durante l'attacco le era sembrato completamente diverso dall'uomo che conosceva lei. Spietato, astuto, implacabile. Solo ora si rendeva conto di quanto fosse stato cauto nel proteggerla da quel suo lato oscuro.

L'istinto di addolcire quei suoi tratti spigolosi le pulsava dentro, ma non poteva negare di avere lei stessa dei limiti fragili. Sarebbe stato in grado, Cale, di tollerare le incertezze a cui era esposta?

Lo trovò immerso nelle ombre, appoggiato contro i resti di un tronco d'albero probabilmente abbattuto da un fulmine. Con gli occhi chiusi, un ginocchio piegato e il torso ancora nudo, appariva freddo e teso, come un predatore pronto all'attacco.

D'un tratto nervosa, Tess si meravigliò di come non si fosse mai accorta di quel suo lato. Il fatto che l'avesse sempre trattata con gentilezza rendeva testimoniava dell'uomo che era.

Gli attimi si dilatarono, mentre aspettava e osservava, restia nel disturbarlo e al tempo stesso ammaliata. Lo scempio causato dall'attacco del puma piuttosto che sminuirne la bellezza, valorizzava l'uomo, e lei si chiese se anche la propria ferita potesse essere vista sotto la stessa luce.

Gli occhi di Cale si aprirono, andando subito a fissarsi sul suo viso.

«Posso parlarti?» chiese Tess, con una voce a lei estranea, più profonda e saggia.

Lui annuì, e quando lei gli sedette vicino rimase fermo, né Tess fece alcun approccio.

Si portò le ginocchia al petto e si rimboccò la gonna a quadri, macchiata e coperta di polvere, intorno alle gambe. La ferita più recente bruciava un po', ma lei ignorò la pressione della camicetta strappata che si tendeva sulla fasciatura improvvisata da Lenna.

«Dopo Saul» disse «era naturale che avessi paura. Ci volle molto tempo – diverse settimane – prima che il dolore passasse, che io accettassi la possibilità di non camminare più bene e che il viso non fosse più gonfio di lividi e croste insanguinate. Dopo parecchi mesi, sembrava che fossi guarita. Io stessa credevo di stare bene… finché non arrivò Esteban, che aiutava Tom con le consegne a Fort Lowell. Era chiaro che io gli piacessi, mentre lui, in tutta onestà, mi era indifferente. Poi, però, un pomeriggio che eravamo soli, provò a baciarmi. E quella fu la prima volta che rimasi terrorizzata.»

Cambiò posizione e sbirciò Cale con la coda dell'occhio, ma lui era immobile, in ascolto, con lo sguardo fisso su un punto indistinto della gamba tesa.

«Mi sentivo come in grave pericolo» proseguì «ma non lo ero. Non aveva alcun senso. Non capivo perché succedesse e, al tempo stesso, non riuscivo a placare la reazione. Ogni volta che Esteban provava ad avvicinarsi, il terrore mi assaliva con la forza di un cavallo che ti sbalza dalla sella. Così, affrontavo la situazione nell'unico modo possibile: lo respingevo con sdegno, giurando di non legarmi mai a nessun uomo. Ma poi ho incontrato te e, piano

piano, mi hai aiutata a superare il timore della vicinanza maschile. Pensavo di essermeli lasciati alle spalle, quei terrificanti episodi di panico, e, invece, appena hai parlato di amore e matrimonio è tornato tutto come prima.»

Chinò il capo, la gola serrata. «Mi vergogno tanto, Cale, e volevo nasconderti la mia debolezza. Pensavo di averla superata. Non riesco a immaginare tu voglia una moglie così, pronta a strisciare sotto un letto per nascondersi quando la paura è troppo forte.»

Asciugandosi un accenno di lacrime, aspettò, preoccupata per ciò che avrebbe potuto dirle.

«Tess» si decise a rispondere lui «c'è solo una cosa che devo sapere. Mi ami?»

«Sì, con tutta me stessa, ma potrei non migliorare mai» si affrettò a dire lei con la voce strozzata da un singhiozzo. «Non posso garantirti niente.»

«Non mi aspetto garanzie.» Cale allungò un braccio, attirandosela contro il petto. Le mise una mano tra i capelli e posò le labbra sulla sua testa. «Ho solo bisogno di sapere che vogliamo la stessa cosa.»

«Sono così stanca di aver paura. Non voglio che diriga la mia vita.»

«Lo so.» La strinse più forte tra le braccia. «L'affronteremo insieme. Ma devi fidarti di me. Non ti lascerò. E, per quel che vale, sono convinto che supererai questo problema.»

«E se così non fosse?»

«Allora, ti bacerò finché la paura non cesserà. E se ogni giorno vorrai passare del tempo sotto il letto, lo accetterò. Te ne costruirò persino uno più alto.»

Tess rise, poi tirò su col naso.

«Sono innamorato di te» disse lui, sollevandole il mento. «Troveremo la maniera migliore di vivere la nostra vita, qualunque essa sia.»

«*Te amo.*»

Le labbra di Cale incontrarono le sue, e con un tenero bacio il puma placò il merlo impaurito.

CAPITOLO TRENTACINQUE

Cale, Hank, Lange e diversi degli Apache seppellirono Sid Haverly, Saul, Un Orecchio e gli altri cadaveri; di ritorno a Tucson, Cale avrebbe consegnato alle autorità gli oggetti di riconoscimento recuperati da ciascun corpo. Il rapporto sarebbe stato veritiero: uno scontro tra Apache e un gruppo di *vigilantes* guidato da Sid Haverly aveva provocato diversi morti; Douglas Haverly era vivo e vegeto, il che screditava le azioni dello zio; e Saul Miller si era semplicemente trovato tra i due fuochi nemici.

Le circostanze intorno alla morte di Jim Bennett le avrebbe omesse, perché non vedeva alcuna ragione di rinvangare l'assassinio e il seguente attacco a Tess – tanto la giustizia di Hank era stata servita, anche se non per mano propria come lui stesso aveva promesso – e Lepre... questa sì che era una storia da raccontare... insomma, si venne a sapere che l'Apache era tra quelli che acquistavano più armi da Hank e, su sua richiesta, aveva protetto Tess sia da Saul che da Un Orecchio, un particolare per cui adesso Cale gli era debitore.

In quanto al commercio illegale in *Apacheria* da parte di Hank, non lo giustificava, ma sapeva che in sua assenza sarebbe stato condotto da qualcun altro. Il conflitto tra Apache e americani era tutt'altro che concluso, e pur auspicando una soluzione pacifica, Cale era consapevole che altra violenza sarebbe seguita da ambo le parti, prima che queste raggiungessero un compromesso. Al pari di ogni altro uomo, gli Apache desideravano la libertà, invece le riserve schiacciavano i loro spiriti, che vivevano ogni giorno dell'alito del vento e del mormorio della terra. Alcuni di loro si sarebbero arresi, ma altri avrebbero combattuto fino alla morte.

La tensione legata agli eventi del giorno prima iniziava ad abbandonare il corpo di Cale – la ferita alla spalla era l'ultima delle sue preoccupazioni, ormai – tuttavia, il ricordo della mischia nel bosco, con Tess e Cocheta proprio nel mezzo, gli procurava ancora un leggero tremore che non riusciva a calmare del tutto.

Si era sentito così furibondo con Tess che l'avrebbe scossa, e rimproverata, innanzitutto per essere salita tra i monti e poi per essersi esposta in maniera tanto diretta al tiro di uomini che vivevano secondo un codice morale tutto loro. Se l'avesse persa...

Non riusciva neanche a immaginare il proprio presente se la conclusione fosse stata diversa. Aveva solo sperato, nell'infausta eventualità, di morire con lei.

Quando Tess si era risvegliata, dopo quella ferita fortunatamente superficiale, era stato davvero sul punto di esigere una risposta al perché gli avesse permesso accesso al suo corpo pur tenendosi il cuore gelosamente custodito.

Ma aveva riaperto gli occhi, e tutto il resto non importava.

Era stato disposto a lasciarla andare. Ne sarebbe morto, ma se glielo avesse chiesto non avrebbe insistito.

Poi, però, l'aveva cercato, mettendo a nudo la propria anima, e lui aveva finalmente compreso gli angoli bui che continuavano a tormentarla. Sapeva di poterla aiutare, lui stesso aveva affrontato profondità oscure, ma era necessario che gli permettesse di avvicinarsi.

Mi ama.

Era quella, l'unica cosa che valesse, a tutto il resto c'era rimedio

– una vita intera per occuparsene – ma senza il suo amore, il futuro non aveva speranza.

Nonostante il compito sgradevole e malsano di ripulire il luogo di massacro del giorno prima, Cale si sentì carico di prudente ottimismo.

Con il sole alto nel cielo, giunse il momento degli addii.

Cale abbracciò Cocheta e la donna ricambiò stringendolo forte a sé, quindi gli fece un lungo discorso in lingua apache, che lui comprese appena, sull'importanza del potere del puma e del saperlo custodire. Gli ricordò che aveva un cuore apache e si raccomandò che non dimenticasse gli insegnamenti del suo popolo. Infine, lo congedò con il proprio amore, consigliandogli di non lasciare mai Tess perché speciale. Il merlo era in grado di *vedere*, disse, e conosceva quel che c'era negli spazi tra il sapere e il fare. *Il merlo porta con sé la saggezza del suo popolo, come pure di altri. Un giorno, sarà una grande donna e guiderà quanti si sono persi. Amala di un amore incondizionato.*

E Cale aveva intenzione di fare proprio quello.

Salutò gli altri Apache e Bipin, consapevole che, forse, non li avrebbe più rivisti, e ringraziò Lepre, che suo malgrado gli espresse la propria riconoscenza per avergli, probabilmente, salvato la vita opponendosi ad Haverly e ai suoi uomini.

Finito con i guerrieri, Cale andò a cercare Tess.

Piangeva e stringeva dapprima solo Lenna, poi anche Cocheta.

Via via che gli Apache partivano in sella ai loro cavalli e svanivano piano tra le Dragoon, Cale la cinse con un braccio e l'attirò a sé.

Hank aveva deciso di restare nel suo accampamento e portare avanti il piano di estrazione dell'oro dalla vena che aveva trovato. Con il suo accordo, si fermò anche Walt Lange: non gli aveva mai chiesto di raggiungerlo, come aveva falsamente dichiarato Saul, ma alla fine aveva deciso di accettare la richiesta.

«Cale, sei sempre stato il migliore» disse. «So che Tessie sarà in buone mani.»

Di peccati Hank ne aveva commessi tanti, ma che avesse saputo delle intenzioni punitive di Saul verso Tess non rientrava tra quelli. Ciò non lo scagionava certo dall'aver portato la propria figlia in quel mondo di giustizia fuorilegge, tuttavia Cale era disposto a passare oltre. Sarebbe stata Tess a decidere fino a che punto Hank avrebbe fatto parte della loro vita. «Avrò cura di lei.»

Staccandosi da lui, Tess andò da suo padre. Esitò, quindi lo abbracciò.

«O merlo! Cantami qualcosa di bello» mormorò Hank, stringendo a sé la figlia.

«Mentre i vicini t'accolgon col moschetto, io ti serbo di bei frutti un giardinetto.» Tess mosse un passo indietro. «Ove saltellare tra un trillo e un morsello.»

«Sono un uomo che ha fatto molti errori, e non ti merito, mia cara, dolce figliola, ma ho la fortuna di guardare il tuo bel viso. Ti voglio bene, Tessie.»

«*Te amo tambíén, Papá.*»

Tenendo Gideon per il sottogola della briglia, Cale aspettò che Tess montasse senza bisogno di aiuto, quindi posò brevemente una mano sulla gamba ferita che faceva capolino da sotto l'orlo di gonna e sottana. Ombreggiati dalla tesa del cappello, gli occhi verdi lo guardarono compiaciuti. Cale fece un largo sorriso, le diede una lieve stretta al polpaccio e s'issò in sella a Bo.

«Addio, Walt» disse Tess. «*Ve con Dios,* Hank.»

Cale rivolse un cenno a entrambi, e al fianco di Tess iniziò il viaggio di ritorno dalle Dragoon a Tucson.

«A volte mi chiedo se non sia stata la tua *abuela* a portarmi da te.»

Tess gli lanciò uno sguardo speculatore. «Perché dici così?»

«Quando la conobbi, quella volta con Hank, mi prese la mano. Hank disse che le piacevo.»

«Mi stai dicendo che eri già promesso?»

«Più che altro ebbi la sensazione che volesse farsi un'idea precisa.»

«Ci sono momenti in cui la sento ancora vicina. Mi diceva sempre che custodire i racconti avvicinava la persona alle vie della vita, come se ciò la rendesse partecipe dei sussurri di *sabe Dios*. Dio sa cosa. Se chi ascoltava le storie le apprezzava e ne aveva grande cura, condividendole con quanti ne avevano bisogno, il Custode veniva ricompensato con un udito e una vista più affinati. Mi raccontava spesso di cose che solo lei sapeva, ma io ero troppo giovane e per lo più la consideravo una *loca vieja señora*.»

«A me non sembrava pazza.»

Tess si chiuse nel proprio silenzio e, nel tardo pomeriggio, si mossero lungo un sentiero ben battuto tra granito scosceso e deserto secco.

«Ti ricordi la storia che hai raccontato ai bambini quella sera all'*hacienda* dei Simms?» chiese Cale.

«*Sí.*»

«Mi sono sempre chiesto… ma Hank è Sir Gawain o il Cavaliere Verde?»

«Tutti e due. Entrambi gli uomini mentono e infrangono le regole. È un gioco di moralità in cui chi ascolta impara a scoprire il limite insuperabile, che però non è lo stesso per tutti.»

«Non penso che bacerei un altro uomo» la canzonò Cale.

Tess sorrise, e a lui sembrò che il mondo si raddrizzasse. «Credo che Robbie sarebbe d'accordo con te.»

«Sarà bello rivedere lui e Molly Rose.»

«Cale…»

Lui la guardò.

«Se quella proposta di matrimonio è ancora valida…»

Un'ondata di sollievo lo pervase. «Non devi fare altro che dirmi quando.»

CAPITOLO TRENTASEI

Fine novembre

Tess viaggiava su un calesse diretto all'SR Ranch, con Mary e i bambini a farle compagnia e Tom alle redini, mentre Cale, con lo Stetson abbassato sulla fronte e un pesante spolverino abbottonato fin sotto il mento, li affiancava a cavallo. Come aveva fatto a essere tanto fortunata, si chiese. Cale si prendeva cura del suo spirito con tale dolcezza e affetto – senza però tralasciare di adorare spesso anche il suo corpo nelle buie ore della notte – che sospettava avrebbe presto avuto un annuncio da fare. Ancora pochi giorni per esserne certa.

«Sei nervosa?» chiese a Mary, sistemando una coperta su Molly Rose che sedeva al suo fianco. L'abito da viaggio di lana scura che portava lei era già abbastanza caldo. Le due amiche avevano raccolto entrambe i capelli in eleganti chignon e indossavano cappellini di velluto fissati con un nastro sotto il mento.

«Un po'.» Mary premette al petto la piccola Evelyn, avvolta in fasce strette. «Anche se eccitata sarebbe più appropriato. Non riesco a credere che mia sorella sia viva e tra poco la vedrò.»

Tess abbracciò Molly Rose. «Sono felicissima che tu e Tom

torniate con noi. Grazie per aver fatto da testimoni alle mie nozze con Cale.»

«Sono davvero confusa con tutte queste parentele, ma in un certo senso dovremmo essere sorelle, adesso. Almeno così mi dice il cuore.»

«Anche il mio.»

Il calesse si fermò. Tom smontò e andò a prendere Robbie e Molly Rose, quindi aiutò Mary, che intanto aveva passato Evelyn a Tess. Quando, a sua volta, lei ebbe affidato ad altre braccia la piccola che cresceva a vista d'occhio, quelle forti di suo marito la sollevarono e la misero giù. Ma le mani indugiarono intorno alla vita e, con sua sorpresa, lui si tolse il cappello e, piegando la testa abbastanza da evitare l'orlo del suo, le catturò le labbra in un rapido bacio.

Tess abbassò timida lo sguardo, scoppiando a ridere quando da dietro Robbie esclamò: «Peuh!»

«Oh, aspetta e vedrai, Robbie» disse Cale oltre la spalla, adeguando il proprio passo a quello di lei.

«Vedrò cosa?»

«Il giorno in cui troverai la tua innamorata.»

«Io mai mi sposo.»

«Io non mi sposerò mai» lo corresse Tess.

«Perché dici così? Ti sei già sposata, *tu*. E avevi detto che sposavi *me*.»

«Robert Thomas Simms, sii educato» lo rimproverò Mary.

Il piccolo si aggiustò la camicia dal colletto abbottonato e la giacca di lana che era stato costretto a indossare. «Sissignora.»

«Non ti preoccupare, Robbie» disse Cale. «Un giorno troverai una donna come Tess.»

«Se lo dite voi.»

Cale le strinse la mano. «Oh, sì, perché io non ho nessuna intenzione di rinunciare a te, signora Walker» le sussurrò appena.

Teresa Rios Campos Carlisle Walker.

Moglie di Caleb Joseph Walker.

Ripeterlo tra sé le procurava più piacere di quanto avesse mai immaginato.

Le ultime settimane erano trascorse in beata confusione. Tornati da Blight, lo avevano messo a parte dei tragici eventi, quindi si erano ripresi Mosè e avevano portato Douglas Haverly a Tucson, dove Cale aveva organizzato il suo ritorno presso la famiglia paterna più a sud.

Intanto, Tom aveva trovato una casa in città che andava restaurata, e poiché ci sarebbero volute diverse settimane si erano fermati da loro così che Cale potesse dargli una mano. Non essendoci motivo di aspettare, Tess aveva accettato di sposarlo e appena soli Cale l'aveva portata a letto, dimenticando per sempre la vecchia coperta logora. Da allora si erano amati in maniera completa, e così spesso, che Tess non si preoccupava più che *potesse* metterla incinta, bensì lo dava per scontato. Pur non avendoglielo detto in maniera diretta, era ormai chiaro che Cale fosse determinato a darle un figlio, e quel piccolo meritava un'unione sacra.

Di ritorno in Texas erano subito andati al ranch dei Walker, dove, Tess aveva incontrato il padre e i fratelli di Cale, Joey e T.J. Non erano la più calorosa delle famiglie, ma si era accorta all'istante che Cale la accettava comunque. Suo padre era stato più che felice di cedergli parte della terra e avevano parlato del futuro fino a notte fonda. La mattina dopo, appena fatto giorno, Tess, Cale, Tom, Mary e i bambini si erano stretti nel calesse perché Mary potesse, finalmente, rivedere sua sorella.

E adesso, mentre si avvicinavano al portico, due donne aspettavano sulla soglia. Dovevano essere le sorelle di Mary, pensò Tess.

«Molly?» Mary lasciò andare le mani dei figli e corse su per le scale, stringendola in un vigoroso abbraccio.

Con la gola serrata, Tess si avvicinò a Robbie e Molly Rose, si inginocchiò accanto a loro e li cinse entrambi mentre Mary riabbracciava prima una sorella, poi l'altra e infine si stringevano tutt'e tre.

«Ehi!» Una donna più anziana apparve sull'uscio. «Venite tutti dentro prima di buscarvi un raffreddore» ordinò, facendoli entrare uno a uno in casa.

Tess si tolse il cappello e Cale la aiutò con il cappotto, mentre gli altri si liberavano dei propri soprabiti e andavano a riunirsi nel soggiorno sulla destra, già affollato dai familiari.

«Matt» chiamò Cale, rivolto a un uomo alto con capelli scuri e tratti molto simili a quelli della donna che li aveva appena salutati sul portico. «Ti presento mia moglie, Tess.»

Matt fece un largo sorriso e le prese la mano. «È un piacere. Quando abbiamo ricevuto la lettera, Molly ha riso della velocità con cui vi siete sposati.»

«Cale era impaziente» scherzò Tess.

«Se uno è deciso perché aspettare?» rispose Matt.

In quell'istante entrò un uomo che gli somigliava, e Tess capì che doveva essere suo fratello.

«Lieto di rivederti, Logan.» Cale gli strinse la mano, quindi si rivolse alla donna bionda lì vicino. «Claire? Non mi aspettavo di trovarti qui.»

«Sei stato via un bel po'» rispose Logan. «Claire è mia moglie.» Fece cenno a un bambino di circa otto, nove anni di venire avanti. «E questo è suo fratello, Jimmy.»

Cale salutò il piccolo e tornò a concentrarsi su Logan e Claire. «Congratulazioni. Vi presento Tess.»

«Un vero piacere incontrare la donna che è riuscita a domare Walker.» Logan gli lanciò un'occhiataccia. «Girovagavi più di un *longhorn*.»

«Ti riferisci a te stesso, vero?» rispose Cale.

Logan sorrise divertito e passò un braccio intorno alla spalla di Claire. «Con tutti questi matrimoni, Rosita penserà che i suoi portafortuna funzionino davvero.»

Un altro uomo alto, scuro di capelli e con una cicatrice sulla guancia sinistra si fece avanti.

«Nathan» lo salutò Cale, battendogli una mano sulla spalla. «Vedo che hai superato la tua avventura nel Grand Canyon. Emma è qui sana e salva.»

«Non sai ancora niente, eh?» s'intromise Logan. «Nathan ed Emma si sono appena sposati.»

Cale sembrò un po' perplesso. «Forse Rosita sta davvero combinando qualcosa.»

«Chi è Rosita?» chiese Tess.

«La cuoca.»

«La nostra è una lunga storia» disse Nathan. «Ma sono contento di conoscere la figlia di Hank Carlisle. Lo avete trovato?»

«*Sì*» rispose Tess.

«Un'altra lunga storia» disse Cale «di quelle che vanno raccontate davanti a una bottiglia di whisky e una scorta infinita di sigari.» La sua mano cercò quella di Tess e la strinse.

«Sembra una buona idea» rispose Matt. «Non penso che queste signore riusciranno a staccarsi presto.»

Ancora immerse nel loro mondo, Emma, Mary e Molly piangevano, ridevano, riprendevano fiato e si abbracciavano.

Tom chiacchierava con Logan, che lo presentò agli altri.

«Che ne dite di andare nello studio di mio padre?» chiese Matt agli uomini. «Non tornerà da Dallas prima della settimana prossima.»

Cale si girò verso Tess. «Ti dispiace?»

«No. Va' pure.» Si sentiva a proprio agio in quel posto così diverso dal ranch dei Walker.

Cale le baciò la guancia e si unì agli altri.

«Sono davvero felice tu sia qui» disse Claire, spostandosi al suo fianco. «Sarai di sicuro stanca dopo un viaggio tanto lungo.»

«Era così importante per Mary. Sono lieta di averla accompagnata.»

Vedendo la madre di Matt e Logan avvicinarsi, Robbie e Molly Rose diedero una tiratina alla gonna di Tess.

«Mi scuso per non essermi presentata prima. Mi chiamo Susanna Ryan, e tu devi essere Tess. Siamo stati felicissimi di sapere del vostro matrimonio. Caleb ci è molto caro. È un vero piacere conoscerti.» La strinse in un abbraccio e Tess non poté fare a meno di provare un'immediata simpatia. Indietreggiando di un passo, Susanna aggiunse: «Mi chiedo se i piccoli vogliano venire con me in cucina a prendere dei biscotti. Gli rovineranno l'appetito, ma a Rosita non diremo niente.» Tese la mano a tutti e due. «Jimmy? Vieni anche tu?»

«Sissignora!»

Tess fece un cenno a Robbie e Molly Rose ed entrambi presero la mano che Susanna gli offriva, seguendola lungo il corridoio.

Finalmente, Mary si voltò e raggiunse Tess e Claire.

«Tess» disse «ti presento mia sorella Molly.»

Ad accoglierla c'erano un paio di occhi scintillanti e un enorme sorriso molto simile a quello di Mary, nonché un girovita alquanto sporgente. «Hai sposato Cale, perciò ora siamo sorelle» disse Molly.

La strinse forte a sé, e in quell'abbraccio Tess avvertì un amore e un legame mai provato prima. Era come se Molly, anzi l'intera famiglia, avesse bisogno della sua presenza. Una sensazione strana e del tutto inaspettata.

«Non ho mai avuto una sorella» rispose Tess.

«Beh, adesso ne hai a volontà» esclamò Molly.

L'altra sorella le rivolse un sorriso radioso. «Io sono Emma.»

Tess abbracciò anche lei. «Mai stata fra tante donne prima d'ora.»

Risero tutte, quindi sedettero sul divano imbottito e le poltrone, a parlare e ricordare, finché Tess non perse la cognizione del tempo.

I bambini irruppero nella stanza e Robbie e Molly Rose corsero da Mary. Una cuoca messicana, presumibilmente l'incomparabile

Rosita, entrò con Evelyn tra le braccia. «Siete voi la madre?» Guardò Tess, che scosse la testa.

Quanto lo voleva, un figlio tutto suo, pensò colpita dal vivo desiderio che l'aveva trafitta. Con un pizzico di fortuna, lei e Cale sarebbero stati presto genitori.

Seduta al suo fianco, Emma lanciò una lunga occhiata di traverso, poi si chinò verso di lei e disse: «Spero non ti dispiaccia che te lo comunichi, ma sei incinta.»

«E tu come lo sai?» chiese Tess, sorpresa. Il suo cuore ebbe un sussulto di speranza.

Emma sospirò. «Solo un mio piccolo dono. Più tardi ti spiego, se ti va.»

Incuriosita, Tess annuì. «Mi piacerebbe.»

«La signorina Tess, sì?» chiese Rosita con una risatina festosa. «Voi nuova moglie di Cale? Tutte queste donne aspettare bambini, perché non anche voi?»

Susanna si accigliò. «Io no, Rosita. Sono decisamente troppo vecchia, ormai.»

«Sono abbastanza sicura di non aspettarne neanch'io» s'intromise Mary. «Evie mi tiene già impegnata per ora. Emma e Claire?»

Le due annuirono.

«E allora spero di contagiarmi anch'io» scherzò Tess, suscitando l'ilarità generale.

«Mi piacerebbe conoscere i tuoi piccoli» disse Molly a Mary.

Alzandosi a prendere Evelyn dalle braccia di Rosita, sua sorella fece cenno agli altri due di avvicinarsi. «Questo è Robert, e questa è Molly Rose. Bambini, vi presento vostra zia Molly.»

«Ha il mio nome» bisbigliò la piccola Molly Rose.

«Tesoro, sei *tu* ad avere il suo nome» rispose Mary.

La piccola andò timidamente da zia Molly e si lasciò abbracciare.

«È un momento che non mi sarei mai sognata di vivere» disse Mary.

Tess si avvicinò e le mise un braccio intorno alle spalle. «Perché non badi un po' a Evie?» La bambina iniziava ad agitarsi ed era chiaro che avesse fame. «Penserò io a Robbie e Molly Rose.»

Così, Mary annuì e andò con Rosita ad allattare la piccola in un posto più tranquillo; Jimmy esortò Robbie ad accompagnarlo nella sua stanza al piano di sopra, dove aveva giocattoli che non vedeva l'ora di condividere, e Tess, davanti al fuoco che ardeva nel camino, sedette con la sua nuova famiglia – Molly, Claire ed Emma – mentre Molly Rose perdeva in fretta ogni traccia di timidezza e, tutta contenta, diventava il centro dell'attenzione.

Fu solo parecchio tempo dopo, quando data l'ora si fermarono per la notte all'SR, che Tess andò a letto, e adesso giaceva al fianco di Cale in un groviglio di lenzuola. Odorava di tabacco e whisky e l'intensità con cui la amava non smetteva mai di stupirla, soprattutto quando il liquore avrebbe dovuto intorpidirlo.

La copriva in parte con il proprio corpo e teneva un ginocchio tra le sue gambe. Fece scivolare la mano dal seno al fianco e le affondò il viso nel collo.

Soddisfatta, Tess chiuse gli occhi, abbracciandolo, mentre riprendeva fiato dopo la vigorosa attività fisica.

«Penso che avremo un figlio» sussurrò.

Cale sollevò la testa e si puntellò su un braccio, abbassando lo sguardo su di lei. «Ne sei felice?»

«*Sì.*»

Le posò la mano libera sull'addome. «Nessun attacco di panico?»

«No. Non da molte settimane.» Forse le sue paure erano diminuite. O forse, iniziava a comprendere che circondata dall'amore di Cale le avrebbe superate.

«Allora il mio piano ha funzionato.»

«E qual era?»

«Fare l'amore con te così spesso da non lasciarti il tempo di pensare alla paura.»

«Beh, per funzionare ha funzionato. Ma devo ammettere di essere un po' stanca» scherzò lei.

«E che vuoi che sia.» La baciò.

«Possiamo chiamarla come la *mi abuela*, se è una bambina?»

«*Sì*» rispose Cale. Le labbra seguirono la curva della guancia e scesero sul collo, distraendola.

Si sistemò meglio su di lei e disse: «Ma penso che la chiamerò semplicemente Merlo.»

O merlo! Cantami qualcosa di bello.

Nel cuore di Tess sbocciò la felicità e, per la prima volta, sentì che più che raccontarla, lei *era* la storia.

Sono lieta tu abbia scelto di leggere *Il Merlo*. Se questo romanzo ti è piaciuto, una recensione presso il tuo venditore di ebook preferito sarebbe molto apprezzata. ~ Grazie mille, Kristy

---

Già disponibile:

Lo Scricciolo: Ali del West Libro Uno
La Colomba: Ali del West Libro Due
Il Passero: Ali del West Libro Tre
Il Merlo: Ali del West Libro Quattro
L'uccello Azzurro: Ali del West Libro Cinque
L'Uccello Canoro: Ali del West Libro Sei
Eco delle pianure: Libro Sette (Un racconto breve)

NOTA DELL'AUTRICE

Nello scrivere un racconto di fantasia che ruota attorno a eventi storici, capita che l'autore si prenda delle libertà. Ecco le mie.

Il capitano Reed Fitzgerald e sua moglie Kitty sono inventati: il comandante di Camp Bowie all'epoca della storia era il tenente William M. Wallace, sesto cavalleggeri degli Stati Uniti. Ma che le mogli di ufficiali in avamposti remoti vivessero con i propri mariti non era un fatto inaudito; il noto resoconto di Martha Summerhayes sulla vita militare in Arizona è infatti documentato nel suo libro *Vanishing Arizona*. E a proposito di mogli, colgo l'occasione per ringraziare Rita Edwards, vincitrice di un omaggio del gruppo Facebook "Pioneer Hearts", un ritrovo dedicato a lettori e autori di romanzi storici western. Si era aggiudicata il diritto di suggerire il nome della moglie di Reed e in onore di sua nonna ha scelto Kitty Louise.

La Medaglia d'Onore, creata durante la Guerra Civile, è la più alta decorazione militare assegnata dal governo degli Stati Uniti a un membro delle sue forze armate. L'insignito dev'essersi distinto in azione, a rischio della propria vita e al di là del proprio dovere, contro un nemico degli Stati Uniti. La Medaglia d'Onore concessa per la Campagna di Rocky Mesa tra i monti Chiricahua (ottobre 1869) fu conferita a trentadue uomini della Compagnia G, 1° e 8° Cavalleggeri degli Stati Uniti. Nella storia, però, Cale era uno di circa cinquanta uomini della Compagnia D, 32° Fanteria. Pertanto, ho barato un po' nell'assegnargli la medaglia, ma non vi è motivo per cui non abbia potuto partecipare a quella battaglia contro Cochise e gli Apache.

La mia rappresentazione di questi ultimi è quanto racimolato da diverse fonti, ma se è vero che i Nednai sono esistiti, la banda di Mohan è un'invenzione. Scusandomi per eventuali discrepanze nella mia caratterizzazione degli indiani, concludo col dire che dalle mie ricerche sull'epoca, è risultato chiaro che ambivalenza e tradimento fossero comuni tra i bianchi come pure all'interno del popolo ispanico e tra gli Apache. Allo stesso modo, c'erano anche uomini buoni e rispettabili da ambo i lati della barricata. Il mio desiderio è stato semplicemente quello di mostrare la moralità individuale di ciascun personaggio.

LO SCRICCIOLO
Ali del West: Libro Uno

Catturata dai Comanche ancora bambina, Molly Hart è presunta morta. Dieci anni dopo, il Texas Ranger Matt Ryan incontra una donna con gli stessi occhi azzurri.

"Adoro gli storici di ambientazione western e ho trovato questo libro davvero eccezionale. Non perdetevi… quella che sicuramente sarà una magnifica serie." ~ The Romance Studio

Sono passati dieci anni dal giorno dell'attacco al ranch in cui i suoi genitori furono assassinati e lei rapita. Adesso diciannovenne, Molly Hart torna finalmente a casa nel Texas del Nord dopo aver trascorso il resto dell'infanzia con una tribù di Comanche Quahadi. Ad attenderla ci sono una dimora deserta in balìa della polvere e del tempo, nonché l'agghiacciante scoperta del proprio tumulo e la presenza di un uomo che pensava non avrebbe mai più rivisto.

Un vento smanioso spinge Matt Ryan verso le rovine fatiscenti del ranch degli Hart. Guarito di recente, dopo una prigionia che lo aveva quasi ucciso, non prova ormai che un briciolo della brama di verità e giustizia di un tempo. Dieci anni di devoto servizio all'esercito degli Stati Uniti e ai Texas Rangers, in cerca dei responsabili del feroce assassinio di una bambina, non sono serviti a niente se non a scoprire che la rassegnazione non sarebbe mai arrivata. Diretto verso il posto in cui tutto ebbe inizio, s'imbatte con sorpresa in una donna dagli stessi occhi azzurri della piccola che non riesce a dimenticare.

kmccaffrey.com/lo-scricciolo-the-wren-italian-edition/

LA COLOMBA
Ali del West: Libro Due

Incrociando il vicesceriffo Logan Ryan sui gradini
del *Colomba Bianca*, dove lei si cela sotto le spoglie di una donnina
allegra del saloon, Claire Waters lo induce a credere il peggio.

"McCaffrey scrive con il cuore… una lettura da non
perdere." ~ The Romance Studio

Quando il vicesceriffo Logan Ryan trova Claire Waters nel mezzo
di una vivace cittadina sul Sentiero di Santa Fe, il violento schiaffo
della delusione lo colpisce in pieno viso: la donna che ricordava
non esiste più. A rimpiazzarla c'è una giovane di facili costumi con
allettanti curve e… un mare di guai. Intrappolati in una rete
d'inganni con uomini tanto disperati quanto pericolosi, Logan

cerca di proteggere Claire, ignorando però che la minaccia maggiore arriva dal proprio passato.

Tormentata da una vita di vergogna, Claire vorrebbe sprofondare quando Logan la scopre sulla soglia del *Colomba Bianca*, vestita da prostituta. Così gli lascia credere il peggio, ma tra la scomparsa della madre e le ragazze che abbandonano il saloon in gran numero, si vede costretta ad accettare la sua offerta di aiuto. Nell'intraprendere un viaggio che dipanerà il tessuto della sua vita, una cosa si fa chiara: aprire il cuore potrebbe rivelarsi l'impresa più pericolosa.

Un sensuale western storico ambientato nel Territorio del Nuovo Messico (1877).

kmccaffrey.com/la-colomba-the-dove-italian-edition/

IL PASSERO
Ali del West: Libro Tre

1877

In possesso del dono della chiaroveggenza, e tormentata da visioni, Emma Hart arriva nel Grand Canyon — una regione selvaggia, aspra e, fino a poco prima, del tutto inesplorata — in cerca di risposte sulla tragedia del proprio passato, il tradimento del presente e uno sfuggente futuro che echeggia fin dentro l'anima. Accompagnata da Passero, il suo animale guida, si immerge negli abissi del folclore Hopi, costretta ad affrontare un male che ha resistito ai secoli.

Sulle tracce di Emma Hart, il Texas Ranger Nathan Blackmore arriva al fiume Colorado e, sbalordito, la scopre determinata a percorrerne il corso su una barchetta di legno a fondo piatto. Ma in un posto in cui le increspature del tempo sono profonde, la scelta sarà inevitabile. Nathan dovrà accettare il regno invisibile, *il mondo al di là del mondo*, da cui si era allontanato anni prima, o rischiare di perdere la donna che ormai ama più della vita stessa.

Un sensuale western storico ambientato nel Territorio dell'Arizona.

kmccaffrey.com/il-passero-the-sparrow-italian-edition/

L'UCCELLO AZZURRO
Ali del West: Libro Cinque

Desiderosa di avventura, Molly Rose Simms lascia il Territorio dell'Arizona e arriva in Colorado per far visita a suo fratello Robert, partito due anni prima per cercare fortuna con l'argento nella fiorente città di Creede. La speranza è convincerlo ad accompagnarla a San Francisco, New York City o persino in Europa. Ma Robert non si trova da nessuna parte e al suo posto c'è solo il socio, un misterioso uomo noto come "lo sciacallo".

Seguendo l'irrequieto desiderio di esplorare, unica costante nella sua vita, Jake McKenna si è mosso per le strade affollate di Istanbul, i porti esotici della Cina e i deserti del Marocco. Adesso, la ricerca della vaga e mitica concessione mineraria per lo sfruttamento della Bluebird mette sul suo cammino una nuova socia, e lui dovrà decidere fino a che punto spingersi per proteggere la splendida giovane che annaspa come un pesce fuor d'acqua. Una casa e un focolare non sono mai rientrati nei progetti dello Sciacallo, ma l'arrivo di Molly Rose Simms sta per stravolgere il suo mondo.

kmccaffrey.com/luccello-azzurro-the-bluebird-italian-edition/

A PROPOSITO DELL'AUTRICE

Da bambina, Kristy McCaffrey si narrava spesso storie e la sua affinità con la scrittura fu subito chiara. Allevata a pane, fantascienza, fantasy e racconti di Re Artù, trasferì – una volta deciso di prestare, finalmente, attenzione alle proprie inclinazioni naturali – questa passione per la narrazione mitica alla stesura di romanzi di ambientazione western. La scelta di essere una mamma tutta casa nonché aspirante autrice, la portò subito a mettere da parte la laurea in ingegneria. Vive con suo marito nel deserto dell'Arizona, dove i loro quattro figli si preparano, chi prima chi dopo, a lasciare il nido. Kristy crede che la vita vada vissuta con curiosità, compassione e gratitudine, e mai troppo distante da un cane entusiasta. Le piace anche restare a letto fino a tardi, mangiare cibo messicano e praticare yoga casalingo in pigiama.

Website: kmccaffrey.com
Facebook: facebook.com/AuthorKristyMcCaffrey/
Instagram: instagram.com/kristymccaffreybooks/
TikTok: tiktok.com/@kristymccaffrey